珍藏版

朱子治家格言

全鉴

〔明〕朱柏庐◎著

东篱子◎解译

中国纺织出版社有限公司 | 国家一级出版社
全国百佳图书出版单位

内 容 提 要

《朱子家训》又称《治家格言》，为明末清初学者朱柏庐所著，是一本以家庭道德为主的教育教材。全文仅五百多字，但思想植根深厚，含义博大精深，精辟地阐明了修身治家之道。本书对原文进行了注释、译文和解析，并精心配置了相关故事，便于读者更好地学习和了解其中的思想精髓。

图书在版编目（CIP）数据

朱子治家格言全鉴：珍藏版/（明）朱柏庐著；东篱子解译. 北京：中国纺织出版社有限公司，2021.1（2023.3重印）

ISBN 9787518080892

Ⅰ. ①朱… Ⅱ. ①朱… ②东… Ⅲ. ①家庭道德—中国—清前期 Ⅳ. ①B823.1

中国版本图书馆CIP数据核字（2020）第209137号

策划编辑：张淑媛　　　　责任编辑：段子君
责任校对：高　涵　　　　责任印制：储志伟

中国纺织出版社有限公司出版发行
地址：北京市朝阳区百子湾东里 A407 号楼　邮政编码：100124
销售电话：010—67004422　传真：010—87155801
http：//www.ctextilep.com
中国纺织出版社天猫旗舰店
官方微博 http://weibo.com/2119887771
北京华联印刷有限公司印刷　各地新华书店经销
2021 年 1 月第 1 版　2023年3月第2次印刷
开本：710×1000　1/16　印张：20
字数：235 千字　定价：68.00 元

《朱子家训》又称《治家格言》，作者朱柏庐（1627—1698），名用纯，字致一，江苏省昆山市人。

朱柏庐一生研究程朱理学，主张知行并进，著有《删补易经蒙引》《四书讲义》《愧讷集》《大学中庸讲义》等，其中，以五百余字的《朱子家训》最有影响，三百年来脍炙人口，可谓家喻户晓。

《朱子家训》以"修身""齐家"为宗旨，集儒家为人处世方法之大成，讲述了中国古代宝贵的道德教育思想。文字通俗易懂，对仗工整，朗朗上口，自问世以来，不胫而走，成为有清一代家喻户晓、脍炙人口的教子治家的经典家训。《朱子家训》以名言警句的形式，劝人勤俭持家、安分守己，在当时很为官宦、士绅和书香门第所津津乐道，自问世以来流传甚广，自清朝至民国年间，一度成为儿童蒙学必读课本之一。即使放在现代，也有它的教育意义。

从体例上来说，本书分段落对原文做了必要、恰当而准确的注释以及解析，在此基础上，贴合原文经意，讲述古往今来的生动故事。故事有长有短，长者有度，情节曲折；短者精要，形象丰满。主角涵盖了名人和普通人，故事范围包括了行事、做人、居家、处事等方面，总之，结合古代事例以及现今社会当下的生活、工作、学习等现实问题，将

《朱子家训》的内涵以讲故事的形式进行生动挖掘，深刻总结，将为人之道、处世哲学、思维方式等智慧传承于世，惠人惠己。

今天价值化多元发展，《朱子家训》中表现出来的观点仍然有着它深厚的思想基础和传承价值，值得我们认真研读，汲取其中的智慧，安身立命。尤其对于家长来说，可以据此塑造良好家风，培养优秀的下一代，达成我们的"修身、齐家、治国、平天下"的崇高目标。

本书平装本自出版以来，广受读者欢迎和喜爱。为满足大家的收藏、馈赠需要，现特以精装形式推出，敬请品鉴。

解译者

2020 年 1 月

目录

1

【原文】

黎明即起，洒扫庭除①，要内外整洁；
既昏便息②，关锁门户，必亲自检点。

【注释】

①庭除：庭堂院落。庭：厅堂；除：台阶。

②既昏：到了晚上。昏，光线昏暗；傍晚。

【译文】

黎明的时候就要起床，清扫院落，整理房间，做到内外整洁；太阳落山的时候就休息，把门窗都关好，一定要亲自检查一下。

【解析】

天刚一亮就要起床，清扫院落，要把室内室外打扫干净整洁。太阳落山的时候就休息，把门窗都关好，亲自检查。

这两句，前一句写"勤"，后一句写"谨"。做人要保持勤劳的好习惯，不能四体不勤，五谷不分。在古代就是洒扫庭院，在现代就是要按时起床，洗漱上班。日出而作，闻鸡起舞；日落而息，检点门户。既勤劳又谨慎，方是立身持家的长久之道。

【故事链接】

读书人

相传唐末年间，有一个少年名叫子儒。他自幼父母双亡、流离失所，经常遭受恶人欺负。一日，他被几个恶少追赶毒打时，遇见了一个读书人。

这个读书人将子儒藏在自己的身后，问他们："几个人打一个人，公平何在？又为何下如此毒手？"恶少不以为然地说："打人有什么缘由？还要什么公平？你且让开就是。"读书人说："如果要打，那么先将我打倒。"几个恶少见他一副大义凛然的模样，便心生胆怯，悻悻地朝远处走去。

读书人将子儒带回家里，用水为他洗去血污，并且为他包扎了伤口，还为他端来了热饭热菜。子儒非常感动，要给他跪下磕头。他说："举手之劳，何必如此？"读书人问明子儒的身世，非常怜惜他，就把他留在家中，让他做了书童。

子儒在读书人家中住了下来，每日做些打扫庭院、端茶倒水的活计。闲暇之余，读书人还教他看书识字。子儒很钦佩读书人，他对别人说，将来

他也要做主人那样的人。

可是，时间一长，子儒在外流浪时沾染的市井习气慢慢地显露出来，干活做事开始偷懒耍滑，学习也不再用心。

有一天，读书人看见子儒打扫庭院时东一下西一下，将落叶都扫进角落里，而不是清扫收走。他把子儒叫到面前，问道："你将来想做一辈子书童，还是有别的谋划？"子儒说："我想做像先生这样心怀天下的人，能够扫清宇宙，荡涤污秽。"读书人说："一座小小的庭院，清扫尚且不用心，又何以谈天下呢？"子儒红着脸低下头。

自从受了读书人的敲打，子儒认真反省，从此做事不再敷衍马虎，读书习字也认真刻苦起来。

一屋不扫，何以扫天下

在东汉末年，有个姓张的书生，娶妻刘氏，快到四十岁时生下一个儿子，取名张勤。

夫妻二人对张勤宠爱有加。张勤从小就聪明伶俐，读书也过目不忘，他从小立下大志："为了将来有所作为，我决定从现在起就把全部的心思和时间都用来读书。"

他父亲听了非常高兴，为了让张勤有一个安静的环境，给他单独收拾出一个清静的小院子。本来还想让两个仆人来伺候他，但被他拒绝了，因为他怕被打扰，影响自己读书学习。

院子收拾好后，张勤去看，见父亲给自己的小院子栽下一片竹林，翠绿的竹子在和煦的春风中微微抖着竹叶，他非常开心，觉得和自己这个读书人的风雅非常合衬。

张勤看着安逸静谧的院子，似乎闻到了满室书香，他满意地搬了进去，开始了"两耳不闻窗外事，一心只读圣贤书"的日子，除了一日三餐来父母这边吃饭，平时都关在自己的小院子里。他的院子父母都不能进去，他说那是他一个人的天地。很多时候父母都能够隔墙听见他大声读书的声音，特别欣慰，对视而笑，觉得儿子成才，一飞冲天，指日可待。

张勤有个舅舅在外省，饱读诗书，曾经得过举人。舅舅的诗词书画在当时也颇有名气，张勤对他很是敬重、爱戴。

有一天，张勤的舅舅登门拜访，听说张勤的志向后，非常高兴，一定要来他的小院子见他。张勤看见很久不见的舅舅来了，赶紧丢掉手里的书本站起来。见面寒暄后，舅舅环顾四周，却找不到可以坐下的地方。张勤的房间非常乱，书本丢得到处都是，衣服、鞋帽也乱七八糟地胡乱堆在床上，就连书桌上、椅上也是书本、纸张，笔墨横七竖八，书桌上也墨迹斑斑……

舅舅皱起了眉，问："张勤，你的房间这么脏乱，为什么不收拾一下呢？"张勤不以为然地笑笑说："舅舅不必为了这种小事费神，快来和我说说兴邦治国之道。"

舅舅把张勤凳子上的衣服挪开一点，半个屁股坐上去说："这样肮脏凌乱的环境，怎样心情舒畅地读书、讲书呢？一个人的生活环境看出一个人的品性，你先把屋子打扫收拾清爽了，再研习学文吧。"

张勤本以为舅舅来了，会对他学问上的长进大加赞赏，谁知舅舅进门就对这些小事挑三拣四，还这样训斥否定自己，张勤沉了脸，不屑一顾地说："男子汉生活在这个世界上，应该以扫除天下为己任，怎么能做打扫房间这种鸡毛蒜皮的小事？"

舅舅说："小事都做不好，你怎么去做大事？"

张勤更生气了，嘟囔说："燕雀安知鸿鹄之志？"

父亲一听，觉得儿子太狂妄了，居然把身为大儒的舅舅当成燕雀，却把自己比作鸿鹄，赶紧教训了他两句，又向舅舅赔礼道歉。

张勤却不以为然，转过身去，又拿起书本摇头晃脑地读起来，不再搭理他们。舅舅长叹一声，说："一屋不扫，何以扫天下？"然后离开了他的屋子。

走到院子里，舅舅又大声说："竹本清雅，却被种进了这样污浊不堪的地方，委屈了这些竹子。"

起风了，风吹动树叶沙沙作响，也吹动了一院子落叶、纸屑等垃圾，这些垃圾随着风都朝竹林中涌去，堆积在竹子根部，远远看去，竹子仿佛长在垃圾堆里。

"一屋不扫，何以扫天下"这句被舅舅扔下的话听进了张勤的耳朵，张勤更加愤怒，他甚至对着远去舅舅的背影"哼"了一声，以示他的不满。但是，他的心思却乱了。一间屋子都打扫不干净，怎么能做好天下大事？立志做大事难道真要从这样琐碎的小事着手？他放下书本，陷入沉思。

天黑了，张勤没有点灯，而是一直在想舅舅那句话，越想他觉得舅舅说得有道理，小事都做不好的人，怎么能做好大事呢？怎么能平定天下，为民造福？张勤想起自己面对舅舅时的张狂无礼，内疚不安。

于是他赶紧急匆匆地跑到前厅，想给舅舅道歉。可是前厅早没有舅舅的身影，只有父亲、母亲。父亲低着头坐在那里叹气，像是一个犯了大错的孩子，而母亲坐在一边哭泣。张勤问："父亲为何叹气？母亲为何哭泣？舅舅去哪里了？"

母亲告诉张勤，舅舅非常担忧张勤的未来，并且斥责了他们。舅舅对张勤的父母说："养不教，父之过。不能只关注孩子的学习而忽视了其他方面的教育。一个优秀的人不仅要胸怀大志，还要谦恭有礼，做事妥帖才行。"说完这些话，饭也没吃，舅舅就走了。

张勤要追出去，父亲说："你舅舅早走远了。你与其现在去道歉，不如听从舅舅的教导，从现在开始做好每一件小事，等你改正了你的缺点再去见舅舅也不迟。"

张勤听了父亲的话，觉得有道理，与其用轻飘飘的语言去向舅舅表明心志，不如落实到行动中，彻底改变自己。于是他深深地对着父母作了一个揖，说："父亲、母亲放心，孩儿改好了，再请父亲带着孩儿去和舅舅请罪。"

第二日，张勤果然天一亮就起床，开始整理自己的房间。他发现，从来不屑一顾的小事做起来这么难，虽然他读过："脱衣必折，折衣规矩，放于定处，便于寻取"，但是真正面对一堆杂乱的衣服，他却觉得无从下手。

他叠不好衣服，整理不好床铺，甚至在擦桌子上的墨汁时也不小心把砚台打碎了，砚台里所有的墨汁都洒在地上，还溅了他一身。他去打水洗衣服时，又弄翻了洗衣盆。他看看头顶的太阳，流下泪来："原来我是这等无能，连小厮都能做得妥帖的事情都做不好。"

这时父亲母亲走过来，想要帮助他，他拒绝了，说："往日爹娘替孩儿做了太多，以至于孩儿除了读书啥也不会，如果再这样下去，那么真如舅舅说得那样了，我就变成一个只会说大话空话而什么事都做不好的人了。"

为了做好这些琐事还不能耽误读书，张勤给自己制订了计划，每日有规律地读书、学习，甚至做好生活中的每一件小事。

渐渐地，张勤变成了一个勤劳、整洁、彬彬有礼的孩子，他学会了怎么把衣服抚平整、叠规矩；学会了怎么把生活物品归类摆放，养成了东西用过之后再放回原处的好习惯；他把庭院打扫得一尘不染，甚至还学会了修剪竹子。他的书房也变得干净、整洁，他的学业也突飞猛进。

不仅如此，张勤还把书中学来的所有学问落到实处，他学过"幼吾幼以及人之幼，老吾老以及人之老"，就孝敬父亲母亲，不仅如此，他善待所有老人及儿童，经常把父母给自己的零用钱拿出来，帮助需要帮助的人。

一年后，舅舅又来拜访，这

次张勤事先得知消息，迎接到大门外，并且低头垂手，双膝跪地。舅舅大笑着把张勤搀扶起来，问："甥儿何以如此？"

张勤说："请舅舅原谅那日张勤不敬之罪。"

舅舅说："知过能改，善莫大焉。"

张勤又问："舅舅不生气了？"舅舅说："你知错就改，我有什么好生气的？你这样下去，将来必成大器。"

果然，几年后，张勤中举。为官后他爱民如子，总是设身处地去为百姓着想，为百姓做好哪怕看上去微不足道的每一件事，将一个县治理得井井有条。

做大事，先从小事开始

古时候有个少年名叫刘曦，是独生子，父母对他非常疼爱，总是事无巨细地照顾他，有好吃的东西也先给他吃。刘曦七岁那年，家中失火，父母全部去世，只有在外面玩耍的刘曦侥幸活了下来。

孤苦伶仃的刘曦被在外乡的伯父接回家中抚养。伯父家中有两个哥哥，比刘曦大几岁。伯父伯母念刘曦小小年纪就失去了父母，对他格外疼爱。

一日，家中杀鸡，刘曦只挑鸡腿，并且把鸡头、鸡爪等拨到两个哥哥面前。两个哥哥面面相觑半晌，无言以对，只好一个吃鸡爪，一个吃鸡头。

伯母见状对伯父说："养不教，父之过，如今刘曦没有父母，我们便是他的父母，我们不仅要养育他，更要教育他。"

于是伯父给刘曦讲了很多兄弟之间要相亲相爱、互相礼让的故事，而且让刘曦和两个哥哥一起去私塾读书。

刘曦每天晨起都不情愿，自己的东西也整理不好，不是忘记带书本就是忘记带砚台；还经常穿反鞋子和衣裤，闹出了不少笑话。没办法，两个哥哥只好出手帮忙，结果就成了每天早晨都要哥哥们叫他起床，起床后他闭着眼睛，伸着胳膊，两个哥哥一个为他穿衣服，一个为他穿鞋。

伯母对他两个哥哥说："他自己的事情让他自己做。"从那以后，刘曦什么事都要自己做，为此他心里怨恨伯母，认为她心狠，在背地里说她是"最毒莫过妇人心"。

有一天，伯母将他叫到面前，说："你现在怨恨我，我不怪你，你尚且年幼，等你长大成人就会感激我。"

伯母一如既往地让刘曦自己的事情自己做，不仅如此，她还让刘曦帮助家里做一些打扫庭院、劈柴、担水等家务杂事。

刘曦长大成人后，也像两个哥哥一样考中科举，做了官。刘曦搬离了伯父、伯母家，在异乡娶妻生子。因为小时候的经历，所以他对自己的孩子们特别纵容溺爱，觉得不能让他们吃自己小时候吃过的苦。

但是，越是这样，他的孩子们越是疏懒，横针不拿、竖线不拈，连翻书本这样的小事都恨不得别人代劳。

到这时，他才想起伯母对他的教育，原来，人是真的能够被养废的。

从此，他狠下心来，辞退了仆人，让他的孩子们自力更生，丰衣足食。每天要求他们从小事做起，把家里整理得井井有条，把自己打理得光光鲜鲜，然后开始一天的生活。渐渐地，他的孩子们从一开始的不理解、抗拒变得积极主动，精神面貌也昂扬向上起来，学习成绩也稳步提高。

后来刘曦将伯父、伯母接到自己家中，孝顺他们。他说："二老像养育自己的儿子一样将我养大，教我做人的道理，我也该像儿子孝顺爹娘一样孝顺你们。"

【原文】

一粥一饭，当思①来处不易；
半丝半缕，恒念②物力维艰。

【注释】

①思：思考、考虑。

②恒念：永久记得。

【译文】

哪怕是一碗粥、一碗饭，也应当想到它们是来之不易的；哪怕是半根丝、半缕线，也一定要想到它们是很不容易才生产出来。

【解析】

所谓"谁知盘中餐，粒粒皆辛苦"，生活中看似寻常的吃穿，哪一样都来得不容易，哪怕是现代社会，也不要随便浪费粮食，丢弃衣物，在你觉得这一切都唾手可得的时候，很多人还饿着肚子，饱受饥寒之苦。

【故事链接】

粒米大如山

有一对贫穷的老夫妇，没有谋生的技能，体弱多病，只好靠乞讨生活。他们在乞讨到一个破落的庙的时候，听见草丛中传来微弱的婴儿啼哭声，寻声过去，看见一个奄奄一息的女婴。女婴浑身长满疥疮，一副病恹恹的样子。

老夫妇并没有嫌弃这个女婴，而是将她抱回庙里。女婴病得厉害，不请郎中看病是不行的，于是老太婆卖掉了唯一的一只银手镯，那是老妇母亲留下来的，无论多么贫穷，甚至饥饿，她都一直将手镯贴身藏着，仿佛母亲一直陪着她。卖银手镯得的钱给女婴治好了身上的疥疮。因为带着女婴不便流浪，他们便在破庙里住了下来。

虽然靠乞讨为生，日子饥一顿饱一顿，异常艰难，但是他们还是将女婴慢慢养大，并给她取名满月，寓意女孩儿的人生圆满幸福。

好景不长，一场意外的大火烧毁了破庙，混乱之际，已经六岁的满月也不见了踪影。老夫妻悲悲切切四处寻找，可是哪里还有满月的影子？

他们又开始了四处流浪的日子，一边流浪一边四处寻访。眨眼十二年过去了。

这一天，老妇再无力气行走，她躺在街边，饿得奄奄一息。老头悲痛欲绝，他紧抓着老妇的手不放，说："你不能死，我们还没找到满月啊。"说到满月，老妇忽然睁开了浑浊的眼睛，他们抱头痛哭。这时远处传来锣鼓声，行人纷纷四下散去。唯有老妇病得厉害，站不起身。

一行队伍走近，停下，当差的刚要斥责老妇，从轿子里走出一个如花似玉、穿金戴银的女子。她见到两个老人，仔细辨认一番，问他们："十二年前，你们住在哪里？"

老头说："十二年前，我们在五百里外的安西地界，因为一场大火，造成我们流离失所，唯一的女儿也下落不明。"

女子又问："这些年，你们怎么过的？"

老妇人挣扎着开口说："为了寻找女儿，我们走州过县，到处寻访，饥一顿饱一顿，风里来雨里去。"

女子接着问："你们的女儿叫什么名字？"

两个老人异口同声地说："满月。"

女子一下子跪倒在地，搂住他们，口称"爹娘"："爹，娘，我终于找到你们了！"

这是一场神奇的相逢，就像当年神奇相遇又神奇分离一样。从轿子里走出来的女子正是当年走失的满月，她刚被选入皇宫。满月说，那场大火着起来的时候，她慌乱哭喊，却被一个人捂着嘴巴抱走，辗转卖到了这里的吏部员外郎家中。吏部员外郎无子嗣，见她漂亮，就不拿她当婢女使唤，而是认了满月做养女。谁知满月来家不足百日，从未开怀的夫人居然有了喜。人人都说，这是满月带来的福气。于是吏部员外郎夫妇更加疼爱满月。

满月在吏部员外郎家中读书识字，集万千宠爱于一身。即使后来吏部员外郎的夫人相继诞下两儿两女，也依然无人能取代满月的位置。时逢宫中选秀，满月便以吏部员外郎长女的身份参选，结果被皇上选中，如今正等待吉日入宫。

这些年来，满月也一直请义父派人寻访爹娘，但是派去的人回来说，破庙无存，两个老人也不见了踪影，想来是葬身火海。满月大哭一场，还为他们设立了衣冠冢。可是，昨天晚上，她梦见一个神人送爹娘归来，还说让她在此迎接，果然就在这里遇见了他们。

满月要接二老回家，跟随的丫鬟劝满月，捡回这两个老人说不定会连累满月，如果报恩，放在外面给些钱粮就是。满月却说："娘为了救我一命，卖掉的银手镯是毕生的念想，他们靠着乞讨养育我，那吃进我肚里的每一粒米，都是用爹娘的尊严换来的。这样的恩情，钱粮能报答么？"

于是满月坚持把他们接回吏部员外郎家中，求吏部员外郎夫妇接纳。吏部员外郎早就听说了这对老夫妻对满月的义举，见满月重情重义、不忘养育之恩，心里欢喜，就答应了。

皇上知道了这件事，对满月大加赞赏，后来满月做了皇后，也一直孝敬老人，直到二位老人百岁，无疾而终。满月即使做了皇后，也一直勤俭朴素，而她的粒米之恩、涌泉相报的故事也在当时传为美谈。

财主教子

传说北宋年间，京郊有位财主，妻妾成群，却只有最小的妾生下了一个儿子，取名天赐。财主待若掌上明珠，含在嘴里怕化了，捧在手里怕摔了。

天赐长到十岁，骄奢之气便显露出来。一日正吃饭，天赐咬了一口手里的糖饼，见不够松软就一扬手扔了出去。他大骂身边的婢女："猪狗不如的东西，这样的吃食也敢拿来奉与本少爷吃！"财主见了，起身便走到糖饼边，拾起来，吹去灰尘，在瞠目结舌的众人面前大口大口地吃起来。天赐不明白老财主什么意思，就问："爹，我们家良田千顷、骡马成群，又不缺吃食，为什么你要这样丢人？"

老财主半天没说话。

第二日天刚蒙蒙亮，老财主就把天赐叫醒，让他穿好衣服跟自己走。天赐还以为爹会像往常一样带他去什么地方玩耍，就穿好衣服跟着走了。

老财主带天赐来到田边。天赐看见一些农人正在微凉的清晨里，辛苦地翻地。天赐不明所以地看着老财主。老财主说："我的儿，爹没别的要求，只要你日日来田间，跟着农人，他们做什么你就做什么。一直到秋收。如果你能做到，将来爹将这偌大的家业交给你，便也安心了。"

这有什么难的，天赐想。于是他爽快地答应了。

走进田间，正是太阳升至头顶时。被晨露打湿的衣衫此刻黏糊糊地贴在身上，让人很不舒服。但是农人对这一切视而不见，他们用力地挥舞着镐头，把种子一颗一颗地埋进土壤，再小心地盖上潮湿的新土，那个样子仿佛在呵护一个婴儿。天赐拿起镐头，跟在农人后面干起活来。

谁知道在农人手里灵活的镐头，在天赐手里却不听话，它不肯下力，半天也挖不出一个可以埋种子的坑。天赐稍微一用力，居然挖到了自己的脚面上，一阵刺痛传来，天赐几乎流下眼泪。农人见状，赶紧

过来传授经验，渐渐地，天赐掌握了要领。

春天播种，夏天除草、打虫，一直到满山坡金灿灿，庄稼长成，秋收了。天赐度过了人生中最漫长的三个季节。

他白嫩的脸庞晒得黝黑，手掌心里结满了厚厚的老茧。回到家里，他的娘和一群姨娘围着他心疼得直掉眼泪，纷纷指责老财主心狠，而天赐却说："莫要哭哭啼啼，我应该去参与劳动，不然我们家虽然良田千顷，我却不知道粮食从何而来、如何得来。经过劳动，我明白了劳作的辛苦。"

经历了春种、夏长、秋收、冬藏后的天赐，完全蜕变成了另一副模样。他待下人越来越谦和，也不再要求衣着的华美，更不再要求食物的精致。他对每一粒米都很珍惜，偶尔看见下人有浪费的行为，还要出面制止。

老财主欣慰地笑了，他将一串钥匙交给天赐："我儿既能享福也能吃苦，并且深明大义，已经能当家作主。"

天赐果然不负老财主厚望，他掌家后更加勤劳俭朴，还经常将自己节省下的钱粮接济穷苦的人。

奢靡的下场

唐武宗李炎在位期间，非常器重宰相李德裕。当时唐朝皇帝嗜食丹药已经到了发疯的地步，他想长生不老，想永远享受权利、美人，便下令集结各路人马大炼金丹。李德裕便投其所好，不仅时常进献美人，还时常亲自采集炼金丹的材料。唐武宗李炎甚为感动，经常嘉奖李德裕。李德裕原本就从采集材料过程中中饱私囊，再加上杨武宗李炎的无度嘉奖，他越来越富裕，甚至富可敌国。

李德裕的家里妻妾成群、仆役无数、衣着华丽，生活极度奢侈。他吃的一杯菜羹就要花费三万钱才能做成，里面不但有各种的奇花异草和珍奇菜蔬，而且还有珠玉等各种宝物；再加上雄黄、朱砂等东西，用火煎汁。煎过三次后，珠玉等东西就扔了。饶是这样，做成后尝一口觉得不喜欢，他就随手倒掉。

李德裕家中妻妾太多，他也暗地里效仿皇帝翻牌子。年老色衰的自然再不临幸，年轻貌美的翻到谁就由谁伺候。

一天，他坐在家里喝酒，左右美妾投怀送抱，厅堂里还有一群美丽的歌舞伎在为他表演。正当他左拥右抱如梦似仙之际，一个和尚翩然而至。

和尚剑眉朗目、气度不凡。他不请自来，进门后双手合十，李德裕的歌舞伎和小妾们见来了生人，纷纷尖叫着躲进后堂。李德裕大为不快，他怒气冲冲地问："你是谁，为什么来这里？谁允许你来的？"和尚双手合十，作了一个揖说："你身为唐朝宰相，不辅佐皇上造福于民，反倒唆使皇上迷恋什么长生不老的金丹，你可知生死有命、富贵在天，岂是你肉眼凡胎的人能改变的？"

李德裕当即气得七窍生烟，他大声招呼家丁将和尚拿下。谁知和尚面无惧色，厉声骂道："你看看你自己是个什么样子！猪狗不如的东西！百姓食不果腹，无钱下葬，常有饿死的，更有卖儿卖女奉养双亲的。百姓生活得水深火热，你却这般挥霍无度。再不悔改，你会遭到恶报。"

李德裕气得脸色铁青、浑身发抖，说不出话来。他急声喝令拿住和尚，准备乱棍打死，却不料和尚微笑着转了个身就不见了踪影。

第二日，无处撒气的李德裕便添油加醋地对唐武宗李炎说，和尚谋逆犯上，在民间大骂皇上贪恋女色，痴迷金丹，不为天下百姓着想。李炎大怒。会昌五年，李炎下令毁掉全国所有寺院，逼着僧尼还俗，不愿还俗者处死。被逼还俗的僧尼高达二十六万余人，死者无数。

自此，唐武宗李炎更加笃信只要炼就长生不老金丹就可以长生不老。他笃信道教，在李德裕的引荐下召见了赵归真人，并且对赵归真人的长生不老之说深信不疑。他还在郊外建了一座"望仙台"给赵归真人，又为赵归真人在宫里建设了一座"望仙楼"。

唐武宗荒淫无度，三十三岁，正当盛年时死去。

唐武宗去世以后，宦官拥立皇太叔李忱为帝，史称唐宣宗。

唐宣宗一直就很厌恶李德裕，刚即位的时候，李德裕主持唐宣宗的册封典礼，大典结束后，唐宣宗问左右宫人："刚才站在朕身边的是不是李太尉？他每看朕一眼，朕的汗毛都竖起来了！"

有一天，李德裕遇到一位高僧，向高僧问自己前程怎么样。高僧告诉李德裕："这位相公，您将来会被贬到万里之外的南方，不过还能回来，因为您命中注定要吃一万只羊，现在还差五百只羊没吃。"

李德裕大吃一惊，对高僧说："元和年间，我做过一个梦，梦到自己走到了晋山，看到晋山满山坡都是羊群。几十个牧羊人都告诉我，说这些羊都是给侍御吃的。这么多年了，这个梦我一直都记得，不过没有跟别人说起过，您是第一个知道我这个梦的人。"

此事过后十多天，振武节度使米暨派人送了五百只羊给李德裕，李德裕再次震惊了，赶紧把这件事告诉了高僧，问他："大师，我要是不吃这些羊的话，是不是就可以免灾了？"

高僧说："羊已经是您的了，随您处置。"

不久，李德裕果然被贬到了万里之外的崖州。在寸草不生的苦寒之地，李德裕终于尝到了衣不蔽体、食不果腹的滋味。他混在一起流放的人群中，苦苦做活计，每日都吃不饱，还常因为活做得少或者做得不好遭到监工打骂。饥饿难耐的时候，他常扒出草根，带着泥土吞进肚子里。在寒冷的夜里，他蜷缩在草堆里，看上去像一条癞皮狗。

至此，每一粒粮食在他眼里都比珍珠、宝石更珍贵，他想起从前奢华无度的日子，不禁双泪长流。最终，他死在了那里。

炭火锅·饼边·瓜皮

唐僖宗乾符年间，有个姓李的官员从州府任上辞官回来，居住在东都洛阳。李官员非常感激一家权贵的旧恩，想设宴请他家的几个儿子一起畅饮一天。

洛阳有一个寺院里的和尚，名叫圣刚，和这个姓李的官员很熟。李官员就把自己的打算跟圣刚说了。

圣刚说："我出入这家已经很长时间了，每次观察他家的饭菜，就没有吃不到的山珍海味。就算是平常吃饭，都要吃炭火锅，而且还要挑三拣四。他们已经骄奢成性了，你请他们来，能落得了好吗？"

李官员回答说："嗐，他们要是说吃朱象髓、白猩唇，那我恐怕不行，弄不来。至于说要将筵席置办得精致一些，也没什么太难的。"于是他开始四处搜罗珍稀的食物，让妻子儿女亲自下厨房调味，就这样，终于准备好了一桌奢华的筵席，选好了日期，把权贵家的几个儿子都请了过来。

这几个兄弟依次入座，态度可傲慢了，都不舍得笑一笑。每道菜上来，他们都懒懒地不动筷子，主人家三请四请，他们也只是稍微地吃一点干鲜果品。等到吃冰餐的时候，都只用匙舀一下放进嘴里做个形式，然后互相对视，好像咬着木棍吃进口里的是针，表情说不上来的难受。

李官员特别尴尬，道歉说饭菜没做好，低声下气地请他们谅解。

第二天，圣刚来了，李官员跟他大吐苦水，原来他们真的这么挑剐啊。

后来，圣刚来到这几个兄弟的家里，问他们："李使君特意为几个兄弟准备了一桌筵席，菜肴挺丰盛，也挺洁净，你们怎么就不稍微吃一点呢？"几个兄弟你看看我，我看看你，说"烧烤也不对，煎得也不得其法，怎么吃？"圣刚又问："别的菜不好吃了也就算了，炭火锅也不好吃吗？"

几个兄弟说："你和尚家家的不知道，凡是吃火锅，必须先将炭火烧熟了，这叫煤炭，这样才能够煮菜来吃。否则就会有烟气。李使君火锅里的炭没有经过炼烧，一个劲儿地往外冒炭烟，根本吃不下。"

后来，黄巢率领军队攻占了洛阳，权贵的家财被抢掠一空。几个兄弟和圣刚和尚一同逃出洛阳，逃进深山。三天了，他们一粒米都没吃下肚，直饿得头晕眼花。等到黄巢的部队稍稍远去，他们和圣刚一起徒步去河桥，路上见一家小饭铺，用只脱去皮壳的糙米做饭来卖。圣刚和尚身上还有几百文钱，就买了些糙米饭，盛在一只脏旧的土杯里面，跟这几个兄弟一块儿吃。

你且看吧，这几个兄弟狼吞虎咽，以前他们吃山珍海味的时候都没有这时候的吃相难看。对他们自己来说，以往吃的龙肝凤髓也没有如今的糙米饭好吃。

圣刚和尚呵呵地笑了，说："这糙米饭不是经过炼炭的火锅，几位郎君，吃得还满意否？"几个兄弟羞愧万分，低头无法作答。

唐太宗时代，李勣做宰相时，有同乡人来串门，李勣留他吃饭。这个人把饼边扯掉，只吃中间。李勣说："年轻人，你可知道，这个饼要犁两遍，然后才种下种子，精心莳弄，成熟后先收割，再打场。从场上收来粮食，再用磨来磨，用罗来罗，这样做成面粉，再用这样的面粉做成饼，才吃到我们的嘴里。这样好不容易才做成的饭食，年轻人把饼边扔了，是什么道理？在我这里还可以，如果在皇帝面前，要砍你的头哇。"

那个年轻人很惭愧。

宇文朝的华州刺使王罴也遇到了同样的事。王罴说，这张饼费了多大的力气才能吃到口里。你把饼边扯下来，是你不饿，你给我擎着！又有一次，部下侍候王罴吃饭，部下把很厚的瓜皮削掉，扔到地上。王罴拾起来，说："你给我吃了！"

如今一些小年轻，吃饼丢饼边、切瓜扔掉很厚的瓜皮，假装自己是有钱的高富帅，真是不应该。

【原文】

宜未雨而绸缪①；勿临渴而掘井②。

【注释】

①绸缪：紧密缠缚。

②掘井：挖井。掘，挖。

【译文】

天还没有下雨的时候，就要先把门窗关牢。不要等到渴得不行了，才想起来挖井。

【解析】

人要有居安思危的思维。俗话说："人无远虑，必有近忧"，凡事不可临时抱佛脚，一定要事前作好充分的准备。

【故事链接】

亡羊补牢

从前有个农夫，为了把儿子送去私塾读书，他养了很多只羊。他常指着羊对儿子说："羊养大了，卖掉，你就可以去读书了。"儿子很高兴："那我一定要努力求学，报答父亲。"

农夫为了儿子的前途，很爱惜他的羊，并且给羊修建了一个大大的羊圈。白天，他赶着羊群到山上吃草，到了晚上，把羊群赶进羊圈，清点好数目后，锁好羊圈的门，他才能安心地离开。

就这样，他养的羊越来越肥硕，农夫也越来越开心，他似乎看见儿子已经走进私塾，接受着先生的教导，圆了他自小因家贫无法读书的梦想。

一天早上，他发现因为昨夜狂风暴雨，羊圈被毁坏了，出现了一个洞。他看了看那个洞，也不大，正好手里还有别的活计要做，就想着第二天再修补也不迟。

第二天早上，他又赶着羊去山坡上吃青草，清点时发现少了一只羊，而且恰恰是最肥硕的那只羊。他心疼极了，去羊圈那里一看，发现羊圈上的洞更大了，并且地上有血迹。他这才明白，原来是狼趁着夜色，从洞里钻进羊圈，叼走了他的羊。

他的邻居说，还不赶紧把羊圈修补起来？如果一开始发

现有小洞的时候就补起来，狼怎么会钻进来把羊叼走呢？如今虽然已经叼走了一只，不过补起来还来得及。

农夫于是马上动手修补羊圈，还进一步将羊圈加高，修补后的羊圈比以前更结实更坚固了，他的羊就再也没有丢过。

农夫把这件事说给儿子听，说："如果我发现那个洞，马上就着手修补，我们的羊一只也不会被狼叼走。如果羊被狼叼走了，我还不去修补那个破洞，那么我们会失去所有的羊。你以后学习也是这样，尽量做到一丝不苟，如果发现了错误就及时改正，免得追悔莫及。"

田单补车

春秋战国时期，燕国大将乐毅攻破齐国。齐国人心惶惶，大家都在逃跑或者做着逃跑的准备。

田单是齐国田氏王族的远房本家，当时只担任首都临淄佐理市政的小官，并不被重用。当所有人都在逃跑时，田单却安然地坐在厅堂里，悲伤地抚着琴。他的妻子跑进来对他说："人人都去逃命了，你却坐在这里抚琴，难道你不要命了吗？"田单说："我们的齐国都没有了，我一个小人物的命还有何用？我不逃，我愿与齐国共存亡。"说完再不理会妻子，摆出一副大义凛然的姿态，继续抚琴。

妻子见田单这样说，悲伤地掩面而泣，却毫无办法。

这时，田单的父亲拄着拐棍蹒跚而来，他说："你上有老父老母，下有娇妻幼子，你却自私地让自己以身殉国。你连为人子、为人夫、为人父的担当都没有，这就是你的大义吗？"

田单在父亲的指责下红了脸，低下了头，也停住了抚琴的手。父亲又说："留得青山在，不怕没柴烧。你保护好你的孩子，照顾他们长大，还怕齐国没有复兴之日？"田单站起身，向父亲作揖致歉，并且迅速帮助家人打点行装，作好出逃的准备。

就要出行时，田单却让人卸掉马匹，让他的族人把车轴两端的突出部位全部锯下，安上铁箍。族人不解，并且指责他因不愿离开齐国而拖延时间。田单见众人不仅不帮忙，反而站在一边指责自己，他没有生气，也不辩解，一个人拿起锯子开始锯掉车轴。慢慢地又有人过来帮忙了，大家终于七手八脚，按照田单的要求把车轴两端的突出部位全部锯下，安上了铁箍。

当时大家不理解，甚至有人在背后对田单说三道四，说："如果不是田单的拖延，现在我们已经逃到百里之外了。"

后来，大家都跟着齐湣王从都城逃跑，由于逃跑的人多、车也多，很多人在慌乱中争路而逃，在颠沛流离中胡乱冲撞，很多车都被撞断车轴，不仅车上的东西散落下来，人也被燕军俘虏，只有田单和他的族人因用铁箍包住了车轴，得以顺利逃脱。

鸱鸮防御救儿

在茂密的丛林里，有一只鸱鸮（chī xiāo）鸟。

在一个晴朗的日子里，几只小鸱鸮娇嫩的小脑袋从鸟巢里探出头来。它们睁着好奇的眼睛，摇头晃脑地看着这个陌生的世界。它们用稚嫩的小嘴巴叫着。听到叫声后，鸥鹁妈妈飞来了，将一只肥胖的虫子塞进一只小鸥鹁的小嘴里。另一只见了也拍着小翅膀叫了起来。鸥鹁飞走了，不一会儿又飞回来，又将一只肥胖的虫子塞进饥饿的小鸥鹁的小嘴里。就这样，鸥鹁飞来飞去捕捉空中的小虫子，一只一只地喂进小鸥鹁的嘴里。

忽然，一只老鹰盘旋着从高处俯冲而下，又朝高处飞去。它忽高忽低，飞来飞去，像是在为一件什么事情做着准备工作。

有两个猎人从这里路过，他们举弓便射，正冲老鹰，老鹰一头栽了下来。由于天色已晚，猎人就在树下临时住了下

来。第二日一早，他们看见鸥鹑飞来飞去，急切地叼着树枝在加固它的巢穴。猎人笑了，指一指鸟巢说："你看看这只傻鸥鹑，老鹰都被我们射下来了，它还这么惶恐地垒窝。"说完他们就走了。

鸥鹑一刻也不肯停歇，它飞来飞去地忙碌着，喂饱了几只小鸥鹑，就去叼更加粗壮的树枝，更加努力地加固巢穴。

几天过去了，去远方狩猎的猎人回来了。他们又来到树下。发现树权上原本简陋的鸟巢不见了，一个硕大的、像小房子般的巨型鸟巢挂在树上，里面传来小鸥鹑快乐的"啾啾"鸣叫声。而天空中，有几只老鹰在盘旋，它们时而俯冲时而高旋，听着婉转的幼鸟"啾啾"鸣叫声却无可奈何，只能贪婪地围着大树飞来飞去。一个猎人又举起了手里的弓箭，另一个猎人按住了他的手说："它给自己的孩子建设了一个坚不可摧的堡垒，不需要我们帮忙了。"

另一个猎人缩回了手，感叹道："是啊，这是一只多么有远见，知道未雨绸缪的鸥鹑鸟啊。人类很多时候对即将到来的危机都还茫然不知，不知道要为很多事提前作好准备呢。"

【原文】

自奉①必须俭约；宴客切勿②流连③。

【注释】

①自奉：对自己的奉养，也就是自己的生活消费。

②勿：不要。

③流连：留恋不已，舍不得离去。

【译文】

自己的生活消费和自我奉养，一定要俭朴节约；宴请宾客，要适可而止。

【解析】

朱柏庐没有子女，过继兄弟的儿子作为嗣子，取名导诚。他一直教导导诚不要专学那些挥霍的纨绔子弟。朱柏庐曾说过：俭，一要平心忍气，二要量力举事，三要节衣缩食。他写过一首教子诗："四儿六岁五儿三，莫与肥甘习口馋。清白家风无我愧，诗书世泽要人担。三餐饱饭何须酒，一箸黄韭略用盐。闻说有人曾饿死，算来原不为官廉。"

【故事链接】

贪心不足蛇吞象

战国时期，晋国要进攻虢国，需向虞国借路，就将良马、玉璧送给虞国。虞国和虢国本来是唇亡齿寒的相依相附的关系，可是虞公贪图人家的大礼，借道给晋国，结果晋国灭掉虢国，回来顺道就把虞国灭了。

秦惠文王为了离间齐国和楚国，派张仪向楚王说："楚若能断绝齐交，秦就给楚以商於六百里地酬谢。"楚怀王贪图人家的土地，不听大臣们劝阻，果然和齐国绝交。结果张仪翻脸不认账，说约好的是给六里地，而不是六百里地。楚怀王恼怒，兴师伐秦，结果大败，齐国坐视不救。此后楚国连年吃败仗，为求和到秦国，又被拘禁，被强迫割地。怒而出走，终死于秦。

隋文帝生活节俭，同时也要求官吏不许贪污受贿。他还出了一个绝招：为了防止低级官吏贪污受贿，暗中派人向他们赠送钱帛，然后再把接受馈赠的官吏们一律斩首。

唐太宗也学会了这一招，派人给官吏行贿，结果有一名司门令史收受贿赂，唐太宗大怒，准备将他处死，幸亏朝臣反对他这种无视法律、随意处置人的做法，此人才幸免于死。后来长孙顺德受贿时，唐太宗就当众赐给长孙顺德几十匹绢，让他蒙受耻辱。右卫大将军陈万福违法索取驿站数石麦麸，唐太宗就把麦麸赐给他，并让他自己背回去，以此羞辱他。

犹太有一位商人，旅途被劫，身无分文，欲向镇上人家借宿一晚，可是别人家里都没有位置，只有一个金饰店主家里有位置，但是他不收容任何人。

商人把修美尔神秘地拉到一旁，从大衣口袋里取出一个沉重的小布包，小声地对他说："砖头大小的黄金能卖多少钱啊？"

金饰店主眼睛立刻亮了，马上请商人睡在家里，期待估好价后，可以从商人身上大赚一笔。商人如愿住下，次日金饰店主问他要金子来估价，商人说："我没金子啊，我只是想知道砖头大的金子到底能值多少钱罢了。"

商人就是利用了金饰店主的这个"贪"字，达成了自己的目的。

一个囚犯，六十九岁，铁铐脚镣加身。原因是一个四十多岁的漂亮女人求他为了自己杀掉一个人，他起初不肯，这个女人一阵哭泣，他就心软了，把那个得罪了女人的男人残忍地杀害了，所以如今他要面临法律的严厉制裁。

有一种猴子爱偷大米，农民就因为猴子的这种小爱好来捉猴子。怎么捉法？把一只细颈瓶子系在大树上，瓶子里装上大米。晚上猴子来了，小爪伸进瓶子里抓大米，可是伸进去后，如果攥上拳头就拿不出来，必须把小爪撒开，把大米放下，才能把小爪抽出来。可是它不肯，就那么攥着大米被拴在瓶子旁边。农民来

了，它也不肯跑，直到被抓住。就算被抓住了，它也不肯放开大米，必须要把大米吃进嘴里。

"眼见他起高楼，眼见他宴宾客，眼见他楼塌了"，因贪而起的高楼，因贪而宴的宾客，结局就是楼塌树倒猢狲散。

季文子家无余财

季文子是春秋时代鲁国的贵族，为官三十多年，以节俭为立身的根本。

他不但自己穿衣朴素，也要求他的妻妾不穿绸缎衣服。外出的时候，他乘坐的车马也特别俭朴。

有个叫仲孙它的人劝他说："您身为上卿，德高望重，但听说您在家里不准妻妾穿丝绸衣服，也不用粮食喂马。你自己这么不讲究，丢的是咱们国家的脸，人家会说，瞧瞧鲁国的上卿过的是什么样的日子？为什么您不改变一下这种生活方式呢？这于己于国都有好处。"

季文子说："难道我不希望把家里布置得漂漂亮亮的吗？可是你看看我们国家的百姓，有多少人还吃着粗糙得难以下咽的食物，穿着破破烂烂的衣服，还有多少人正在受冻挨饿？想到这些，我怎么能忍心去为自己添置家产呢？如果平民百姓都粗茶敝衣，而我却把妻妾打扮得光彩照人，又把自己的马匹侍弄得膘肥体壮，这哪里还有为官的良心呢？再说了，我听说一个国家的强大与光荣，是通过臣民的高洁品行表现出来的，不是看他们的妻妾是否漂亮，骏马是否高壮，家里装修是否奢华。

那我干吗要接受您的建议呢？"

仲孙它听了，对季文子更加敬重。

季文子去世后，鲁襄公前来慰问他的家人，看到随葬品都是旧的，以为是他家人吝啬，不舍得拿钱置办，家里人捧上账簿，请鲁襄公看，账簿上清清楚楚地记录着季文子一家每天的收支情况。原来，不是家里人不舍得给他大办丧事，确实是因为他不贪不占，家无余财。

朱元璋的四菜一汤

相传，朱元璋有个远房表哥叫迕，他见朱元璋做了皇帝，就想：我们毕竟是沾亲带故的亲戚，比外人近些，有些照顾和提拔也是应该的。我何不去看望他，走动走动，增进感情，日后也可谋个一官半职？

可是，去看望朱元璋，要带什么礼品呢？朱元璋贵为皇帝，礼品当然越贵重越好。于是他多方采购，甚至借钱买东西，整整装满了两大箱子珠宝，雇了一辆马车，拉到了皇宫。

他让小童守着马车等候自己，他觐见朱元璋去了。

丑被人带到皇宫内院，恰好朱元璋正在给皇后过生日。他指着桌上的饭菜对表哥丑说："你来得正好，今日菜肴丰盛，我们一起为皇后庆贺寿诞吧。"丑一看，简陋的桌子上摆着四样菜：烧豆腐、炖萝卜、炒韭菜、凉拌竹笋，还有一盆蘑菇汤。

丑大为惊讶，问道："皇后寿宴，为什么这样简单？"

朱元璋说："这是待客的菜肴。平日里我们还不舍得吃呢。"

丑说："表哥贵为皇帝，难道这些都还不舍得吃吗？就算我们黎民百姓，素日也比表哥吃得好。"

朱元璋却笑着说："萝卜韭菜，着实甜香；小葱豆腐，意义深长；饭食清白，心里不慌……"讪只得坐下，陪着他一起吃起来。

他见朱元璋吃这样的饭菜，就不敢开口提送珠宝的事了。

朱元璋频频给讪夹菜，说："人最难克服的是贪欲。如果人心能像今日的菜肴一样清明寡淡，便不会轻易误入歧途了。食之七分可果腹，衣穿八分可御寒。既可度日，又可时时提醒自己凡事不可过头。"

讪最终没说出他的此行目的，匆匆吃完饭就告辞出来了。他觉得在朱元璋面前，衣着华丽的自己显得那么渺小。他悄悄原路返回，将珠宝卖掉，还了钱，此后在家乡修桥铺路，做了很多好事。

亲戚乡邻都不理解讪的变化，讪便将去朱元璋家做客的事说给了大家听。大家都深受感动，纷纷效仿，穿朴素的衣服，吃简单的饭菜，一时之间，皇帝的故乡节俭成风。

朱元璋称帝期间以身作则，提倡节俭，并约法三章：不论谁摆宴席，只许四菜一汤，谁若违反，严惩不贷。

朱元璋的故乡凤阳，至今还流传着四菜一汤的歌谣："皇帝请客，四菜一汤，萝卜韭菜，着实甜香；小葱豆腐，意义深长；一清二白，贪者心慌。"

【原文】

> 器具质①而洁，瓦缶胜金玉；
> 饮食约而精，园蔬愈珍馐②。

【注释】

①质：品质、质量。

②珍馐：美味，指珍奇的，味道极佳的食物。

【译文】

如果用的器具干净整洁，即使是瓦做的，也比以金玉为材料做的要更胜一筹；如果吃饭吃得简约而精致，即使是普通的蔬菜，也是珍馐美味。

【解析】

居家过日子，器具不必华美，一定要干净整洁。一日三餐，饮食不必奢侈，一定要简约精致。这实际上是指在日常生活中贯彻"修心"这一原则，力求使自己的生活简单、干净、有条理，而不是奢侈、繁复、凌乱不堪。

【故事链接】

美食与美器

说起饮食器具，自古及今，可以串起一条长长的河流。

新石器时代无非石锅石灶石盆石碗，此后便有木盘木碗，陶瓶陶碗，富贵人家又是金盘金碗，玉盘玉碗，象牙的餐具也有了，青铜餐具也有了。西周更是什么人用什么餐具，有一道明显的界线，不许僭越，所谓"藏礼于器""天子九鼎、诸侯七、大夫五、元士三"。

当初茹毛饮血吃生肉的时候，人们绝想不到找一个盘子盛起来；及至有了烤肉，要用盘子盛起来了，刚开始可能只满足于一个盘形的器具，但是渐渐地就要在盘子上雕花刻字；既然有了这么漂亮的盘子了，那就不能只盛简单的烤肉，一定要再精工细料把肉也做出花儿来；而肉也好，菜也好，都烹调得越来越精细，光一个盘子又怎么行？于是鼎、鬲、簋、簠、方彝、觥、爵、盉、瓠、觯等器物就都出现了。

汉室兴盛，粮多价贱，丝绸之路也通了，外国的菜籽也都运了过来，这样一来，吃的好东西越来越多，铁也有了，用来盛放美食的器具就越丰富。碗、盘、杯、壶、盒、罐、釜、甑，应有尽有，陶器、铜器、玻璃、镂银、错金、漆器加鎏金钿或银钿，数起来眼花缭乱，且基本上成了套，比如勺和匙盛汤，盏、杯、盅饮酒，不再混盛混用。及至东汉瓷器大时兴，颜色暗沉的青铜器就逐渐退位，色彩鲜艳莹亮的漆器、瓷器大行其道。

到了唐宋时代，烧瓷业发达，白瓷像银像雪，青瓷像玉像冰。到了明代，陶瓷餐具多"用白地青花，间装五色，为古今之冠"。不知怎的，即使是纯色的青花瓷具，优秀的画工都能描画出浓淡参差的层次，近看如云，远看若山，又若银山绕白练。

清代宫廷食器开始出现珐琅彩，每年农历七月初七，清宫御膳房做巧果，要放在绘有"鹊桥仙渡"图案的珐琅彩瓷碗里。牛郎织女天河会，巧果就盛在这样图案的盘子里。

现在的餐馆更讲究美食配美器。浓重艳丽的川菜配素雅的白色瓷具，菠萝菜品干脆用菠萝做餐具，椰子菜品干脆用椰子做餐具，竹筒饭当然要用竹筒来盛，又有紫砂餐具，密封好、受热快、散热慢，易出汤味，盛汤最好。还有各样异形菜盘，只有你想不到的，没有你见不到的。爆炒菜用平底盘，汤汁菜用汤盘，蛋圆椭圆的盘盛鱼，深斗池的盘盛整鸡、整鸭。

农家的乱炖就不能用细瓷小碗盛着吃，最好用粗陶蓝花大海碗，海海漫漫一大碗，再一手掐俩锅贴大饼子，那才够味。

李白诗云："金樽清酒斗十千，玉盘珍馐直万钱"，美酒要用金樽配，珍馐要用玉盘盛。杜甫诗云："紫驼之峰出翠釜，水精之盘行素鳞"，翠釜用来盛驼峰，水晶盘子用来盛清蒸鱼。

宴席不怕豪华，就怕豪侈，像小说家陆文夫说的："每席有十几二十几道菜，每道菜都换盘子、换碟子，叮叮当当忙得不亦乐乎"，结果却只给人感觉"吃了不少盘子、碟子和杯子"。

人与器具也讲究搭配。《儒林外史》里马二先生算是个寒士，一日到邃公孙家来做客，公孙做一席家常看宴请他："一碗燉鸭，一碗煮鸡，一尾鱼，一大碗煨得稀烂的猪肉。"鸡鸭鱼肉都是用碗盛，透着的就是实惠，但是不贵气，这于这位马二先生的身份倒也适宜，于是他举起筷子："'你我知己相逢，不做客套，这鱼且不必动，倒是肉好。'当下吃了四碗饭，将一大碗烂肉吃得干干净净，里面听见，又添出一碗来，连汤都吃完了。"

这样的器具，这样的吃法，若换一个人吃，便不成。比如，还是《儒林外史》里那位顾影自怜的名士才子杜慎卿。他请客是这样的：
"'我今日把这些俗品都捐了，只是江南鲥鱼、樱、笋，下酒之物，与先生们挥麈清谈。'当下摆上来，果然是清清疏疏的几个盘子。买的是永宁坊上好的橘酒，斟上酒来。"

不独饮食，凡是用到器具的地方，都要与这些器具的用途相宜才是。《红楼梦》里宝玉给探春送荔枝，用的是缠丝白玛瑙碟子，红红的荔枝，白白的碟子，才好看、有意思。而探春的秋爽斋，里面斗大的一个汝窑花囊，插着满满的一囊水晶球儿的白菊。这白菊若用美女耸肩瓶来插，就不相宜。宝玉他们姐妹兄弟冒雪而诗，宝玉去栊雪庵求红梅，李纨等就命丫鬟将一美女耸肩瓶拿来，贮了水准备插梅。若是用汝窑花囊盛红梅，那又不是一个道理。

总的来说，器具这种东西，居家过日子，一定要实在、好用、洁净，这样比堆金叠玉更实际。至

于饮食，更是如此。

章怡和的《伶人往事》里，写到马连良算是一个讲究到极致的人。戏做得好，动作处处漂亮。他的戏班扶风社讲究"三白"："护领白""水袖白""靴底白"。后台准备两个人，一个人专管刮脸，一个人专管刷靴底。马连良本人的行头有专人管熨，挂起来，穿在身上没有折皱。

马连良来章家做客，对章伯钧说："您只管付钱，一切由我去办。"他的办，是这样办："父亲是请吃晚饭，可刚过了午眠，几个身着白色衣裤的人就来了。他们进了我家的厨房就用自备的大锅烧开水，开锅后放碱，然后碱水洗厨房：案板洗到发白、出了毛茬儿为止，方砖地洗到见了本色才肯罢手……再过了一个时辰，又来了一拨身着白色衣裤的人。他们肩挑手扛，带了许多'家伙'。有两个人抬着一个叫"圆笼"的东西，据说整桌酒席尽在其内。还有人扛着大捆树枝和木干。"树枝和木干都是苹果木，用来烤鸭的。

客人来到，和主人相谈甚欢，"在院子一角，柴火闪耀，悬着的肥鸭在熏烤下飘散着烟与香。我又入厨房，见所有的桌面、案板、菜墩都铺上了白布，马连良请来的厨师在白布上面使用着自己带来的案板、菜墩和各色炊具。抹布也是自备，雪白雪白的。"

这大约就是艺术家的气质、风格，韵味、情调。与城头变幻什么旗帜无关，就是落实到一布一丝，一食一饭。他的讲究不是气派，只是精致，不豪华，却样范。

衣着洁净，居所洁净，饮食洁净，心地洁净。

汉昭帝与琳池

相传，汉昭帝始元元年（公元前 86 年），新入宫的周阳氏貌美如花，汉昭帝特别喜欢她，可是周阳氏却总是闷闷不乐。年轻的汉昭帝为了讨好周阳氏，不仅给周阳氏封妃，还给其父亲兄弟加官进爵。可是周阳氏还是郁郁寡欢。

一日汉昭帝去探望周阳氏，见周阳氏坐在院子里，正对着一朵快要枯萎的荷花发呆。汉昭帝看着周阳氏楚楚动人的侧影，心里顿觉怜惜，以为周阳氏喜欢荷花，决定修建一座琳池送给她，以便周阳氏散心解闷。

为了给周阳氏一个惊喜，汉昭帝背着周阳氏广招能工巧匠，破土动工了。

一天，汉昭帝对周阳氏说："爱妃整日闷闷不乐，朕不日赠与爱妃一物，爱妃定能欢喜展颜。"

周阳氏问："皇上可知妾心？"

汉昭帝胸有成竹地说："当然知晓。"

耗费巨资，历时年余，琳池终于建成。

一支茎上长着四茎叶，形状像两两相对的伞盖。太阳一照，叶片就低垂，护住茎根，像葵花低头向着根脚似的，叫低光荷。它结出的莲籽像玄珠，可以当装饰用的环珮。花与叶子交相参杂，芬芳的香气香彻十几里地，吃了它可使人嘴里一直散发香气，还能滋润肌理。宫中的人都很珍视它，每当外出游宴，出入宫中，嘴里都含着这种莲籽，或者把荷叶剪下来缝成衣服，或者把叶子折下来遮挡烈日，互相嬉戏。《楚辞》里说的折下芰荷的叶子做衣裳，就是这个意思。池中还生长着倒生菱，花茎如同乱丝，一朵花下面长着十片叶，根浮在水面上，果实落入淤泥里。池底的泥是紫色，称为紫泥菱，吃了它可以令人不老。

一日，汉昭帝命人请来周阳氏，为了给她惊喜，让她戴上面纱过来。来到琳池边，汉昭帝掀开周阳氏的面纱，可惜汉昭帝没有看到周阳氏欣喜若狂的神情。周阳氏先是看着华丽无比的琳池目瞪口呆，继而发出了轻轻的一声叹息。

汉昭帝顿时觉得无趣。

于是，他让别人陪他一块乘船在池中嬉戏，从早到晚地玩。岸边的桌案上摆满珍馐百味，玩够了就上岸吃喝，吃喝够了再下水去玩。就这样，从早到晚，朝政也不管。

有一天，大臣进献一只独木舟给汉昭帝。昭帝一看，嫌弃得捏住鼻子："用栝木作桨，松木作舟，我都嫌弃它笨重朴拙。何况这只独木舟，我才不要坐它哩。"说完汉昭帝眼前一亮：要是制作一艘船，自己与周阳氏泛船低光荷下，岂不美哉？说不定周阳氏也会开怀。

于是汉昭帝下令："用文梓木作船，木兰为船舷。在船头雕刻上飞翔着的鸳鸟与鹢鸟。"

船终于造好了，非常华美，鸳鸟与鹢鸟也栩栩如生。汉昭帝牵着周阳氏的手上了船，随风在池水上轻轻地漂荡，低光荷荷叶硕大碧绿，上面水花攒动。低光荷花儿娇艳无比、香气袭人，岸上又传来丝竹声，歌舞伎载歌载舞，唱道："商秋素景泛洪波，谁云好手折芰荷。凉凉凄凄揭棹歌，云光开曙月低河，万岁为乐岂为多……"汉昭帝几乎醉倒在这怡人的景色中。

汉昭帝非常高兴，立马召唤人，吩咐池中再建一座游商台，以供自己与周阳氏赏玩时小憩之用。

这时候，只见晶莹的泪水在周阳氏美丽的面颊上纷纷滚落，她拉着汉昭帝的手说："皇上再不要大兴土木修造宫殿了，当以黎民百姓疾苦为念，如此奢华，皇帝可知黎民百姓过的是怎样的生活？臣妾入宫伴驾之前亲眼见到很多百姓食不果腹、衣不蔽体，更有甚者，久病不得医，臣妾看见每每心痛难忍。"

汉昭帝终于读懂了周阳氏的郁郁寡欢，并且更加喜爱周阳氏。他叹道："想来自己当朝天子，竟不如一裙钗思虑天下苍生。"

于是汉昭帝立誓，自此倡导节俭之风，远离奢靡铺张。周阳氏终于露出了笑容，汉昭帝看见周阳氏的笑容那么美丽，简直倾国倾城。由于汉昭帝再不去琳池，慢慢地，

台池堵塞了，鸾舟放烂了，荷花也衰败了。汉昭帝也赢得了周阳氏的欢心，两人像寻常人家夫妻一样恩爱有加，琴瑟和谐。

甘于清贫的伯余

汉朝末年，有个书生，书生有一个儿子，名叫伯余。

伯余十六岁那年，他父亲的朋友升任了大官。书生带伯余去朋友家做客。朋友设宴款待，用精美的器皿装着各种美食。席间书生的朋友见伯余越来越俊美，举手投足间器宇轩昂，谈吐也不失礼数，就非常喜欢。他跟伯余的父亲说："我家只有一女，可否让伯余入赘我家做我的女婿？"

父亲听了，回到家后和妻子商量：虽然入赘，也是进入豪门，有吃不尽的美食，穿不完的绫罗。为了让伯余过上更好的生活，夫妻二人便答应下来。

谁知伯余知道了这件事后，坚决反对。他说："我家虽然贫寒，但一家人在一起，其乐融融，爹娘为何将我送去富贵乡，令我失了男儿志气？如今父亲私下作主做出这样的事，伯余宁死不从。但是考虑退婚会给人家女儿带来羞辱，所以必须由父亲带领，亲自去跪下请罪才是。"

书生听了，觉得有道理，就带着伯余去朋友家。朋友的女儿名叫紫竹，与伯余同岁，自幼熟读诗书，不仅长得相貌美丽，还颇识大体。她听说伯余要退婚这件事，就躲在屏风后面偷听。

她从屏风缝隙里看见伯余器宇轩昂、谈吐不凡，又听见伯余跪在父亲面前说："恳请伯父收回成命，伯余万万不能入赘你家。我不能丢下年迈双亲，独自来你家享受富贵荣华。我愿意陪伴在父母身边，粗茶淡饭侍候双亲，并且想通过自己的努力过上好的生活。"

书生的朋友生气地说："我家女儿貌美如花，况且我家家境也好过你家数倍，难道招赘你还辱没你了吗？"

伯余连忙磕头，就是不松口。

紫竹听到这里，从屏风后面走出来。她说："婚事怎么能说不算就不算？你考虑你的志气和你的父母，你可曾想过我一个女儿家被你退婚，日后如何自处？"

伯余被问得哑口无言，呆呆地跪在那里。

紫竹见状禁不住哑然失笑，她双手搀扶起伯余说："婚姻大事，岂能儿戏？你既然不愿意入赘我家，我就嫁到你家，愿意与你一起过清贫的日子，并且侍奉你的双亲终老。"

紫竹的父亲无奈，只得答应了这件事。紫竹又说："因为伯余清高，女儿非常欣赏，所以出嫁不带任何嫁妆。"她的父亲也应允了。

后来伯余与紫竹成婚，因为感念紫竹不嫌贫爱富，伯余对紫竹敬爱有加，并立誓此生只为一人夫，无论日后发达与否，永不纳妾。

紫竹过门后，亲自操持家务，洗手做羹汤。一家人虽然不富有，却其乐融融。后来伯余做了官，他们的生活渐渐富裕起来，伯余与紫竹生育三女，无子。不管紫竹怎样劝解，伯余坚持不纳妾，只与紫竹举案齐眉。

很多年后，紫竹将自己的父母也接了过来，伯余待他们如同亲生父母。

状元辞官

在宋朝，有一个年轻的书生，姓黄。黄生生于书香门第，自幼苦读诗书，十几岁便成了赫赫有名的大才子。他不仅精通诗书，还酷爱琴棋书画，是个极其雅致的人。

大考之年，黄生赶考，竟高中状元。皇帝看黄生才貌双全，便将自己最喜爱的女儿嫁给黄生。黄生被招赘驸马后，平步青云。公主不仅貌美，也知书达理，夫妻二人很是和睦。

黄生仕途一帆风顺，本该意气风发却日渐萎靡不振，最初只是不思茶饭，渐渐连话也懒得说，一副病恹恹的样子。公主很着急，请太医诊治，无数太医看过，都看不出所以然来。

一天，公主对黄生说："人世间最难医治的病是心病，驸马天天郁郁寡欢，一定是有很重的心事，既然我们做了夫妻，不妨说出来我们一起承担。"

黄生叹了一口气，落下泪来。他说："从前家贫，励志苦读书，希望有一天飞黄腾达。果然高中状元飞黄腾达后，却更加怀念从前清贫的日子。我家在北方，那里四季分明。我的爹娘姊妹也都是普通百姓，但是父慈子孝非常和美。我家用的器皿都是当地粗瓷制成，但我娘却总是洗得干干净净，并在里面填满温热的汤水，家人随手可得。

我家院落也不大，却干净整洁。院子中间有一棵老槐树，天气暖和了会开花，槐花很香。槐树下有石桌、石凳，一家人常围坐在树下吟诗作对，无比开心。

如今生活在京城，吃穿用度皆是人世间极品。很多人围绕着伺候得周到妥帖，却少了亲人之间的温暖。再者我贵为驸马，很多人围着奉承讨好，却听不到最真诚的话语，看不见温暖的笑容，所以我日日思念家乡、家人和从前的日子。"

公主听了半晌不语，后来她慢慢地站起身说："我自小生活在深宫，从未见过你所描述的那种生活。我的娘亲是皇后，却很少见得到。皇宫虽然奢华富贵，却也缺少了人间温暖，既然你喜欢那样的生活，我去想想办法吧。"说完她就走了出去。

公主跟皇上陈情后，皇上思考良久，答应驸马辞官，然后过了一阵子，又对外声称公主和驸马暴病而亡。

在北方的一个小镇上，不知何时又多出了一所宅院。一个叫黄根生的男子偕妻儿搬进来，人们都说黄根生与从前故去的驸马爷很相像，看上去简直就是一个人。

黄根生与从前的驸马黄生的父亲、兄弟一墙之隔，相处得像一家人一样。黄根生家的院子里也栽种了一棵槐树，天气一暖，满树槐花。一个衣着简朴的美妇人在槐花里教两个稚子念书、玩耍。

他们生活非常简朴，他们身边只有两个小丫鬟伺候。美妇人常和丫鬟们一起动手做家事。他们把院子收拾得干净清雅，常常茶香四溢。那个叫黄根生的男人坐在槐树下的石桌边读书，偶尔他们的邻居一家也加入进来，大家一起说说笑笑，其乐融融。

后来黄根生做了私塾里的先生。他学问高深，用心教书，自己的两个儿子也是精通诗书，却只做学问，从不为官。

后来民间有很多传闻，据说还有皇宫里的轿辇趁着夜色来到这个神秘的小院子，是真是假，谁知道呢？

【原文】

勿营华屋，勿谋良田。

【译文】

没必要盖造奢华的房屋，没必要谋算获取肥沃的田地。

【解析】

人的欲望是无休无止的，如果不加控制，一定会越来越膨胀。盖一处华屋，就会想要盖更多；谋一处良田，就会想要谋更多。最终，人会被贪欲打败、吞噬，变得失去了自己，而成了欲望的奴隶，终日营营苟苟，停不下来。

【故事链接】

勿谋良田

楚国丞相孙叔敖是一个为官清正、为民鞠躬尽瘁的人。他不仅受到皇上的器重，而且也深受百姓的爱戴。

春秋时期，淮河洪灾，他主持治水，不仅亲临现场指挥，还耗尽了自己的财产。经过三年苦战，终于修筑成历史上第一座水利工程。这项工程借淮河古道泄洪，灌溉农田，造福了淮河流域黎民百姓。

孙叔敖不仅治水功绩斐然，还尽心辅佐楚庄王，建议正确引导百姓农耕，大力发展经济，楚庄王更加器重他。在他的努力下，楚庄王成为"春秋五霸"之一。孙叔敖是楚国的大功臣，也是个有大智慧的人。他一生不贪不占、无欲无求、一心为国，可惜因操劳过度，积劳成疾，三十八岁便病死在异乡。

孙叔敖临死时对他的儿子说："我活着没有接受楚王的封地，死后楚王必定封你城邑，到时候，你一定不要接受别人都争着要的城邑。在楚越边界有个叫寝丘的地方，低洼荒凉，土地不肥沃，名字也不吉利，从来没有人愿意要，你只管要它。"

由于孙叔敖为相清正廉洁，不蓄余财，儿子只好上山砍柴卖柴为生。丞相的儿子沦落到如此境地，被人传扬开去。这件事传到了孙叔敖的好友优孟那里，他不相信，亲自跑去查看。他见孙叔敖之子果然衣衫褴褛、面呈菜色，肩膀上扛着一捆柴朝集市走去，于是优孟上朝把这件事告诉了楚王，楚王想起孙叔敖为楚国立下的汗马功劳，心里非常难受，立即下令传召孙叔敖儿子前来觐见。

楚王对孙叔敖的儿子说："你父亲在世时为楚国立下汗马功劳，本应该早给他封地，可是他一再拒绝。如今把这封地给你，楚国封地随你挑选，你愿意要哪里的封地？"孙叔敖的儿子按照父亲的叮嘱，不要肥沃的城邑，只求荒凉稀薄的寝丘。于是庄王封给孙叔敖的儿子寝丘四百户赋税，还夸奖贤者之后有贤风，对孙叔敖教子有方大加赞赏。

按照楚国的规定，功臣的封地经过两代，别的人要封时就得收回。由于寝丘是人们不屑一顾的地方，也没有人愿意要，而孙叔敖的子子孙孙在那片土地上春种秋收，安然度日。这片曾经荒芜的土地慢慢地变得硕果累累，后来在孙叔敖的子孙那里一直传了十几代，他们的家族也瓜祚绵绵，繁荣昌盛。

孙叔敖的目光长远，也被后人称为"短智佐君王，长智利子孙"。

所以，"勿营华屋，勿谋良田"是智者告诉人们的生存智慧，是提醒人们不要谋眼前小利，要明白"懂节制，方得长久"的大道理。

六尺巷的故事

在清朝康熙年间，安徽桐城有一个赫赫有名的家族，父子两代做宰相，非常显赫，这就是张家的张英、张廷玉父子。

还是张英在朝廷当文华殿大学士、礼部尚书的时候。老家桐城的老宅与吴姓人家为邻，两家之间有块空地，供双方来往交通使用。

忽然有一天，吴家来访并且备了厚礼。坐定奉茶之后。吴家人说出了来访的目的。原来吴家要建房子，想要占用那块空地，以便把房屋建设得更大。张家原本也不在意那块空地，但是听说吴家今日带着礼品拜访原来是另有所图，要将那块空地据为己有，建设房屋，心里顿时觉得不舒服，脸色也冷了下来，当即表明不同意。两家人因此发生争执，并且各不相让，原本和谐的邻里关系也崩塌了。

吴家最终将张家告到县衙，说张家不让自己在空闲之地建设房屋。而张家却说，那块空地六尺宽，为两家公用，为的是平时出入方便行走。如果平均分配，每家只有三尺，而吴家却要将六尺都占为己有建设房屋，遂也用一纸诉状反告吴家侵占自己的土地。县官经过调停无效，又亲自实地考察，也无法断定那块空地到底该归谁所有。

县官经过多方打听，才知道两家都是有身份、有地位的人家。他考虑到这两家都是官位显赫的名门望族，于是假装生病不再开堂做了断，官司就暂时搁置下来。

见官司迟迟没有了断，张家人给在北京当官的张英写了一封信，信中详细陈述了吴家人怎样心怀鬼胎带礼品来家拜访，实则想要以其小恩小惠霸占地盘的恶劣行为；又说县官不作为，躲起来不给公判。家里人要张英出面，压制县官，夺回属于自己的那三尺宽的地盘。

张英看到信，想了想，给家里回了一封信："千里修书只为墙，让他三尺又何妨？万里长城今犹在，不见当年秦始皇。"

家里人看了信，明白了张英的意思，就去县衙撤回诉状，然后主动让出属于自己的三尺空地。

吴家见张家态度变化这么大，很是不解，就问其原因。张家人将张英的信拿出来给吴家人看，吴家人深受感动，觉

得张英既然如此深明大义、客气礼让，反倒显得自己贪欲太重、小家子气了，于是也拱手道歉，主动让出三尺房基地。

就这样，两家谁都不好意思占三尺，都各退一步，形成了一个六尺的巷子。

这两家互相礼让的举动和张英深明大义、不仗势压人的做法也不仅仅感动了吴家人，更是被世人传颂了一代又一代，也不知道这个故事感动、教育了多少人。据悉，至今六尺巷民风淳朴、夜不闭户。

兄弟之争

在明朝，有个李姓家族，老父是盐商，挣下了一些家产。他有两个儿子，大儿子名叫张弛，小儿子名叫张路。二子成年后各自娶了媳妇。张弛娶了财主的女儿赵氏，张路娶了秀才的女儿米氏。他们各自育有一子一女。

李家共有三套宅院，一套是新建，并且大些，小儿子张路与米氏住在那里。另一套是老屋，破旧逼仄，李家老父偕老妻住在里面。还有一套是一个小四合院，不大也不小，很简朴，大儿子张弛一家住着。

李家老父病危，决定给两个儿子分家产。他把儿子叫到跟前，说：咱家一直和和睦睦，兄友弟恭。可是树大分枝，总要分开过生活。现在趁着我还清醒，把家给你们分开吧。两个儿子和两个儿媳听到这里各自掩面哭泣，做不舍状。

老父说："粮食、骡马、铺子平分。房子谁住着就归谁。这间老屋你们母亲住在这里，将来谁在身边尽了孝道就给谁。"

老父说到这里，剧烈地咳嗽起来，差点喘不过气。等老父平复下来，屋子里一片沉默。老父见状以为大家都对分家没什么意见，于是挥挥手说："那就这样吧。"

谁知道大儿子张弛站起身说："我不同意，父亲偏心，家分得不公平！二弟住的院子是新建成的，最大也最豪华的。我的那个院子小很多，还简陋，里面的家什也都老旧不堪。"老父沉吟良久说："是不公平，要不这间老屋日后也归你所有吧。"

谁知老二站起身说："凭什么我只有一套，而哥哥却要两套？难不成老母亲归他养老送终？"

老大说："这个老屋是父亲给我的补缺，怎么又牵扯上为娘养老送终？"于是兄弟二人你一言我一语吵起来。大儿

子的媳妇赵氏也上前来帮着张弛吵，只有二儿媳米氏低头不语。老父见状问："你为何不说话？是不是也觉得不公平？"二儿媳米氏站起身对着老父深深行了一礼，说道："家翁哪里话来？我出嫁来咱家时，娘亲就教导我'好女不穿嫁妆衣，好男不吃分家饭'，我对如何分配丝毫不介意。"

张弛和张路听了这话也都停止争吵。老父亲说："谁都不许说话，听米氏说。"

米氏转向丈夫说："夫君，不要和哥哥为了房屋争吵。哥哥喜欢我家房子，我们和哥哥换了就是。良田三千，也食一碗米。豪宅千座，也眠三尺宽。奴家愿意跟着夫君住小房子。"

张路听完红了脸，对米氏深施一礼，说："想我堂堂七尺男儿，竟不如一个妇道人家，今日就听你的话，把大房子给哥哥。"于是张路说同意住小房子，并且愿意无条件奉养母亲百年。

张弛更加觉得无地自容，并且连连作揖致歉："弟弟、弟媳莫让，俗语说：要想好，大敬小。都是做哥哥的不成样子。我们是亲兄弟，不分家。再要提此事不仅羞煞自己，也笑煞世人。"

房子自然没有调换，而张弛、张路两兄弟自此也互相谦让、互敬互爱。在老父亲的坚持和一家人的推举下，米氏做了张家的当家人。在她管家的日子里，分配工作合理，家务治理得井井有条，兄弟、妯娌和睦相处，日子过得蒸蒸日上。

古代还有两个人，一个叫疏广，一个叫疏受。疏广是疏受的叔叔，叔侄两个都在朝为官，很受尊重。告老还乡的时候，皇帝恩赏了他们好多钱。

他们回到家乡，没有想着拿着这钱买房置地，而是每天都命家人变卖黄金，大摆宴席，请族人、旧友、宾客等人一起饮酒取乐。

他们的这种做法，当然有人看不过去，替他们的儿子说话，请他们要留下一些钱财来，给子孙置办产业。

疏广就说啦："你们看我，耳不聋，眼不花，难道我是那么糊涂，不知道顾念儿孙的人吗？可是我们家原本就有土地，原来的房屋也够住，土地也够他们辛勤耕作以养家糊口。这还不够吗？如果买的田地多了，自己干不过来，就会雇人耕种，他们自己就变得懒惰了。给他们留的钱多了，他们就会躺在钱堆上睡大觉，整个人也就都废了，变得愚蠢不说，说不定还会仗着'老子有的是钱'胡作非为，触犯法律，到时候，我想救都救不了啊。再者说了，你们以为，钱多就是好事吗？人们仇富的心理是很重的，说不定什么时候他们或者他们的子孙就会因为有钱而受到什么灾难或者被绑架。所以呀，让我的儿孙们认真地、勤快地过他们自己的生活吧，我的钱是皇上赏给我的，我想怎么花就怎么花，别人谁也管不着。"

他这番话一出，人们心服口服。

他们的孩子也都转过弯来，想着自己好好过生活，而不是一味考虑怎么啃老了。

【原文】

> # 三姑六婆，实淫盗①之媒；
> # 婢美妾娇，非闺房之福。

【注释】

①淫盗：荒淫和盗贼。

【译文】

像三姑六婆那些女人们，实在是荒淫和盗贼的媒人。美丽的女婢和漂亮的妾室，并不是家庭的福气。

【解析】

古代讲究内外有别，男人在外做事，女人在内理家。女人一般不出门，那么联系她们和外面世界的纽带，就是"三姑六婆"。元人陶宗仪在《辍耕录》中解释道："三姑者，尼姑、道姑、卦姑也；六婆者，牙婆、媒婆、师婆、虔婆、药婆、稳婆也。"这些人出入女人的闺房，保媒拉纤，挑动人心，搬弄是非，无所不用其极。

而家里蓄养美婢娇妾，一方面，不利于养生；另一方面，人心浮动，不知道会做出什么事来。

这是基于古代的生活方式提出的一种态度，对于现代人来说，少和嘴碎而多是非的人来往就好，不贪欢爱色就好。

【故事链接】

害妻娶妻

从前山东地界有一个书生，名叫张文广。张文广很有文采，长得也十分英俊。但他平日里行为轻佻，喜欢年轻貌美的女子，往往拿漂亮的女子和自己的结发妻子作比较，越比越觉得自己的妻子丑陋不堪。于是他总是对妻子恶语相加、极尽挖苦之能事。

乡上有一个财主姓王，家里很有钱。财主家里有一个女儿，十七岁的年纪，长得皮肤白皙，容貌俊美，是方圆百里有名的美人。由于貌美，媒婆几乎踏破了王家的门槛。但是其父母都不如意，就说：要是遇到像书生张文广那样才貌俱全的男子，才肯把女儿嫁过去。

这句话传来传去，竟传到了书生张文广的耳朵里，书生早就知道王家女儿生得漂亮，听了这话更是日思夜想，欲罢不能，渐渐患上了相思病。

为了让自己美梦成真，有一天晚上，他将结发妻子骗到井边，一把推进井里淹死了。

妻子死后，张文广虚张声势地哭嚎了一阵，并四处扬言妻子是打水时不慎失足落水致死。

过了百日，张文广去王姓财主家提亲。老财主见到张文广很高兴，就答应了婚事。张文广如愿以偿娶了如花似玉的王小姐，高兴极了。他视王小姐如掌上明珠，极尽宠爱；而王小姐也非常欣赏张文广的才华，二人如胶似漆，一刻也不愿意分离。可是王小姐太美了，偶尔出门，经常惹得行人驻足观看。这让张文广忧心忡忡起来，他非常担心美丽的妻子被别人抢跑。

于是张文广像看守罪犯一样看守着妻子，妻子走到哪里他就跟到哪里，即便是妻子回娘家他也会跟着，只允许妻子在娘家待一会儿，便带她回家。

时间久了，妻子生气了，她说："你这样不信任我，如果我是一个不守妇道的女人，那么你这么看着能看得住么？"

张文广不说话，却一如既往地疑神疑鬼，寸步不离地看着妻子。有一天张文广外出办事，他在外面将门锁死，把钥匙装进贴身衣袋后才放心地走了。

傍晚回家时，他站在门口，似乎听见屋里有说话声，于是他蹑手蹑脚打开房门。却看见一个戴貂皮帽子的男人躺在床上，张文广大怒，跑到厨房拿来菜刀一顿乱砍，直砍得血肉模糊才作罢。

冷静下来的张文广朝床上看去，只见床上躺着被他砍得血肉模糊的小娇妻，哪有什么男人。

原来，长时间的猜忌使张文广产生了幻觉。所谓的貂皮帽子，不过是妻子的一头秀发。冷静下来的张文广痛不欲生，他抱住脑袋像狼一样号哭着。

张文广的父母花了很大一笔钱将张文广从牢里保释出来。谁知道张文广的幻想症越来越严重，他经常看见娇美的王小姐躺在床上与别的男人厮混，他就跑到厨房去拿菜刀，拿着菜刀跑回来，却看到床上什么也没有。如此反反复复，人们经常看到他拿着菜刀到处跑，彻底变成了一个疯子。

余坤之死

唐朝时，有个富商叫刘玄。刘玄无子，只有一个女儿叫莲儿。莲儿生得娇美无比，嘴甜心眼活，深得刘玄夫妇宠爱。

刘玄一直想给莲儿找一个各方面都优秀的女婿，无奈挑遍全城也没有满意的人家。往往门当户对的，相貌不相称；相貌相称的，又是小户出身，或门当户对，却又是混混之辈。就这样挑来选去，不知不觉，莲儿已经二十岁了。

这天正逢大集。莲儿由丫鬟陪着去散心，碰上太守之子余坤。余坤顿时迷上了莲儿的美色。

余坤回家后，仍旧魂不守舍，可是他已经娶了当朝宰相的女儿为妻，所以他也不敢起纳妾的念头。

自从遇见莲儿后，余坤就找尽借口在刘玄家门前走来走去，莲儿也经常在门内和他眉目传情。

后来余坤想出一个办法，他假装撞邪病倒，请巫师来家诊治，巫师说："要娶一个八字与他相对应的女子才能好。"说着巫师写下了一个八字，这个八字就是莲儿的八字。

宰相的女儿为了给丈夫治病，不得不答应余坤娶二房夫人。

刘玄见上门提亲的居然是太守的儿子，不仅家世显赫，还风度翩翩，虽然说是做妾室，但也很高兴，就答应了这桩婚事。

就这样，余坤如愿以偿地将莲儿娶回了家，并且将全部宠爱给了莲儿，更加讨厌结发妻子，很久都不愿意见妻子一面。

宰相的女儿醋意大发，就在莲儿的房里安插上自己眼目，经常听眼目汇报他们说些什么话，做些什么事。

这天，眼目汇报说，余坤和莲儿说闲话，余坤说道："为得娘子，费尽心机，才骗得那母老虎应允，我们才夙愿得偿"，并且将自己当初的安排一并告知，莲儿大受感动，两个人浓情蜜意，却不知隔墙有耳。

宰相女儿听了大怒，哭着跑回娘家，告诉了父亲此事。宰相听后，非常生气，派人栽赃陷害莲儿的父亲刘玄，说他为富不仁、非法敛财、杀人越货，然后把他下了大牢。

宰相又给地方官递了话，地方官不敢不严办，于是把刘玄的家产充公，男丁充军，女子发卖为奴。

莲儿得知后，日日啼哭，余坤不敢为莲儿父亲说情，莲儿颇为失望。后来有婢女把真相告诉了莲儿，莲儿想到是自己害了父母，不觉悲痛欲绝，连余坤的面也不愿意见了。

莲儿不久病倒，宰相的女儿又为余坤纳了一个小妾小玉，更为年轻貌美。余坤原本就是好色之徒，有了小玉，便夜夜欢爱，渐渐将莲儿抛至脑后。

一年后，莲儿也死了。宰相的女儿找了个理由，把余坤的小妾卖到妓院。余坤仿佛做了一场春梦，又回到了从前的日子不说，还被宰相大加敲打，吓得他日日胆战心惊。这天夜里，他梦到刘玄和女儿莲儿找他索命，说是如果不是他的缘故，他们也不会家破人亡。他又惊又吓，缠绵病榻，半年瘦成一把人干儿，精气神儿再也没有缓过来。一年以后，他也死了。

鲁国国君好色误国

春秋时期，齐国有一个大政治家，名叫管仲。他辅佐齐桓公九合诸侯，一统天下，使齐国成为五霸之首。

但是，管仲去世后，齐国再没有像管仲这样优秀的人才出现，一蹶不振，就连从前一直恭敬顺从的鲁国也对齐国不以为然起来。

一直到齐景公时，齐国又出现了一位优秀的宰相晏婴，齐国的势力才又逐渐上升，鲁国又被齐国压制下去了。

就在这个时候，鲁国出了一位名叫孔丘的大思想家。他学识渊博，思想独特，鲁定公非常器重他。在齐国和鲁国的夹谷大会上，鲁国因为有孔丘的辅佐而占了上风，齐国输给了鲁国，齐景公因此忧心忡忡，马上召来晏婴，说：“如今，鲁国慢慢地强大起来，并有了压倒我国的势头，我们该怎么办呢？”

晏婴是一个颇有大智慧之人，他回答说：“这也不难，俗话说，擒贼先擒王，只要我们制住关键人物，鲁国就压不到我国头上。只要我们想办法把孔丘挤走，鲁国就强盛不起来。”

齐景公说：“我也知道这个道理。可是孔丘也是个颇具智慧的人，鲁定公如今非常信任他，我们怎么才能把他挤走呢？”

晏婴说：“据我所知，鲁国国君是一个好色之人，不如投其所好，与之美人。而孔丘却要求‘政者，正也’，一再强调国君要为全天下人做表率。好色的鲁国国君沉迷女色，荒废朝政，孔丘一定会去劝阻。劝得多了，鲁君一定会生气，慢慢就会讨厌他了。”

齐景公一听，连连夸好，依计而行，下令挑选了几十个美人，

日日派人教她们唱歌跳舞，训练好了以后，把她们一起送到鲁国。

有一位很受鲁定公宠爱的大臣，名叫季斯，他和鲁定公一样，是个见了美人就挪不动步的家伙。他得到了这个消息后，心中别提有多高兴，于是偷偷换了便服，乘车去南门外偷看，果然看见齐国美女轻歌曼舞，十分迷人。

季斯意乱神迷，赶紧跑进皇宫，添油加醋地描述起齐女之美态，把鲁定公说得心荡神驰、按捺不住，当即换上便服，与季斯一起去偷看。

齐国的使者认出了鲁定公，心中窃喜，暗中传令，让舞女使出全身解数，卖力表演，并且派最美的歌姬仙玉走到鲁国国君身边。她轻舒水袖，歌喉如夜莺般婉转，美目含情，直把鲁定公看得神荡魂飘。

鲁定公回宫后，果然日思夜想寝食难安，后来干脆将仙玉带回宫中。仙玉使出浑身解数，将鲁国国君迷得神魂颠倒，夜夜笙歌，从此疏于朝政，把国家大事抛到九霄云外。

孔丘听说后，赶紧进宫劝谏，鲁国国君也自觉惭愧。正在此时，仙玉又将其他美人一起带进宫里，变着花样跟鲁国国君玩起来，鲁国国君又把孔丘的话抛到九霄云外。

心急如焚的孔丘接二连三进宫苦苦劝说，鲁国国君越来越讨厌他了，到后来干脆避而不见。

孔丘的弟子见孔丘每日忧心忡忡、落落寡欢，便劝他离开鲁国，于是孔丘开始了他那长达十四年的周游列国之旅。

自此之后，鲁国一蹶不振，成了齐国的附属国。

马道婆和赵姨娘

《红楼梦》里，宝玉的父亲贾政有一个妾室，姓赵，人称赵姨娘。

都说古时候"一夫多妻制"，不对，人家也是一夫一妻制，只不过多了几个妾罢了。妾根本不能算在"妻"的里头。一个男的，老婆死了，许多妾在屋里，那也是钻石王老五，是要预备猪羊花红茶酒银子重新"聘"一个老婆的。至于妾，根本不用"聘"，要讲"纳"，就是出点银子买进来。《唐律疏议》居然有这样的规定："妾通买卖""以妾及客女为妻，徒一年半。"那意思就是谁要是把妾晋升为老婆，那是要触犯刑律，两口子一起服刑一年半的。

到了明朝，妾的情形也好不到哪儿去。一个姑娘嫁人，嫁的时候叫"新娘"，后来就按着身份，不是叫"奶奶"，就是称"太太"，再不用当"新娘"了。但是要是嫁给人家做妾，你就是头发白了，牙都掉光了，挂着拐棍子一摇一摇的，也是一个老掉牙的"新娘"。

《红楼梦》里，动不动就有家族祭祀，从来也没有见过赵姨娘、周姨娘在场——妾根本就不能参加家族祭祀，她们不能算是这个家族里的"人"，她们上香、奠茶、供饭，天上的祖宗是不吃的。唐朝大诗人白居易写过一首诗，叫《井底引银瓶》，就是讲一个好人家的小姑娘，因为跟人私奔，没资格当人家的妻，所以只好作妾，"聘则为妻奔是妾，不堪主祀奉苹蘩"，就这么惨。

妾生的孩子，也就是庶出的孩子，必须要认正式妻子为"嫡母"，生身的娘只能当"庶母"。换句话说，妾生的子女也是少爷小姐，是主子，他们的娘哪怕在他们面前呢，也是一辈子都翻不过身来的奴才。

赵姨娘生了一个儿子，叫贾环。

宝玉和贾环比，一个是天上龙，一个是土里虫，是以贾母也不疼，贾政也不疼，王夫人更不疼。弟兄两个，哥哥宝玉屋里金奴银婢，钱多得花不完，丫头们都不识戥子，随手拈一块银子就赏人。玻璃碗、联珠瓶，玛瑙盘子，一个失手，当啷就砸碎了，也不心疼。好扇子被晴雯哧哧几下，撕好几半，宝玉还叫："撕得好，再撕响些。"弟弟贾环除了一个月二两银子的月银，就什么也没有了。宝玉过个生日要多隆重有多隆重，这个也来送礼，那个也来送礼，还要到各庙里放堂舍钱。贾环哪有这个体面！宝玉出门，六个大仆，

四个小厮，前引傍围，前呼后拥，贾环只能领两个小丫头乱跑。

所以贾环也妒忌，赵姨娘更妒忌。贾府里金山银山，她看了一眼又一眼，却连金子的边都啃不到。眼巴巴看着王熙凤穿得好似神仙下界，王夫人屋里宝贝堆盈，自己的小屋子光线阴暗，炕角堆一堆零碎绸缎湾角，那是别人用完了、用剩了，才扔到她这里的。贾府绮罗玉宴，她只能喝一点残汤剩水。

她想让贾府偌大的家财都归她的儿子贾环所有，只有这样，她才能够心愿得偿，以后也像贾母、王夫人、王熙凤这样，威风八面，人人都巴结侍候了。

不过，有嫡出的哥哥贾宝玉在，贾环是没什么机会的。而王熙凤动不动就欺负她，她也恨得王熙凤要死。

所以，她就开始想办法，要除掉这两个人。

可是，既不能投毒，又不能放火，她能怎么办？

在古代，"三姑六婆"就没什么好名声，七嘴八舌、不务正业、串门子、搬是非、诲淫诲恶、见钱眼开。过去妇女大门不出二门不迈，闷得可怜，这群家伙就时不时地登门拜访，东拉西扯，自要把你哄高兴了，就能大捧的银子赏我花。常来贾府走动的马道婆就是"三姑六婆"之一。

这天，马道婆来了贾府，见过了主家奶奶们，又东走走、西串串，趸摸到赵姨娘的屋子里来。赵姨娘给马道婆诉说自己的委屈，马道婆就架桥拨火，说还是你自己没本事，要我，明着治不了，暗着也治了他们了。

原来，她会魔魔法。魔魔法的害人工具不是刀枪剑戟、斧钺钩叉，而是天上地下，神儿啊鬼儿的，就是给人下诅咒，然后作法。

　　一个本来就满腔郁忿，一个本来就心术不正，两下里就对了眼。赵姨娘说："你若果然法子灵验，把他两个绝了，明日这家私不怕不是我环儿的。那时你要什么不得？"

　　马道婆说，那可不行。到了那时候，什么凭据也没有，你怎么会承认？

　　于是，为了这个美好目标，赵姨娘豁出去了！五百两银子的欠契也写一张，半辈子的体己也拿出来，都便宜了马道婆——她一个月只二两银子的月钱，五百两，得够她挣多少年？她这体己的一堆白花花的银子，不知道有多少，马道婆一看，哪管三七二十一，统统抱在怀里，然后给了赵姨娘十个纸铰的青面白发的鬼和并两个纸人。

　　然后赵姨娘趁机把这些东西放在贾宝玉和王熙凤那里，马道婆出去后作法，真的差点吓死这两个人，幸亏有两个和尚和道士救了命。

　　至于赵姨娘自己，若是按照高颚续写的《红楼梦》的后四十回里的结局，是因为魇魔法一事，魂魄被拘进阴司，饱受折磨拷打，最终凄惨死去。

【原文】

奴仆勿用俊美；妻妾切忌艳妆①。

【注释】

①切忌：千万不要。

【译文】

童子和仆人不要选面貌俊美的，妻妾一定不要浓妆艳抹的。

【解析】

这个原则仍旧是基于古代的家庭伦理架构提出来的。奴仆如果形貌俊美，很容易引起内宅不安；妻妾浓妆艳抹，很容易引起外人觊觎。在现代社会，无论男人还是女人，都要注意行止。形貌美丽并不是罪，但是因此立心不稳、立身不正，就很容易招致祸患。

【故事链接】

仆妾私奔

明代有个富商，家里有一妻两妾。最小的妾才十七岁，叫雨燕。雨燕是他在外经商时买回家的歌伎，容貌俊美，嗓音甜润，弹得一手好琵琶。富商极其宠爱雨燕，对她所有的要求都满足。

一次富商又要远行，临行前雨燕说："你要远走，很久也不回来，我这个院子里只有两个丫鬟伺候，很多重活都做不动，为何不配个小厮过来？"

富商说等我出门回来给你买一个吧，雨燕又说："我娘家有个远房亲戚，因为家里穷想要卖身为奴，让他来，你看看吧。"富商答应了。

第二日雨燕果然带了一个叫怀安的少年来，富商见怀安长得俊美，又举止得体、彬彬有礼，便答应了。

半年后富商回家，他的妻子对他说："把雨燕院子里的怀安打发了吧。"富商问其缘故，妻子却不肯多说。

夜里富商问雨燕，大娘子为何要我打发了你院子里的怀安，难道他懒惰不肯做事么？雨燕说："怀安非常勤劳，每天都把庭院打扫得干干净净，院子里的脏活、重活都让他干，夜里他还做更夫，兢兢业业。"

富商疑惑，那为什么大娘子容不得他呢？雨燕哭诉道："大娘子哪里是容不得他？分明是容不得我。见官人宠爱我，她心生怨恨，官人在家她一副嘴脸，官人一出门她就对我指桑骂槐，百般刁难。官人不在家的日子，我日日胆战心惊。"说着雨燕就哭起来，泪水纷纷落下，像花瓣上滚落的露珠一样动人。

富商大怒，去找大娘子质问。大娘子看着怒发冲冠的富商，也不说话，只默默地流泪。但是她的泪珠像雨滴，滚落在满是皱纹不再年轻的面颊，令富商更加讨厌。

为了自己出门后大娘子不能再欺负雨燕，富商把家里的掌家大权交给了雨燕。他的另一个妾叫茹，茹劝说富商不要剥夺大娘子的掌家大权，大娘子为人厚道，做事有条理，是个可靠的人，然而富商却大声地呵斥她，让她滚回自己的院子去。

富商又一次押着货物出了远门，他在半路上遭遇了劫匪，劫匪不仅抢夺了他所有的货物，还将马匹、车辆全都抢走了，富商身无分文、流落他乡，只能靠着乞讨走回家乡。

　　在半路上，他乞讨到一个崭新漂亮的门户前，看见院子里坐着一个挺着大肚子的美妇，样子长得和雨燕几乎一模一样。他失声大叫："雨燕！"闻声从屋子里走出一个男子，竟然是在雨燕院子里打杂的怀安。富商惊得几乎昏厥过去，谁知那个男子挥挥手，叫了几个看家的壮丁将他轰了出来。

　　疑惑重重的富商经过一年多跋涉终于回到自己家中。进了家门，富商顾不得和家人说明原委，就急匆匆跑到后院找雨燕，可哪里还能见到雨燕的影子？

　　原来雨燕早就和怀安相好，大娘子发现了他们的不轨行为，就想把怀安赶出家门，谁知富商根本不明白大娘子的用意，还以她嫉妒为由痛骂她，并且夺走了她的掌家大权。雨燕拿了掌家大权后，悄悄地把家里的金银和贵重物品运走。这时她已经怀上了怀安的孩子，于是二人在把财产转移走了之后，就远走他乡过日子去了。富商途中遇见的两个人，正是雨燕和怀安。

　　富商得知真相后大叫一声气昏过去，从此一病不起，家道也开始败落起来。他的另一个妾也收拾了金银细软跑了。一直在他身边陪伴伺候的，只剩下大娘子一个人，富商羞愧难当、追悔莫及，不久也死了。

一支金钗

从前有个大财主姓孙，名叫孙黎。他有两个儿子。长子叫孙远智，次子叫孙远慧。大财主在五十岁那年又娶了一个小妾，名叫上官雪儿。雪儿生得肤白貌美，性格也很活泼，喜欢穿颜色鲜艳的衣服。

雪儿出身寒门，来到财主家过上了好日子，每天都开心得像个孩子。一天她穿着鲜红的衣裙在雪地里跳舞，那样子美丽极了，像是一只娇艳无比的蝴蝶，翩跹起舞在银装素裹的世界里，财主看着心里更是喜爱。

让财主想不到的是，这美丽的一幕也被他十六岁的大儿子孙远智看在眼里。孙远智正是情窦初开的年纪，这个娇美的身影一下子印在了他的脑海里。他偷偷地喜欢上了雪儿。

于是孙远智不再安心读书，每日都想着怎样才能见到雪儿。要是走路碰见雪儿，他就心如撞鹿，面红耳赤，说不出话来。如果看不见雪儿，他又魂不守舍。于是他总是悄悄溜出书房，找能见到雪儿的地方等候。

慢慢地和雪儿熟悉了，他就壮着胆子对雪儿表明他的相思之情。雪儿听了大惊失色，吓得转身就跑，慌乱中遗落了一只赤金凤钗，被孙远智拾起来藏进袖子里。

雪儿吓得好多天不敢出门。孙远智却因为见不到雪儿得了相思病，弟弟孙远慧见哥哥病了就来探望。他看见哥哥面黄肌瘦，形容枯槁，大惊失色，就问："才半月不见，哥哥怎么病得这么严重？"孙远智平时和弟弟很要好，禁不住热泪长流，说了实话。

孙远慧听了吓一跳，说："哥哥，这件事千万不能让别人知道。"孙远智点点头："我每天想念她，想念得死去活来，无法控制。如今半个月不见，我日日生不如死。"说罢，拿出金钗，抚摩着又流下泪来。

孙远慧见状，也没有什么言语劝解哥哥，就走了。

孙远慧来到老财主处，说："爹，您如今年事已高，我和哥哥都已长大成人。您的小妾不如送与别人或者卖掉吧。"

老财主一听，大怒："你这忤逆犯上的逆子，你听说过有儿子管老子的事么？哪个男人不是三妻四妾，你却这样说你爹！"

孙远智的病情越来越严重，渐渐神志恍惚，一年后竟然死了。

清理孙远智遗物的时候，老财主发现他枕头下面藏着一支女人的金钗。老财主拿起来看了又看，心里狐疑：这不是我送给雪儿的金钗么？

孙远智下葬后，老财主把孙远慧叫到跟前。孙远慧跪在老财主面前，哭泣着把孙远智害了相思病的事和盘托出。老财主捶胸顿足，问："你怎么不早点说？"孙远慧说："哥哥爱上的是爹的小妾，怎能启齿？再者，即便是说了又能怎样？爹爹将小妾送给哥哥吗？"

老财主哑口无言。

第二日，老财主便给雪儿找了人家送了出去，发誓再不纳妾。

来顺陷主

汉朝时，江西一带，有一个名叫仁和的县令，他为官清正廉明，尤其善于审断各种疑难案件。

有一天，一个名叫来顺的人到县衙击鼓告状，他说他是李家仆人，替李氏申冤，告她的独子不孝忤逆，百般虐待生母，还企图用毒药杀死母亲。说罢，他还递上了物证，是半碗含有砒霜的鸡汤。

仁和县令看来顺年约四十岁，生得人高马大，器宇轩昂，他说："本县这几日公务繁忙，你暂且回家安心等待，我自有安排。"

来顺走后，仁和县令立即派人暗中察访。

原来李氏的丈夫在世时，李氏不守妇道，与来顺有私情。丈夫一死，来顺和李氏更加肆无忌惮，明铺暗盖起来，而来顺也以家主自居。

李氏的儿子渐渐长大，实在看不下去，经常婉言规劝母亲，对来顺越来越不满意，甚至给他脸色看，还经常规劝母亲把来顺赶出家门，来顺因此心里嫉恨，就在李氏面前挑拨他们母子关系。

李氏因为只有这么一个儿子，无论怎么挑拨，终究敌不过母子亲情。

来顺就想了一个招数：他先买了砒霜下进李氏的鸡汤里，又让李氏之子把鸡汤端进去给李氏。然后李氏正在喝鸡汤的时候，来顺出现了，阻止了李氏，并且假装把汤碗打翻。李氏养的一只小狗舔了地上洒的鸡汤倒毙，李氏觉得儿子原来是打着孝顺的旗号，想要毒死自己，不由得伤心欲绝，委托来顺把儿子告上公堂。

县令派去的人在街坊邻舍间做暗访的时候，人们都说李氏和来顺作风不正，又说李氏的儿子可怜，替来顺背了黑锅，谁不知道来顺一直想上位当家主呢？

大体上摸清了来顺告状的背景，仁和县令择日开堂，传唤李氏的儿子。他看见李氏之子十五六岁，身体瘦弱，文质彬彬，就问他："你小小年纪，不好好读诗书，为何要害自己的母亲？"

李氏之子只低头流泪不说话。

仁和县令又说："你可知道你犯下的可是大罪，如果你不替自己辩解，就是死路一条。"李氏之子还是只低头流泪不说话。

仁和县令见他像是有难言之隐，就命令公堂上所有人都退下，只留他们母子二人。李氏之子这才说："我若讲出实情，会有辱母亲名节；若不说出实情，便是死罪。如果县太爷让我当着许多人申辩，那我宁愿含冤而死。"

仁和县令便不再当众取李氏之子的口供，只是严审来顺。来顺本来心里有鬼，吓了一吓便招了出来，于是案情真相大白。县令断了来顺的诬告之罪，把他披枷戴锁，下入大牢。李氏舍不得，满眼流泪。县令于是对李氏说："案情便是如此，你虽不知者不坐罪，但是因为和奴才私通，而使奴背主，又陷主人于不义。这样的心机深沉、阴险狡诈之辈，差点断了你们母子的恩情，你还留恋他有何用？"

李氏羞愧地低下了头，再也说不出一句话来。

【原文】

祖宗虽远，祭祀不可不诚；
子孙虽愚，经书不可不读。

【译文】

祖宗虽然距离我们很遥远了，但是我们祭祀先人的事情不可不诚心；也许我们的子孙比较愚昧，但是经书却不可以不读不学。

【解析】

一个人活在世间，就如同一棵树、一朵花，一定是有所本而来的。有的能够追溯到很远的时候，一代一代人的续递、传承；许多人的家世虽然不能够追溯很远，但是起码能够追溯三四代。这些都是自己的根脉，而自己也会将根脉继续传承下去，所以做人要勤奋、努力、高洁，既不可使先祖蒙羞，也要使后人崇敬。

很多人想尽办法给子孙留下很多金钱当作遗产，但是这只是助长了子孙的贪念和不劳而获的懒病。不如给子孙留下勤学苦读、努力奋进的精神，这样即使遇到什么挫折，也不会轻易倒下，而是爬起来继续努力前行。

【故事链接】

孟母三迁

孟子年幼的时候，父亲去世。他的家境非常贫寒，住在城外的破房子里。破房子就盖在一堆坟墓的旁边，所以孟子就老是看见人家出殡、送葬，送葬的人哭哭啼啼，出殡的人吹吹打打。

孟子觉得新鲜，就跟着人家学；要不然就学着人家哭坟的模样，要不然就学着人家吹吹打打的调门儿。

孟子的母亲一看，这样可不行啊，好的学不来，学会给人上坟了，不像话。

于是她就想办法借钱把家搬到了城里。

这次，他们的家离市集很近，卖肉卖菜的都有，人们来来往往。孟子的两只眼睛就天天盯着这些人怎么砍价杀价、讨价还价，还对杀猪卖肉产生了浓厚的兴趣，盯着看个没完。

孟子的母亲一看，我儿子不当哭坟郎，要当卖肉郎了，这也不成啊。

继续搬吧。

虽然租期还没到，交的租金人家也不给她退，但她仍旧想办法借钱把家搬到了一家学堂附近。

学堂里孩子们书声琅琅，孟子就跟着小伙伴们一起读书，而且还学着小朋友们的模样，既学着互相打躬，又学着向老师行礼。这样一来，他就从一个小卖肉郎又变成了一个小读书郎。

孟母三迁，其实就是想要寻找能够给孟子施加良性影响的成长环境啊！我们要想健康成长，也要交好的朋友，在好的环境下学习、生活。

可是孟子是个淘气的孩子，去学堂的新鲜劲一过，他就出现了懒散的迹象。孟母看在眼里，急在心头。一天，孟子又偷偷背着先生溜出去玩耍，回来后母亲将他叫到面前，当着他的面将织了一半的布剪断。孟子大骇，问："母亲织布卖与人家，得了银钱才能去买粮食，我们母子得以果腹。如今将快要织成的布剪了，岂不半途而废，我们母子吃什么呢？"

母亲含着泪水说："你学习就像娘织布，如果不能持之以恒，就会半途而废，半途而废必一事无成。你想当被剪掉的废丝吗？"孟子听了红着脸低下头。

自此，孟子开始认真学习，终于成为伟大的思想家、教育家，成了儒家的"亚圣"。

五子登科

窦燕山这人家庭富裕，不缺吃穿，在当地特别有名。不过他有的不是"富而好施"的名，而是"以势压贫"的名。

他仗着自己家里囤积着许多粮食，既不缺钱也不愁卖，所以谁来买他家的粮食，他就要高价。他想，我家的粮食怎么卖由我说了算。

若是有人买不起他家的粮食，他会牵走人家的牛羊，甚至让人家的儿女当奴仆来抵偿。他想：杀人偿命，欠债还钱，天经地义，无论我要你怎么抵偿都是应该的。而且他卖出粮食的时候，是大斗进、小斗出，买进来要抹零，卖出去不足一斤要算成一斤。他想：我的家业这么大，都是因为我经营有方。

就这样，他把家业越做越大，每天锦衣玉食，过得好不风光。

但是，在封建时代，万贯家财没有儿子来继承，是很悲剧的一件事。偏偏他的妻子就说什么也生不出儿子，或者生出儿子了，儿子也会中途夭折。因为这件事，他整天忧心忡忡。

这天晚上，他梦见了他去世的老父亲。

老父亲对他说："你知道你为什么没有儿子吗？因为你的人品不好，老天爷都看不惯你，不让你有儿子。如果你以后还要这么'小车不倒只管推'，一意孤行，那么你不光是没有儿子，而且还会短命。所以，从现在开始，赶紧变得善良起来吧，好好积积阴德。"

他醒来后，再也睡不着了，想了很多很多。

从此，他一改原先的作风，对于世道人心有了敬畏，再也不干逼着人卖儿卖女那种事了。如果谁家买不起粮食，有了挨饿的风险，他还会主动送粮上门，白给人家吃。就是平时卖粮，也是平价，所得利润虽不至亏本，但也一般。家里摆起了公平秤，小斗进小斗出，大斗进大斗出，再也不欺瞒哄人。

这么一来，大家都对他交口称赞，他成了别人口中的窦大善人。以前他都是因为有钱而备受吹捧，这次却得到了大家真心实意的欢迎。看着人们真诚的笑脸，他的心里暖烘烘的。

这天，他在客店里捡着一袋银子，若按以前的脾性，他会想：这是我自己捡的，又不是偷的抢的，自然应该归我。但是这次他却想：丢钱的人会多着急呀！所以他就在客店里一直等啊、等啊，整整一天过去了，失主才满头大汗地寻了来。

他问清楚袋子是什么样子，里面银子有多少，一共有几块，判断出果然是这个人丢的银子，就痛快地把银子还了回去。失主千恩万谢地走了。

窦燕山认识字，所以他在做生意的时候特别沾光，即使坑了别人，那些不识字的人也不知道。他变得善良起来以后，就想着不要让这些人的孩子们也不识字，这样以后会一代代地被人坑害的。虽然他没有孩子，仍旧在家里办起了私塾，他出学费，请老师来讲课，敞开大门，别人家的孩子们可以免费来听。

这样一来，他的声誉越发高了起来，人们提起他，纷纷竖起大拇指。

后来，他的妻子一连给他生了五个儿子。

于是他把所有的精力都放在了培养儿子成才上，非常注意他们的思想品德和人格修养。他的儿子们也不负他的期望，长大后一个个都成功地考中了进士，做了官：长子授翰林学士，曾任礼部尚书；次子授翰林学士，曾任礼部侍郎；三子曾任补阙；四子授翰林学士，曾任谏议大夫；五子曾任起居郎，当时人们称"窦氏五龙"。

当时有一位名叫冯道的侍郎赋诗一首："燕山窦十郎，教子有义方。灵椿一株老，丹桂五枝芳。"

直到现在，还有一个"五子登科"的成语，说的就是窦燕山的五个儿子都荣登进士榜的故事。

梁灏八十二岁中状元

明代杂剧《梁状元不伏老玉殿传胪记》、明代传奇《青衫记》《折桂记》等，讲述的都是一个名叫梁灏的人不屈不挠、晚年考中状元的故事。

他不断地进京应试，却屡试不中。在他备受打击的同时，却斗志不减，鼓励自己说："考一次，我就离状元近了一步。"

后来，直到宋太宗雍熙二年（公元985年），他终于考中进士，被钦点为状元。有人统计，他一共考了四十七年，参加会试四十场，等到他中状元的时候，已经满头白发，是一个八十二岁的老翁了。

在大殿上，唐太宗问他的年岁，他自称："皓首穷经，少伏生八岁；青云得路，多太公二年。"

梁灏的坚忍不拔的精神是极为可贵的。如果人人都能够在求学路上孜孜不倦，怎么会没有成就呢？

像这样苦读不辍的人，在古代实在是很多啊！

比如梁代时有一个名叫刘绮的人，家里很穷，晚上点不起灯，就花很少的钱买来芦荻秆，点着它来读书。

有一个名叫苏廷的人，喜欢读书。小时候父亲不喜欢他，他就常和仆人役夫们在一起待着。他每每想读书时，没有灯烛，就跑到马厩里，也不嫌气味难闻，借着里面的火光读书。

有一个名叫常林的人，每天都要去田里耕种，他就每天带上书去田里读。

汉朝大儒董仲舒专心攻读，孜孜不倦。他的书房后有一个花园，但他三年都没有进去看过一眼。

如果我们有古人的求学精神，以我们的聪明才智，又有什么书读不懂、什么事业做不成呢？

"书痴"钱惟演

宋代钱惟演特别爱书。《宋史》记载他："于书无所不读，家储文籍侔秘府，尤喜奖厉后进"。

他"于书无所不读"，据欧阳修《归田录》说："钱思公（钱惟演）虽生长富贵，而少所嗜好。在西洛（宋代西京洛阳，今河南洛阳）时尝语僚属言：平生唯好读书，坐则读经史，卧则读小说，上厕则阅小词，盖未尝顷刻释卷也。"意思是：钱惟演虽然生长在富贵之家，但是平生很少有所嗜好，就是特别喜欢读书。他曾经对属下说他自己的读书习惯，坐着的时候读经史，躺着的时候读小说，上厕所的时候读小词，反正就是手不离书。

而且钱惟演特别喜欢藏书。他家藏书堪与皇家藏书相校，他是历史上有名的藏书家。

《归田录》还记载了这样一则趣事：钱惟演有一个珊瑚笔架，他整天把这个笔架放在案头，珍惜得不得了。他平时教子严格，持家节俭，不许孩子们大手大脚地花钱。结果孩子们也有办法，缺钱花的时候，就把这个笔架藏起来，钱惟演找不着笔架，就在家里贴悬赏令，以十千钱寻找笔架。

孩子就装模作样一通翻找，然后还不能当天拿出来，否则就显得假了。要藏上两天，然后再拿出来，就说是好不容易找出来的，然后挣这笔银子花。结果就是，他这个笔架一年总得丢个五六七八回的。

钱惟演其实平时官声并不好，所以他死后，朝廷一开始给他定的谥号是"文墨"，依据是《谥法》："敏而好学曰'文'，贪而败官曰'墨'"。后来觉得这个谥号不好听，改成"文思"；到了宋仁宗时代，再改为"文僖"。总的来说，世人对他的印象是越来越好了，主要原因就是他爱读书、爱藏书吧。

【原文】

居身①务期俭朴，教子要有义方。

【注释】

①居身：持身。

【译文】

自己的一举一动，务必要做到真诚朴实；教育子女要本乎道义、方正行事，并且要讲究正确的科学的教育方法，也就是要有"义方"。

【解析】

常言道其身正，不令而行；其身不正，令而不行。自己首先做人要诚实、朴质，方能对孩子有榜样和表率作用。当然了，教育子女的时候，还得要讲究方式方法，不能简单粗暴。

【故事链接】

休夫教儿

古时候，有两家人世代交好，一家是官宦人家，姓齐；一家是书香门第，姓陆。

两家的夫人同时受孕，于是相约，如果都是男孩儿便八拜结交，如果都是女儿就义结金兰，如果一儿一女便结为亲家。

结果齐家生下一子，取名齐全；陆家生下一女，取名婉儿。两家人都很高兴，同时为两个孩子举行了满月礼，并宣布结为亲家，于两个孩子年满十六岁时成亲。

齐全因为是独子，颇为娇惯，虽然也读书习字，却不认真，每日交朋好友，集结好友饮酒作乐。如果父母劝他要好自为之，不要胡来，他就翻脸瞪眼，对父母粗声粗气。齐家夫妇也很愤怒，但因为一脉单传，全家上下宠爱，已经管束不住。

婉儿虽然是女孩，但秀才一样教她读书识字，母亲也教她针线女红。

可惜好景不长，秀才得了伤寒病去世了，只剩下婉儿和寡母艰难度日；而此时齐家的官却越做越大，门第越来越显赫。齐全的行为也随之更加桀骜不驯、放荡不羁。

到了十六岁，齐家倒也遵守约定，将婉儿迎娶过门。由于婉儿生得漂亮，又知书达理，谈吐有度，深得公婆喜爱。齐全也很喜欢她，凡事总给婉儿三分面子。但是齐全养就一身坏毛病，一时无法改变。婉儿对丈夫非常贤惠，尽管家中仆役无数，却是事事亲力亲为，悉心照顾齐全，使得齐全对婉儿更加爱恋，寸步也不舍得离开。

后来婉儿生下一子，取名齐世功。齐世功是个聪明漂亮的孩子，憨态可掬。由于父亲经常喝得酩酊大醉，回家后便醉话连篇，不成人形，刚刚蹒跚学步的齐世功竟然学着父亲的醉态，口中也醉话连篇。齐全对待仆从稍不顺意就恶语相向，对父母也偶尔顶撞，这一切都被年幼无知的齐世功看在眼里，渐渐也像父亲那样张扬跋扈起来，经常以不逊的语气对待婉儿和齐全了。

婉儿看在眼里，急在心头，再一次规劝丈夫："你是孩子的一面镜子，你如何，孩儿便如何。如果你在孩儿面前不规范言行，不改正不良的举止，我将搬离家园，带着儿子住到乡野里去，永不回家。"

齐全左耳进右耳出，根本不放在心上。

没想到他又一次大醉之后的第二日，婉儿果然收拾了自己随身衣物，带着齐世功走了。

公婆知道了这件事大怒，让儿子跪在地上，对着儿子狠狠抽他们自己的耳光，抽得嘴角流出鲜血，说："你如今的模样正是爹娘糊涂放纵造成的。今日你再不回头改过，我夫妻也没颜面活在世上，干脆上吊死了得了！"

齐全头一回见父母这样声色俱厉，又嘴角流血，吓得够呛，满口答应按照婉儿的要求改正缺点，将婉儿母子接回。

好不容易天明，齐全在父母的陪同下来到婉儿的娘家，看着婉儿带着儿子生活在那样寒素的环境里，齐全声泪俱下，说："我决定改正错误，如若再犯，不配为人。"

于是，齐全将婉儿和儿子接回家中，并取了一根藤条交给婉儿，请她监督，如果不改正，照抽不误。

从此齐全果然再不外出胡混，每日陪伴儿子读书、习字。不但齐世功学业突飞猛进，就连齐全也醍醐灌顶般开了窍，三年后应试居然高中，而齐家得贤妻而兴家业的故事也被传扬开来。

陶母封鱼

晋朝有个名叫陶侃的人，他的母亲是新干人湛氏。

陶侃幼时家里贫穷，母亲靠给富贵人家浆洗缝补为生。一次母亲带陶侃去给人家送浆洗缝补好的衣服，陶侃站在门口等着，他的母亲自己进去了。这时富贵人家小公子站在门口啃鸡腿，陶侃馋得口水都流出来了。小公子见状就逗他："你学一声狗叫，我把鸡腿给你吃。"陶侃就学着小狗的样子"汪汪"叫了两声，小公子就把鸡腿给了他，他嘴巴张得大大的，"啊呜"一口就要咬下去。

正好母亲送完衣服返回，撞见了这一幕。她走到近前，抬手就打了陶侃两巴掌，说："廉者不受嗟来之食，想不到我儿这样没骨气！"说罢夺了鸡腿，狠狠地扔在小公子脚下，就拖着陶侃走了。

谁想到第二日那家人反而找上门来，指责她不该扔了小公子的鸡腿，说她是当面打脸，下这家人的面子。

陶侃的母亲非常气愤，她厉声指责了那户人家，说他们教子无方，教导的孩子不知道尊重别人，她从此不再接受这家人的活计。

母亲湛氏对陶侃的教育极为严厉，甚至苛刻。她要求陶侃背会的诗文如果背不会，她就不让陶侃睡觉，跪在门槛上背诵；自己也不睡觉，跪在一边陪着。

在母亲的严格要求下，陶侃长成了一个温文尔雅、博学多识、宅心仁厚的人，对母亲非常敬畏、孝顺。

后来陶侃做了一个小官吏，有一次他利用负责管理的权利，为母亲弄到一大坛咸鱼，派人送给母亲。谁知母亲拉住送咸鱼的人不放，苦苦追问咸鱼的来处，那人无奈，只得和盘托出。

湛氏听候，立即将咸鱼封好，并且捎家书一封给陶侃，她说："我儿可还记得幼时那个鸡腿？母亲甘于清苦将儿养大，盼着儿做人堂堂正正，为官两袖清风。谁知我儿却拿公家的鱼奉养老母。你这样非但不是尽孝，是让我更加忧虑不安啊。我儿如娘所愿，做一方父母官，做到廉洁奉公，不贪不占只为民，娘就是喝清水也会甘之如饴。"

陶侃看了家书，双膝跪地，说："娘啊，儿知错了。"

从此以后，陶侃牢记母亲训导，清廉正直、忠于职守，得到了皇帝的高度赞赏，一路升官，直至正西大将军、荆江两州刺史、都督八州诸军事等要职，成为了东晋初期的重臣之一。

一只熏兔

　　张贤是汉朝人，父亲早逝，他与寡母相依为命。长大后，他娶妻生子，靠在集市上卖豆腐为生。日子虽然不富裕，但是一家人妻贤子顺，倒也其乐融融。

　　张贤每天很早起床，和妻子一起将前夜泡好的豆子磨出来，用卤水点好，再压成豆腐。当热乎乎的豆腐出锅的时候，天就亮起来了。他就和妻子一起去集市卖豆腐，卖完豆腐用挣得钱去再买新的豆子，回家再做豆腐，剩下为数不多的钱买柴米油盐度日。

　　张贤的母亲帮他们照看小孙子，夫妻二人每天出门时儿子宝儿都在酣睡中。

　　这一天，夫妻正要出门，儿子宝儿突然醒了。他哭着跑出来，说："爹，娘，我也要去。"哭声惊醒了宝儿的祖母，她跑出来，却拉不住哭叫的宝儿，张贤的妻子就说："乖儿，你听话回去跟祖母睡觉，卖完豆腐娘回来给你买熏兔吃。"

　　孩子听说有兔肉吃，就不哭了，痛快地跟着祖母回屋去了。

　　这一天上午忽然开始淅淅沥沥下起了小雨，集市上人就少了，平日里过午就能卖光的豆腐一直卖到天黑。卖完豆腐又去买豆子，最后又去买米。买完米正要回家，张贤叫住了妻子："还有一件事。"

　　妻子疑惑地问："什么事？"

　　张贤说："去熟肉店买一只熏兔。"

妻子看看手里仅剩的几个铜板说："哪里还有钱买熏兔呢？"

张贤说："早上出门时我们答应儿子回去买一只熏兔给他吃。"

妻子说："那不过是我情急之下哄孩子的把戏罢了，何必当真？"

张贤说："如果不当真，我们就会失信于儿子，以后他不会再信任我们，他长大后也容易变成一个言而无信的人。"

妻子听了半晌无语，她何尝想失信于儿子，可是几个铜板，无论如何也不够买一只熏兔了。

张贤想出一个办法，他去当铺当掉了身上唯一一件粗布褂子，用当褂子的钱买了熏兔。

由于没有衣服御寒，张贤回到家时已经冻得嘴唇发情、浑身发抖。老母亲问起，张贤妻子告诉了她。老母亲叹了一口气，对孙子说："你将来长大了，一定要记住这件事，像你父亲一样，做一个言而有信的人。"

张贤的儿子果然越来越懂事，他一直记得年幼无知时曾经为了一只熏兔而致使父亲当掉了唯一御寒的衣服，冻得大病一场。他不仅像父亲张贤一样长成了一个言而有信、诚实厚道的人，还特别孝顺父母。父母年迈喂汤药，他都要亲自尝过再喂给父母吃，成了当地有名的大孝子。

赵戍乾教子

清朝康熙年间，贵州有个巡抚叫赵戍乾，他一生为官清廉，告老还乡的时候，百姓自发地夹道欢送。

赵戍乾有两个儿子和一个女儿，都是普通人，并没有因为他当官得了什么好处。如今一个儿子教书，一个儿子务农，女儿则嫁给一个贩卖丝绸的商人。

赵戍乾回到家乡，刚走到村口，就看见村民都在村口等他。大家敲锣打鼓迎接他回家，又是一路的热闹。

他的儿女们眼光都在赵戍乾的马车上转来转去，仿佛有所期待。

迎接的人们散去后，大儿子赵丰开门见山地问："爹爹为官这么多年，带回来多少银钱？"

赵戍乾说："我只带回来这些年积攒的俸禄，想给家乡修建一座结实一点的桥。一发水村头那座木桥就会被淹没，人们没有办法出行，每年都有淹死的人。"

赵丰听了，顿时沉了脸，什么也没说就走了。

第二日小儿子赵瑾来了，进门就说："我听说爹爹要给家乡修一座桥？"

赵戍乾说："是，这是我很多年的心愿。"

赵瑾说："人人都知道我们有一个当官的爹爹，却不知这个当官的爹爹从不为儿女谋福，以至于我们至今过着贫穷的日子。爹爹如今归来，只有这么一点俸禄钱，不分给我们反倒要去修桥，是何道理？"

赵戍乾说："我已将你们拉扯成人，完成了做父亲的责任。至于你们富贵或是贫穷，那是你们的事。我为官一生不贪不占，也不会把钱分给你们。不过我可以请你来施工帮我修桥，你可以挣些工钱。"

赵瑾听了也脸色一沉，也走了。

赵戍乾看到两个儿子的表现，非常伤心。

第三日，赵戍乾的女儿、女婿也来了。赵戍乾问："你们也是来要钱的么？"

女婿说："我来看望岳父大人，

要什么钱？"

赵成乾就把两个儿子的事告诉了女儿、女婿。女婿说："岳父大人尽管修桥，银钱不够，小婿填补空缺。"赵成乾听了这话，感动得流下泪来。

赵成乾择日将几个子女都唤到近前，说："我之所以用全部积蓄修桥，就是想用事实告诉你们，自己的路自己走，你们也都是为人父母的人，要记住这句话。"

赵成乾用尽毕生积蓄，历时三年，给家乡修建了一座桥，取名"见毓桥"。这三年来，他日日和造桥的农民一起忙碌，胡子头发凌乱，衣衫也破破烂烂，不像是当官的，倒像是老乞丐。

三年后，桥梁建成。百姓对他感激万分，纷纷前来探望他。有的人拿几个鸡蛋，几只枣子，或者什么也不拿，只是跟他说一些贴切、暖心的话。看到父亲这样受人爱戴和尊敬，他的两个儿子也被深深打动。他们终于明白，这世上还有很多东西比银钱更重要。

从那以后，两个儿子都踏踏实实做人做事，虽然没有什么大成就，但都成了当地有威信、受人喜欢的人。

【原文】

勿贪意外之财，勿饮过量之酒。

【译文】

不要贪图意外得来的财富，不要饮用过量的酒。

【解析】

这两句解读了对欲望与享乐的态度。有一句话叫"人心不足蛇吞象"，如果对欲望不加以控制，那么就会不择手段贪求外财，不顾性命，追求享乐。

【故事链接】

酒臭

中国历史上有几个特别能喝酒的酒鬼。

有一个名叫郑泉的人，是三国时代吴国人，人称"酒中奇人"。郑泉有两个愿望：一个愿望是活着的时候，有一艘装载着五百斛美酒的船，船两边都放着最喜欢的下酒菜，他什么时候都可以想喝就喝，而且喝多少补多少，永远有酒喝。另一个愿望是死了以后，尸骨化成泥土，能够幸运地被制成酒壶，永永远远泡在酒里，和喜爱的酒生生死死不分离。

还有著名的诗人陶渊明，家境贫困，当他有酒喝的时候，就邀一帮子朋友到两里外的庐山南麓虎爪崖下饮酒作乐。时间长了，石头中间竟然凹了下去，留下了枕痕。这块石头后来就被命名为醉石。他喝酒太多，五个儿子的智力都有些问题，这算是他喝酒的后遗症吧。

东晋历史上有名的"竹林七贤"之一的阮籍，也是嗜酒如命。他听说步兵营的地窖里有三百桶美酒，就主动申请去当步兵校尉，摆明了就是冲着喝酒去的。阮籍家附近有一个卖酒的摊点，老板娘可漂亮了，阮籍没事就去喝酒，喝完了躺倒就睡。这个老板娘的丈夫还以为他对自己的老婆心怀不轨，结果经过仔细观察，发现他就是纯粹来喝酒的。

晋代有一个名叫毕卓的人，他的人生理想是"右手持酒杯，左手持蟹螯，拍浮酒船中，便足了一生"。他当官的时候，晚上跑邻居家去偷酒喝，邻居把他当贼抓了，捆了一夜。到了天亮，邻居一看是他，赶紧把他放了，给他道歉。他说："你让我闻了一夜的酒香，我还要多谢你呢。你要是实在觉得过意不去，就让我打点酒回去喝吧。"

大书法家怀素是个和尚，照理说是不应该喝酒的，结果他却特别喜欢喝酒，晚上要喝醉了才肯睡觉。

他的草书写得特别好，但是穷得买不起纸，就种了一万多株芭蕉，拿芭蕉叶子当纸。为了练字，写秃了好多支笔，他把这些笔埋在一起，立了个坟，起名"笔冢"。他的草书名气越来越大，别人请他写字的时候，必须要请他喝酒才行，他的说法就是："饮酒以养性，草书以畅志"。

当时的名门大家，就投其所好，纷纷置办上好的酒席，请他到家里来喝酒，喝醉了就挥笔写字，醉得越深，写得越好，人称"狂草"。

李白的"诗仙"和"酒仙"之名就更不用说了。杜甫专门给他写了一首诗："李白斗酒诗百篇，长安市上酒家眠，天子呼来不上船，自称臣是酒中仙。"

喝酒不是说不好，但是要适量。

晋朝有一个人名叫周顗，字伯仁，酒量大而好喝，每次最多能喝一石。他每天都喝得酩酊大醉，还是觉得遗憾，因为很少有人能够跟他平分秋色地对饮。

有一次，一个朋友从江北来，他们过去就在一起饮酒。周顗非常高兴，准备了两石酒，两人共饮，讲明了一人一石。结果两个人都喝得大醉。醒酒后，周顗让人看看客人怎么样了，人们过去一看，那位从江北来的酒友已经被酒精把肋侧腐蚀烂了，死掉了。

晋朝还有一个更有名的人，名叫刘伶，他喝酒更夸张。

刘伶经常乘坐鹿车，带着一壶酒出外郊游，还有一个仆人带着一把铁锹跟着他。这个仆人的作用是埋刘伶："我若是喝死，你就地把我埋了。"

他老婆特别反对他喝酒，把酒藏起来，把酒杯、酒坛、酒瓮这些东西也都给扔了，苦苦劝说："喝酒对身体一点益处也没有，不是养生的好办法，戒酒吧，别喝了。"

刘伶酒瘾犯了，正难受，灵机一动，计上心来："好！我不喝了。而且我还要向神明发誓戒酒。赶紧的，把敬神的酒菜准备好。"

他老婆可高兴了，赶紧张罗了一桌好酒好菜，让他敬神，发誓戒酒，请神明监督。结果酒菜上来后，刘伶的口水一流三尺长，跪在地上开始向神明祝祷："天生刘伶，以酒为名。一饮一斛，五斗解酲。妇人之言，慎不可听。"意思是：老天爷啊，你把我刘伶降生在这人世上，就是让我喝酒扬名的啊。我每次饮酒必饮一石，饮到五斗时才刚刚解了我的酒瘾！妇人说的话，听不得，听不得哇！

祝祷完毕，你看他吧，大块吃肉，大碗喝酒，等他的老婆进来看他的时候，他早已又醉得不知道东西南北了。

据说他的死法也蛮凄惨，两个月后，患上肺痨，咯血病终。

隋恭帝义宁初年，有一个县丞，他出身官宦人家，既英俊又博学，但是，后来却染上酒瘾，越老喝得越厉害，每天都要喝好几升酒，就没有酒醒的时候。等他患病将死，散发出来的酒臭在几里地以外就能闻到，远远近近的人都掩鼻而过。就这样不间歇地散发了十天的酒臭气，他才死掉。因为这个人，所以后来有人专门撰写了一篇劝人戒酒的文章，文章里说："喝酒过量，果然能使人浑沌呆痴。这位县丞临死前发出的酒臭，就是向人们昭示喝酒的结局：原来喝酒是真的可以将人喝病、喝死的！"

胡雪岩不贪意外之财

胡雪岩是中国近代徽商代表人物，他凭借卓越的商业才能，利用过手的官银在上海筹办私人钱庄，后在全国各地设立了"阜康钱庄"分号，被称为"活财神"。

有一次，一个姓敖的四川人想要回乡，带银子上路不方便，便带着五百两银子到处找钱庄兑换银票。可是，他每问一个钱庄，钱庄的人就说他的银子质量低劣不纯，不肯兑换，再问一个钱庄，还是同样的回答。他都快绝望了。

这时，他看到了阜康钱庄，就抱着银子来试试运气。胡雪岩看了他带来的银子，笑着说："这是上等纹银，有什么疑问的？"于是兑换给了他同价的银票。敖生回了家乡，对胡雪岩赞不绝口。因为阜康钱庄在全国各地都有分号，大家就都认准了，有钱都存在阜康钱庄，准没错儿。

有一个士兵叫罗尚全，即将奔赴前线，听说了胡雪岩的大名，登门要存一万两银子。他说："我信得过你的为人，所以我不要利息，也不需要收据。三年后你把银子给我就行。"

可是，罗尚全却在战场上阵亡了。胡雪岩得知他的死讯，虽然无凭无据，却主动地把一万两银子的本金交付了罗尚全的家人，又主动支付了

五千两利息。

胡雪岩还在杭州创立了"胡庆余堂"中药店，制"避瘟丹""行军散""八宝丹"供军民之需，药店传承至今，赢得了"江南药王"的美誉。

在一开始创办胡庆余堂的时候，他就立下了一块"戒欺"匾，上面写着："凡百货贸易均着不得欺字，药业关系性命，尤为万不可欺……采办务真，修制务精，不至欺予以欺世人。"

这块匾挂在店堂里，就是告诫胡庆余堂的员工要诚信待人。胡庆余堂需要用到的药材有几千种之多，都是从全国各地选购来的上品药材，假冒药材进店，一律不用。

胡雪岩凭借着真诚待人、真诚做事，赢得人们的信赖，生意越做越大。

心底无私天地宽

裴度是唐代人，做过三朝宰相。他是一个矮子，长得也丑，但是品行很好，从小他就立下宗旨："不欺心，不欺人"。

裴度十几岁的时候，到城外寺院游览，发现地上有一个绸布包。他发现绸布包里的东西价值不菲，就捡起来站在寺院门口等失主认领。等啊等啊，等了一天也没有等到；第二天，他又拿着绸布包到了寺院门口，继续等待失主，结果又没有等到。直到第三天，才有一个中年妇人匆匆忙忙赶来，见人就问："请问您见到一个绸布包没有？"

他就主动走过去，问清楚了绸布包的样式、花色，里面包的物品，发现都对得上，于是拿出来还给了妇人。

妇人特别激动，因为布包里的东西价值昂贵，是两条满镶珍珠的玉带。她要用这两条玉带去官府赎她的父亲的性命，却不小心弄丢了。让她又惊又喜的是，两条玉带又失而复得。

宋朝一本叫作《唐语林》的书里，记载了这样一个故事：

一个名叫崔枢的人去汴梁考进士，他和南方来的一个商人同住半年，交情莫逆。

后来，商人重病，死前对崔枢说："看来我的病是治不好了，按我们家乡的风俗，人死了要土葬，希望你能帮我这个忙。"崔枢答应了他的请求。

商人为了表达感谢，就对他说："我有一颗珍贵的宝珠，价值万贯，得之能蹈火赴水，我把它送给你吧。"

崔枢一开始答应了，可是后来越想心里越不安：我和他是朋友，我安葬他是应该的，怎么能够接受他这么贵重的谢礼呢？

所以，商人死后，他把商人与宝珠一起安葬。

一年后，商人的妻子千里迢迢来寻找亡夫，同时查问宝珠的下落。因为找不到宝珠，就告到了官府。官府派人抓了崔枢，说："既然你们是好朋友，你又替他办的丧事，你一定贪拿了他的宝珠。"

崔枢说："如果墓没有被盗的话，宝珠一定还在棺材里。"

官府派人开棺，发现宝珠果然在棺内。崔枢因为自己的心地光明，逃过一劫。

五棵松下的骗局

古时候，有薛家兄弟二人，他们住在伊阙的郊野。因为他们家的先人曾经当过大官，所以家里很是富有。

初夏的一天，草木茂盛，天气晴朗，忽然有人敲薛家哥俩的院门。他们开门一看，原来是一个道士，穿着草鞋，长长的白须，像是仙人下凡。

道士说："我云游到此，患病口渴，请施主施舍给贫道一杯水喝。"

薛家兄弟二人觉得他仙风道骨，就把他请入厅堂，待为宾客。这位道士和他们畅谈一番，言语旨意玄远而谈吐高妙。

过了一会儿，道士说："其实我并不是因为渴了来讨碗水喝的。我是经过这里的时候，发现这儿有祥瑞之气。我问你们，从你家院落往东南走一百步，是不是有五棵松树长在那儿？"

薛家兄弟回答说："是啊，那是我家的田地，确实长着五棵松树。"

道士听了后更高兴了，让兄弟二人屏退家中仆人，说："你家的那五棵松树下埋藏着百两黄金，还有两口宝剑。这两样宝物发出宝气，在半天空都能看见。我找了好久才找到这里。这样吧，百两黄金你们兄弟留下，就算你们自己不缺钱，也可以分送给贫困的亲友。其中的一口宝剑，你们带在身边，可以保佑你们当上大官；另外一口宝剑就赏给贫道吧，让我来降妖除魔，匡扶人间正义，你们看怎么样？"

薛氏兄弟十分动心。

道士又说："你们发动你们家里的人，再雇些工匠，准备好工具，等我选个好日子，咱们就开挖。不过，挖之前我要先施法，把它们压制住，要不然它们就跑了。事不宜迟，今天晚上我就要去那里做法，你们一定要保密。"

于是，他就请薛家二兄弟给他准备好一应东西，比如微纆三百尺，就是赤黑的绳索，而且布置法坛还需要很多的彩色细绢，还要有别的一应用具。薛氏兄弟一想到可以发财，道士说什么就是什么，把头点得好像小鸡啄米一样。

道士又说："你们放心吧，我不是骗子。不过为了表示虔诚，我祭祀神灵的时候，需要好酒好茶，而且盛祭膳的器皿要有一半是黄金做的，这才能显出你们的诚心。"

薛家兄弟家里虽富，但也不是用黄金碗碟吃饭的人家，所以这个要求让他们觉得有点为难。但是一想到马上就要有百两黄金出土，又有两口宝剑可以保佑他们将来当大官，这点为难就不叫为难了。

于是他们就到处跟亲朋好友借贷金器，置办道士要的东西。

道士又说："贫道擅长点石成金之术，视金银如粪土，经常救急解难。现在，我有一些箱笼存放在太微宫，我想把它们暂时寄放在你们这儿，可以吗？"

两兄弟一听，这个道士真是一个好心人，为了免他们的疑心，这是要把自己的家当质押在这里呀。这样就给自己又上了一重保险，所以他们就很高兴地答应了，马上让仆人把箱笼运了过来：四只巨大的箱子，每只箱子都死沉死沉的，上了锁，贴着封条。

很快，吉日到了，道士在五棵松树那儿搭设了隆重的法坛，指挥着薛家二兄弟跪拜在法坛前面，祝祷神灵，降祥降福。之后，道士让他们马上回到家里，关闭门户，耐心静等，时间不到不许出来，而且不许向法坛这边偷看。道士的解释是："贫道将效仿景纯法师披散头发、口中叼着宝剑的法术，如果有人偷看，就会立刻遭到反噬。等法事做完，我会举火为号，召唤你们。你们见到火光，就可以带人来挖宝了。"

薛家两兄弟果如其言，在家中正襟危坐，专心等候火光亮起。可是左等右等，也看不见五棵松方向有火光。

他们实在等不下去了，就大着胆子打开门去看，发现五棵松那边静悄悄的，没有一点声响。两兄弟觉得事情不对，赶紧过来一看，地上杯盘狼藉，到处都是吃剩的饭菜。那些布设法坛的五色细绢啦，盛装祭膳用的金器啦，都被道士卷跑了。地上到处都是车轮的印儿，还有牲畜的蹄印，道士是赶着车把这些财物拉走的，而且那三百尺赤黑绳索也不见了，肯定是用它捆绑细绢、金器这些东西了。道士想得真是周到啊。

回到家里，薛家两兄弟赶快打开道士寄存的四只大箱子，发现里面盛的全是砖头瓦块。

薛家两兄弟折变了家当，才够抵偿向亲友借贷金器的亏空。从此他们家一落千丈，在亲友那里也落了一个偷鸡不成蚀把米的差名声。

【原文】

与肩挑贸易①，毋占便宜；
见贫苦亲邻，须加温恤②。

【注释】

①肩挑：指挑担子的商贩。

②温恤（xù）：关心，体贴。

【译文】

和做小生意的挑贩们交易，别占他们的便宜，因为他们做生意不容易；看到穷苦的亲戚或邻居，要多加关心和帮助。

【解析】

小商小贩，肩挑手提，冒严寒酷暑，奔波劳碌，求得一家衣食。资本既小，获利便微，所得仅够糊口而已，再占他们便宜，于心何忍？

若是看见穷苦的乡亲邻里，也要多加关照，视他们所需，提借自己的帮助。

说白了，就是要对弱势人群有一颗同情心和助人为乐的善举。

【故事链接】

赵环和赵先

隋朝代州有一位大富人，名叫赵良相，家里有金山银山，家资巨万。

他有两个儿子，长子名叫赵孟，次子名叫赵盈。长子弱而次子强。

赵良相临死，把家产分为两份，给了两个儿子。虽说是基本平分，但是因为赵孟是长子，所以得到的略微多一些，田地也好一点儿。

结果父亲死后，赵盈想方设法地霸占了哥哥的家产，只给了哥哥一间破屋子住。赵孟没办法，只好卖苦力过活。

过了不久，赵盈死了，结果居然投胎到了赵孟家做儿子——这不麻烦了嘛，他没享了多少富贵，居然跑到哥哥家当穷人家的儿子，起名赵环。

结果神奇的是，赵孟死后，又投胎到弟弟家，给弟弟的儿子当儿子，叫赵先。这下子，原本属于他的财产，又转了个圆圈，转回到他手里了。

赵环的日子过不下去，又跑到赵先家来当家仆。这就很讽刺了。

这一天，赵环听他的寡母说，他和赵先原本是一家人，但是赵盈霸占了赵孟的产业，所以才落得咱们家这么贫穷。赵环一听，就对赵先起了杀心。

有一天，赵先带着仆人赵环去寺院拜佛，赵环趁四下无人，就想干掉赵先。赵先逃到一个草庵里，草庵里有一个和尚，他赶紧向和尚求救。

和尚拦下了赵环，问清原委，哈哈一笑，给他们一人一颗药丸，让他们吃下去。

他们吃下去后，倒地大睡，开始做梦。

梦里就是他们彼此纠缠的前因后果。醒过来后，赵环非常惭愧，干

107

脆出家了。

这是一个古代的小故事,意思就是叫人不要贪图不属于自己的便宜,否则说不定就会以什么形式还回去,自己还得搭上一大笔。

人心如碗

一行人走在大街上,一边走一边东张西望。有乞丐东一个西一个,拖着空空的裤腿,趴在地上乞讨,颠动着破缸子喊:"先生行行好,先生行行好",还有小孩子抱着腿要钱,不给便罢,刚给这一个,呼啦又围上来一群。

一个人就很嫌恶地讲:"这些人真讨厌!我要是有枪,就把他们全突突了,留着也是占地方!"

听得人很寒心,像那个爱干净的小和尚。

一个小和尚爱干净,每天不断地捡字纸、洗手、照镜子、洗脸、洗衣裳。甚至每个施主来坐一下椅子,他都要拿上抹布,认认真真擦三遍。他的口头语就是:"哎呀,脏死了,真脏!怎么这么脏!"

师父无奈:"徒儿,你整天嫌天脏,嫌地脏,嫌人脏,把自己和禅房收拾得干干净净,却不知道你心里有病,根本不洁净。"

观音菩萨为了度化边地蛮人,化身绝色女子,在集市卖鱼,观者如堵。年轻人纷纷向她求婚,这些人有的急色,有的猴馋,有的眼露凶光,挤挤搡搡,甚至大打出手,歪瓜裂枣,一副不上道的模样。女子不怒也不烦,只说能在一日之内背诵《观音菩萨普门品》者,我便允婚,第二日居然多人能诵；渔娘又说在三日之内能背诵《金刚经》者，可允婚嫁，三日之后，又有数人可诵；女子再以七日为期，约能诵《法华经》者为择婚对象，最后一位马姓青年七日内熟诵《法华经》，得娶佳人。

观音嫁人又不是思凡，迎娶当日猝然病逝，马郎痛心难过，一梵僧劝之：不必悲伤，此是观音大士为度化你们，才化身渔娘。人们不信，启开墓穴，棺中空空，只有一双黄金锁子骨，被梵僧锡杖挑起，踏云而起。神迹起日，佛法遍地，险些成为观音"丈夫"的马郎也深悟人生无常，出家为僧。

非常手段度非常之人，他若是有洁癖，这么多人就要下地狱。因此她顾不得。观音那么圣洁干净，还不肯嫌弃众生，你一个小和尚，有什么资格高高在上？

若说渔篮观音是传奇，寒山与拾得可不是。这两位唐朝隐僧，行迹怪

诞，言语非常，两句对话流传久远。

寒山问拾得："有人谤我、欺我、辱我、笑我、轻我、贱我、厌我、骗我，我当如何？"

拾得回答："你不妨忍之、让之、任之、避之、耐之、敬之、不理之，再过几年，你再看他。"

非常之人有非常之智，才会看世事如此久远。但是这样智慧的和尚，却是疯疯癫癫，肮肮脏脏。

寒山身居寒岩，饮食无着，常到国清寺向厨房中洗碗筷的拾得要饭吃。拾得便把剩下的菜肴装在竹筒里给他。寒山来寺里，从来都是怪模怪样，或是踱步廊下，或是对空谩骂，容貌枯悴，衣衫褴褛，头上戴着桦树皮编的帽子，一副落拓不羁的样子。寺僧不耐，时常逐赶，只有拾得不嫌弃。若是拾得嫌弃，也不会有这样的一对好朋友、好知己。

所以说洁而成癖要不得。和尚有洁癖，是不是只挑形貌好、家世好、心地好的人来开示？就像女人爱干净，自然也是要挑形貌好、家世好、心地好的人来嫁，那和尚和俗女人还有什么两样？又像男人爱干净，那自然也是要挑形貌好、家世好、心地好的女人来娶，那和尚又和俗男人有什么两样？

"洁癖"很危险，因其不肯宽容。宽容这件事，观音肯，和尚不肯；老和尚肯，小和尚不肯；智者肯，"聪明人"不肯；凡人肯，俗人不肯。所以事实就是这样了，观音穿得破破烂烂，和尚穿得衣履光鲜，老和尚拉拉沓沓，小和尚宝相庄严，智者面对钝陋的人谦和平静，"聪明人"却要捏着鼻子皱眉嫌厌。

东海之水能容万物，虽说人胸怀如海洋般宽广，真有人胸怀如海洋般宽广，但也有人的心只如一只小碗，盛一点清水，水里映着自己自恋的容颜。

宋仁宗的"仁"

在中国历史上，有那么多的皇帝，他们有的英明神武、雄才大略，有的荒淫无道、昏聩无能。古代的皇帝死后一般会进入宗庙供奉，根据他生前的所作所为，继任的皇帝会给他上一个庙号。

这个庙号，可以很好地概括出这个皇帝的为人。我们后世所称的"宋仁宗"的"仁"，就是他的庙号。历史上，有四位皇帝都以"仁"为庙号，只有宋仁宗赵祯是名副其实的仁德之帝。

英国历史学家汤因比说："宋朝是最适宜人类生活的朝代，如果让我选择，我愿意生活在中国的宋朝。"尤其是赵祯统治的时代，他有一个特点，就是特别俭省，自奉甚薄。当初他爹宋真宗赵恒挥霍无度，搞得国库空虚，他继位后，就想，自己少花点儿吧，就能少从老百姓身上榨点银子了。

一次，大臣到殿里奏事，见他用的床帐、垫具都灰灰旧旧，心下不忍，想让他换，他却说："朕居于宫中，自己日常生活的享用正是如此。这也是百姓的膏血啊，可以随便浪费吗？"

他的梳头太监因为谏官劝皇帝减少宫中仆役，多了两句嘴："陛下侍从并不多，他们却建议要削减，岂不太过分了！"又恃宠生骄，说："如果采纳，请以奴才为削减的第一人。"赵祯真就把他和另外的二十九人削减出宫，理由是："他劝朕拒绝谏官的忠言，朕怎能将这种人留在身边！"

又有一次，深夜，赵祯加班处理公务累了，想喝碗羊肉热汤，也是忍饥没说。他对皇后说："朕昨夜如果喝了羊肉汤，御厨就会夜夜宰杀，一年下来要数百只，形成定例，日后不知道要杀多少。为朕一碗饮食，创下这个恶例，且又伤生害物，我不忍心，宁愿忍一时之饿。"

他在位期间，宋朝"四海雍熙、八荒平静，士农乐业、文武忠良"。嘉祐二年（公元1057年）秋，辽朝派使者前来求取赵祯的画像，然后带回去。辽道宗耶律洪基亲迎，端肃而拜，说："我若生中国，不过与之执鞭持盖一都虞侯耳！"（我如果生在中原，只配持鞭驾车或者拿着伞盖，给他当一个随从。）

嘉祐八年（公元1063年），赵祯驾崩，京城汴梁罢市，无论官民，都大哭好几天，就是乞丐和小孩也都在宫殿前边焚烧纸钱，一边哭一边祭奠。一位官员前往四川出差，路经剑阁，见山沟里的妇女们也头戴纸糊的孝帽哀悼。他的死讯送到辽国，"燕境之人无远近皆哭"，辽道宗耶律洪基也号啕，说："我要给他建一个衣冠冢，寄托哀思。"此后，辽国历代皇帝"奉其御容如祖宗"。

怪不得诸葛亮会在《诫子书》里说："君子之行，静以修身，俭以养德"，生活节俭，果然是能够长养德行的。相比起生活奢侈无度的人来说，静坐常思己过，以俭朴颐养身心的人，真的能够使自己德行贵重，令人尊敬。

【原文】

> ## 刻薄成家，理无久享；
> ## 伦常乖舛①，立见销亡。

【注释】

①乖舛（chuǎn）：不顺遂。舛，违背。

【译文】

因为对人刻薄而发家的，绝没有可以长久享受的道理。行事做人违背天理伦常的人，能很快见到他们的消亡。

【解析】

前半句写的是做人要谦和、宽容，勿刻薄；后半句写的是遵守天理伦常。

总的说来，就是要待人接物的时候，发自内心地宽容，不要冷酷无情。而和家人相处的时候，也要遵守准则，比如兄弟间要友爱，父母子女间要亲密。

【故事链接】

陈三两的故事

沧州知州李凤鸣，不到二十岁就中了功名，春风得意。

这天一大早，就有一个名叫魏朋的人来告状。

李凤鸣让人把告状人带上来，那人便是魏朋。

魏朋原来开着一个客栈，昨天店里来了一男一女。男人六十多岁，是个珠宝商，很有钱。女人才二十多岁，长得很漂亮。两个人吵得很凶，男的说他在武定州花钱买了这个女人，所以她理当跟他走。女人说她是被男人拐骗来的，坚决不肯跟他走，要是逼她，她就上吊。

于是那个珠宝商就写了一纸诉状，托魏朋递来衙门。

魏朋一边说着，一边对李凤鸣挤眉弄眼，递上状纸。

李凤鸣打开状纸一看，上面写着武定州富春院烟花妓女陈三两，自愿卖给珠宝商人张子春为妾，还附带着一封买卖文契——他一抖文契，掉下来一张二百两的银票。

他马上按下状纸，不动声色地让人把陈三两带来。

原来李凤鸣从小家境贫寒，所以做了官后，特别贪财，想办法搜刮银两，充实自己的家业。他想得很好，攒下很多钱，然后再上下打点一番，把自己的官位再升一升，将来娶一个门当户对的小姐，走上人生巅峰。所以，他就打定了主意，欺负陈三两是个弱女子，带她来后，吓唬她一顿，让她跟着张子春走就行了。

陈三两带到后，李凤鸣高高在上，"啪"地一拍惊堂木，开始审案："下面可是武定州富春院烟花妓女陈三两？"

陈三两磕了一个头，说："是。"

李凤鸣问："你可是自愿卖给客商张子春为妾？"

陈三两说："是鸨儿把我卖给张子春的，不是我自愿的。"

李凤鸣一拍桌子，喝了一声："大胆！你既然被卖给他，就该跟他走，乱闹什么？"

陈三两又磕了一个头，说："老爷，我当初是被骗进富春院的，进院之后，就跟鸨母约定绝不卖身。因为我自幼苦读诗书，所以就在富春院提笔卖文。那些富户公子觉得我的文章写得好，所以一篇文章可以卖三两银子，所以就落了一个'陈三两'的诨名。可是鸨母贪心不足，一千多两银子把我卖给六十多岁的珠宝商，可是我今年才二十一岁！请您可怜可怜我这个苦命人。"

李凤鸣开导她，说："陈三两，你跟那珠宝商去，有什么不好？他家里有的是钱，自是不会亏待了你，你到了他家，吃的是精米白面，裹的是绫罗绸缎，呼奴使婢，享受不尽的荣华富贵。"

陈三两摇头不肯。

李凤鸣怒了，说："你不要不识抬举！买卖文契在此，你不去也不行！"

陈三两说："文契上既没有我的签名指印，又没有官府的凭据印信，是伪造的。"

李凤鸣好说歹说，陈三两就是不点头，他急了，脸红脖子粗地逼迫陈三两。陈三两抬头看着他冷笑一声："老爷！您这么逼我，是不是收了张万春的贿赂？"

这句话可戳了李凤鸣的肺管子，他气得大喝一声："来人，给我拉下去打！"

一顿打打得陈三两皮开肉绽，被架上公堂，逼问她肯不肯跟张万春走，如果不肯，就继续动刑。

陈三两趴在公堂上，连跪的力气都没有，仍旧旗不倒，大骂李凤鸣是贪赃枉法的狗官。

李凤鸣更恼羞成怒，让人把她给压了起来，两只手夹得红肿开裂，鲜血淋漓，陈三两被活活痛昏。

李凤鸣让人拿冷水把她泼醒，继续逼问不止。

陈三两满怀悲愤，说："狗官！你十年寒窗考取功名，领受国家俸禄，却是狗戴乌纱，只勉强充了个人！今天你把我打不死，我就要回去武定州！那里有我的弟弟，我辛辛苦苦赚钱供他读书，如今他已经做了大官，迟早会去寻我。到时候你等着，看他摘不摘了你的乌纱帽。"

李凤鸣满脸不屑："你一个烟花妓女，你弟弟能做什么官？"

陈三两骂道："反正比你这狗官的官大。"

李凤鸣哈哈大笑："可笑死我了，你弟弟做的知县还是知州？如果是知县，他就不如我官大；如果是知州，也只和我平级。还摘我乌纱帽，你做梦吧。"

"我的弟弟是钦差大臣！"陈三两答道。

一句话吓得李凤鸣打了个趔趄，转念一想，又觉得不可能，于是细细盘问陈三两。

陈三两实话实说："我有两个弟弟，大弟弟叫陈奎，是甲子年中的举人，乙丑年御笔钦点的状元，如今官拜河南八府巡按；我的二弟弟叫王子明，原籍山东济南，曾在富春院跟我学了三年文章，他进京赶考，考中了乙丑年的榜眼，官授山东六府巡察。"

原来，她和陈奎不是亲姐弟，陈奎父母亡故，他流落到武定州。陈三两看他可怜，暗地赠他纹银二百两，叫他自称是陈三两的弟弟，去富春院相认。陈三两教他读书的时候，又收了陈奎的结拜兄弟王子明当弟弟，对他二人悉心教导，最终教导出了状元和榜眼。

李凤鸣见她这么说话，十分不信，想要考她才学，结果一问二问连三问，每次陈三两都能对答如流。

而且李凤鸣问的知识，是出自陈三两家传的一本书上面的内容，这本书是她家的不传之秘，只有她和她的失散多年的弟弟知道。

陈三两心中疑惑，李凤鸣也心中疑惑，因为他也知道这是他们家的不传之秘。

李凤鸣继续盘问陈三两的籍贯，陈三两自言我有一个弟弟，名叫陶哥儿，一句话唬得李凤鸣目瞪口呆，原来他就是陶哥儿！

陈三两一看李凤鸣的神情，也一下子想透了其中关窍，心中发寒，一字一句地说："大老爷，小女子原本不姓陈，名字也不叫陈三两。我家原住在山东临清李家寨，我的父亲叫李九经，我名叫李淑萍，我还有一个兄弟，陶哥儿是他的小名，他的大名叫——"

李凤鸣急忙阻止："慢！都退下！"他赶走了堂上其余人等，然后才允许陈三两说下去："他的大名叫李凤鸣。那年我十一岁，和弟弟跟着父母进京。父亲应试，高中皇榜，却因为奸贼刘瑾贪受贿赂转卖文凭，褫夺了我父亲的功名。可怜我父母二人双双气死，我们姐弟被困京城……"

这姐弟俩举目无亲，走投无路，李淑萍头插草标，自卖自身，妓院给了她二百两身价银。一百两银子安葬了父母，剩下的一百两交给弟弟，让他拿去读书。只盼他将来应试得中，做个清官，为父母伸冤，搭救姐姐出苦海。没想到，一别十年无音信，再见却是在公堂上，而弟弟，已经变成了只认钱不认人的赃官了。

陈三两泪如雨下，哽咽不能成声。她身上的痛抵不过她心里的痛。

李凤鸣一听果然是姐姐，赶紧跪拜，说自己就是她的弟弟，陈三两却不肯相认，拦住了他："大老爷你高抬贵手，不要叫我姐姐，我们李家没有你这样的人。"

李凤鸣还想像小时候一样跟姐姐撒娇，说：

"姐姐，我们当年相依为命，如今好容易团圆了，你就不要生我的气了，行不行？"

陈三两抬起被他夹得皮开肉绽、鲜血淋漓的双手，问他："这就是你说的团圆？这就是你说的相依为命？"

李凤鸣说："那不是我不知道是姐姐你吗？否则我怎么会打你夹你呢！"

陈三两怒气填胸："咄！小畜生！你知道是你的姐姐你就不动刑，你不知道是你的姐姐你就胡乱动刑，天底下没有兄弟做官的人就该屈死吗？你就是这么当官的吗？我当年是这么教导你的吗？"

就在李凤鸣连连赔罪的当口，一名中军传令："今有按院陈奎大人在十里长亭下马，命沧州知州李凤鸣速往迎接，不得有误！"

原来陈三两认的义弟来了。

李凤鸣慌得手脚无处放，恳求姐姐大发慈悲，在陈按院面前说说好话，放他一马，陈三两只是咬紧牙关不肯答应。

李凤鸣把陈奎迎到了自己的官衙，陈奎一见陈三两，慌得连忙上前下跪，连称小弟来迟，姐姐受苦了。

原来陈奎考中之后，派人去武定州接陈三两，鸨儿却谎说陈三两已经死了。陈奎几次想亲自探访，却因为公务繁忙，抽不开身。如今意外得见，竟是在公堂上，而且姐姐还受了刑，身上血迹斑斑。

这件事的结果是，李凤鸣因为贪受贿赂、严刑逼供，被革去官职，发往边外充军。他想求姐姐说情，姐姐也不肯宽放了他，他费尽心机揽财货，最终落得个两手空空。

请君入瓮

唐朝女帝武则天平定了徐敬业叛乱后，下决心要除掉那些反对她的唐朝宗室和大臣们。

但是，明面上反对她的人她知道，暗地里反对她的人她是不知道的。所以，她就发动了一场全国范围内的大告密活动。

不论你是大官小官，还是普通百姓，乃至于乞丐流民，只要是发现有人谋反，就可以直接向她告密。

如果有人把造反的信息上报给地方官，地方官是无权查问的，必须要备好专车，好吃好喝地把告密的人送到京城，由她亲自召见。

如果告密属实，马上就给告密的人封官；如果不属实，那也没关系，不会追究你的诬告之罪的。

这下可就热闹了，简直是一石惊起千层浪。

你我有仇的，你告我，我也会告你。谁得罪了我，那我就告你一个谋反，反正我也不受惩罚，就算你既没有谋反之实，也没有谋反之名，癞蛤蟆趴脚面，吓不着你也得恶心透你。真正处心积虑整一个人，往他的家里偷偷塞一些违禁品，然后告他谋反，就有可能整得他家破人亡。

全国范围内掀起一个大告密、大揭发的热潮，武则天一个人处理不过来这么多庞杂的告密信息，怎么办？

于是她就任命了一个叫索元礼的胡族将军，专门办谋反案。

索元礼问案，并不讲有证据没证据，上来就是一顿严酷的刑罚，被告密的人受刑不过，胡乱招一些东西，或者攀咬些什么人。于是索元礼就据此继续扩大范围，继续抓，继续审，继续上刑，继续攀咬……

结果就像从一片叶子攀咬出一棵大树，案件越株连越广，越看越触目惊心。武则天看了，很是高兴，夸他能干。

于是有些当官的就有样学样，其中就出现了两个个中翘楚，一个是周兴，一个是来俊臣。

他们把告密这件事发展成了一个产业，手下养了几百个流氓，认准了谁有谋反的嫌疑，注意，是"嫌疑"，不是事实，他们就会派人多地开花，同时告密，同时给这个人捏造出他谋反的证据——完全是倒推的逻辑：我认定你有罪，所以你没罪也是有罪，因为我已经造出了许多证据，证明你确实有罪。

为此，来俊臣还专门编了一本《告密罗织经》，厉害不厉害？

就是专门教人怎么给别人罗织，也就是捏造罪状的。

而且周兴和来俊臣办案青出于蓝而胜于蓝，比索元礼还残忍。

他们想出的刑罚花样繁多，抓到人后，甚至都不用动刑，把刑具往"犯人"跟前一亮，就吓得"犯人"魂不附体，"主动"招认。

前前后后他们一共杀了几千人。

一千多个家庭因为来俊臣而家破人亡、妻离子散。

所以，周兴和来俊臣就成了唐朝历史乃至于整个中国历史中有名的酷吏。

告密之风越来越盛，事态愈演愈烈，武则天的亲信——掌管禁军的丘神绩也被人告发谋反，被武则天诛杀。

但是，这事儿还没完。就像一个人在旷野里放了一把火，看着它席卷远方的人群，说不定什么时候火舌就会倒卷回来，烧到自己身上。

这天，武则天接到有人告密，说是周兴和丘神绩同谋。丘神绩已死，而周兴还在自己手底下当官，这叫武则天如何不吃惊？

所以她马上就给来俊臣下密旨，让他审周兴。

周兴正在来俊臣的府上做客呢，两个人推杯换盏，拿新想出的刑罚佐餐，一口一杯，喝得正热闹的时候，武则天的密旨到了。

来俊臣起身去正厅接了密旨，然后把密旨往袖子里一揣，又回来和周兴继续喝。

周兴知道是密旨，也不多问。

喝着喝着，来俊臣说："周兄，我最近抓了一批犯人，骨头死硬死硬的，说什么也不肯招供，你有什么好办法没？"

周兴一听，说："嘻，其实我也没有什么特别好的法子，不过我刚想出一个办法，说出来和老兄分享分享。"他一边说，一边吩咐几个人搬过来一只大瓮和一大盆火炭。

火盆烧得热热的，然后把大瓮架到上面去，他接着说，"来兄，你说，要是让不肯招供的人直接坐进大瓮，他是招啊，还是不招啊？哈哈哈。"

来俊臣一看，也仰天大笑："哈哈哈。周兄聪明，周兄了不起！"

他笑完，把手一伸，彬彬有礼地对周兴说："周兄，请吧？"

周兴一惊："来兄，你什么意思？"

来俊臣把脸一板，两手朝天一拱："刚接太后密旨，有人告发周兴谋反，着我严加审问。现在，请君入瓮。"

周兴一听，两腿一软，坐倒在地。他做梦也想不到，给别人罗织罪名，竟然自己也罪名罩顶；给别人施加酷刑，自己也酷刑加身。他自己想出来的刑罚，自然知道它的厉害，干脆也不抵抗，直接叩头招认，被定了死罪，上报武则天。

武则天其实也不傻，觉得周兴未必是真的谋反，而且作为她的鹰犬，效力颇为勤谨，所以免了他的死罪，革职流放岭南。只是她放他一命，不代表别人也会放他一命。他干了多少苛酷的事，得罪了多少人，连他自己都未必数得清，所以他还没有走到岭南，就已经被人暗杀了。

至于那个一开始办谋反案的索元礼，也因为害人太多，民愤太大，被武则天找个借口杀掉了。

来俊臣又给武则天效力五六年，继续罗织罪名，诬陷杀人。死在他手上的人不知凡几，宰相狄仁杰都被他诬告谋反，关进大牢，差点被整死。

放眼天下，他几乎是一人之下，万万人之上，可以横着走了，于是来俊臣的胃口也越来越大，想着要独掌大权。武则天重用她的侄子武三思，又宠爱她的女儿太平公主，来俊臣居然告到了他们的手上，想要来个斩草除根。武三思和太平公主势力庞大，眼线众多，他一动作，他们就知道了。

他们早就把来俊臣的底子起得干干净净，他平时诬陷了谁，对谁滥施刑罚，如此种种，把罪证往武则天面前一放，武则天一看，就冲这罪行，来俊臣也非抓不行。

来俊臣按律当死，武则天本来还想护一护他，免了他的死罪，但是来俊臣仇家遍天下，人人皆要他死，呼声之高，武则天也不能逆民意而行。于是，来俊臣到底还是被处了死刑。

他被处死的当天，不知道多少人拍手称快，人人拍着胸脯长出一口气，说："哎呀！从现在起，夜里可算是能安安稳稳地睡一觉了。"

我是跑着走的

《世说新语》里讲了这样一个小故事：

吴郡的陈遗，在家里十分孝顺父母。他妈妈喜欢吃锅巴，陈遗在任吴郡主簿的时候，总是带着一个袋子，每次煮饭，就把锅巴收集在口袋里，回家时带给母亲吃。

后来孙恩攻打吴郡，袁山松当日带兵出征，此时陈遗已经收集了好几斗锅巴，来不及回家，就带上锅巴随军出发了。沪渎一仗，官军大败逃溃，跑到了山里，很多人都饿死了，陈遗却因为有锅巴得以活了下来。人们认为这是他笃行孝道的报答。

像他这样孝敬父母的人物在历史上还有许多。

东汉时有一个名叫江革的人，少年丧父，战乱中背着母亲逃难。他们几次遭遇到匪盗，贼人想要杀死他，他痛哭求告，不是因为怕死，而是老母年迈，无人奉养。贼人见他孝顺，不忍杀他。

后来，江革迁居江苏下邳，做雇工供养母亲，自己贫穷赤脚，而奉养母亲特别丰厚。明帝时，他被推举为孝廉，章帝时被推举为贤良方正，任五官中郎将。

还有孔子的弟子仲由，早年家中贫穷，自己常常采野菜来吃，却从百里之外背米回家侍奉双亲。

父母死后，他做了大官，奉命到楚国去，随从的车马有百乘之众，所积的粮食有万种之多。可是，他坐在垒叠的锦褥上，吃着丰盛的筵席，却常常叹息："即使我想吃野菜，为父母亲去背米，哪里能够再实现呢？"

孔子赞扬他："你侍奉父母，可以说是生时尽力，死后思念哪！"

现代社会，也有很多孝敬父母的楷模。

有一个初中语文教师，九岁时，父亲因车祸去世，妈妈独自抚养三个孩子长大。后来，妈妈得了老年痴呆症，丧失了日常生活能力。这个教师为了能每天亲自照顾母亲，用一根布带把母亲绑在自己身上，骑着电动车行驶三十公里去学校上班。就这样风雨无阻，一连五年。

他每天的作息是这样的：晚上九点钟，服侍母亲睡下；凌晨一点钟，准时起床抱母亲上厕所；清晨五点钟，闹钟响起，他要赶在师生之前起床，将母亲房间打扫干净，处理好母亲的大小便；早上七点钟喂母亲吃饭后，开始学校一天的工作。

时间紧张，他总是步伐匆匆，所以他总爱说一句话："我是跑着走的。"

偏心的母亲

从前，郑武公在申国娶了一个妻子，名叫武姜，她生下两个儿子：庄公和共叔段。

因为庄公出生时难产，令武姜备受苦楚，而且还是脚先生出来的，使她饱受惊吓，所以她特别不喜欢这个大儿子，给他取名叫"寤生"。

小儿子共叔段乖巧可爱，所以武姜特别偏爱，武姜想立共叔段为世子，多次向武公请求，武公都没有答应。

到庄公即位的时候，武姜就替庄公的弟弟、自己的小儿子共叔段请求，让他分封到制邑去。

庄公很为难，说："制邑是个险要的地方，从前虢叔就死在那里，若是封给其他城邑，我都可以照您的吩咐办。"

武姜就改口请求封给太叔京邑，庄公答应了，让他住在那里，称他为京城太叔。

大夫祭仲看不过去，对庄公说："分封的都城如果城墙超过三百方丈长，那就会成为国家的祸害。先王的制度规定，国内最大的城邑不能超过国都的三分之一，中等的不得超过它的五分之一，小的不能超过它的九分之一。京邑的城墙不合法度，非法制所许，恐怕对您有所不利。"

庄公长叹一口气，说："姜氏想要这样，我又怎么能躲得开呢？"

祭仲语气很冲，怒庄公之不争，说："姜氏哪有满足的时候！如果不及早处置，就会让祸根滋长蔓延开来。祸根蔓延，就会像野草一样铲除不干净，更何况他还是您备受宠爱的弟弟？"

庄公说："多行不义必自毙，由他去吧。"

果然，共叔段的胃口越来越大了。他不久就使原来属于郑国的西边和北边的边邑也叛归自己。这时候，公子吕也看不下去了，劝谏庄公，说："国家不能有两个国君，现在您是怎么打算的？您如果打算把郑国交给太叔呢，那好吧，我就去服侍他了；如果您不打算把郑国交给太叔，那就请及早除掉他，现在老百姓们可都人心惶惶，觉得这个国家您说了不算，实际权柄在太叔的手里呐。"

庄公说："没事，不用除掉他，他自己会让自己倒霉。"

结果，共叔段的胃口更大了，他又把两属的边邑改为归自己统辖，势力范围一直扩展到廪延。

公子吕急了，说："咱们该行动了！他的地盘越来越大了！"

庄公说："没事，别看他地盘越来越大，可是他对我这个君主不义，对我这个兄长不亲，地盘再大，也会垮台。"

共叔段可不觉得自己会垮台。他风风火火地修治城廓，聚集百姓，修整盔甲武器，准备好兵马战车，就要发兵偷袭郑国。

他满怀必胜的信心，因为他已经和母亲武姜说好了，到时候，武姜会打开城门给他作内应的。

庄公其实一早就知道母亲和弟弟要联合起来对付自己，一直隐忍不发，就是要等一个合适的时机。现在，他打听到共叔段要偷袭，说："可以了，大军出击！"

于是，他命令子封率领车二百乘，去讨伐京邑。

京邑的百姓一下子就背叛了共叔段，共叔段逃到鄢城，庄公又追击到鄢城。五月二十三日，共叔段逃到共国。

庄公赶走了弟弟，平定了国家的内乱，回过头来就跟母亲算账，把她安置在城颍，伤心发誓："不到黄泉（不到死后埋在地下），不再见面！"

但是，过了一阵子，庄公后悔了。只是有言在先，违誓不利，他也没什么办法。

这时候，有个叫颍考叔的，是颍谷管理疆界的官吏，听到这件事，就把贡品献给郑庄公。庄公赐他吃饭。颍考叔在吃饭的时候，把肉留了起来。庄公问他为什么不吃肉，他说："小人有个老娘，我吃的东西她都尝过，只是从未尝过君王的肉羹，我想带回去给她吃。"

庄公长叹一声："你有个老娘可以孝敬，我却没有啊。"

颍考叔明知故问，说："您这是什么意思啊？"

庄公就把事情叙述了一遍，告诉他，自己后悔发誓，以至于如今不能和母亲相见。

颍考叔说："嘻，这有什么，您不必担心。您不是说到黄泉才能见面吗？不妨挖一条地道，直到挖出泉水，这就是黄泉了，然后你们在有黄泉水的地道中相见，怎么能算是违誓呢？"

庄公一听，很是高兴，命人依计而行，他和武姜在地道里见了面。庄公高兴地赋诗："大隧之中相见啊，多么和乐相得！"武姜走出地道，也赋诗应和："大隧之外相见，多么舒畅快乐！"

从此，他们母子比以前关系更好，称得上母慈子孝了。

【原文】

> 兄弟叔侄，需分多润寡；
> 长幼内外，宜辞严法肃。

【译文】

兄弟叔侄之间，大家要互相帮助，富有的要资助贫穷的；一个家庭里要有严格的规矩，长辈对晚辈要言辞庄重。

【解析】

在宗法制度下，古代往往是一大家子住在一起，互相要多多帮助。虽然住在一起，但是各有生理，有的人日子过得好一些，有的人日子过得差一些，富有的就要帮助贫穷的。在大家庭里面，既要分长幼，又要分内外，大家都要守规矩。长幼之间，年幼的不能僭越；内外之间，外人不可入内室。

【故事链接】

严贡生告状

《儒林外史》里有一个严贡生，为人奸狡，重私利，一家子好吃好喝，把家业田产都吃光了。

他有一个弟弟严监生。严监生的老婆去世后，他把给自己生了儿子的妾室赵氏扶成了正妻。他家家道丰富，不愁吃喝，僮仆田地无缺，日子过得无比滋润。但是严监生病重死去，妾室带着儿子守着偌大的家业过活，没想到儿子也夭折了。

于是严监生的继妻赵氏就打算从严贡生家的儿子中挑一个过继过来，奉养自己。

此时，严贡生带着二儿子去省城完婚去了，赵氏打发家人去京里请严贡生回来。

严贡生一到家，就做主把二儿子过继给严监生，还让赵氏做了妾。他把家人都叫来，吩咐道：

"我家二相公，明日过来承继了，是你们的新主人，须要小心伺候。赵新娘是没有儿女的，二相公只认得他是父妾，他也没有还占着正屋的。吩咐你们媳妇子把群屋打扫两间，替他搬过东西去；腾出正屋来，好让二相公歇宿。彼此也要避个嫌疑：二相公称呼他'新娘'，他叫二相公、二娘是'二爷''二奶奶'。再过几日，二娘来了，是赵新娘先过来拜见，然后二相公过去作揖。我们乡绅人家，这些大礼，都是差错不得的。你们各人管的田房、利息账目，都连夜攒造清完，先送与我逐细看过，好交与二相公查点。比不得二老爹在日，小老婆当家，凭着你们这些奴才朦胧作弊！此后若有一点欺隐，我把你这些奴才，三十板一个，还要送到汤老爷衙门里追工本饭米哩！"

赵氏一看，急了，大哭大骂，闹了一夜，到县衙告状。

知县让族长处理，族长召集了几个人议事，大家却都畏惧严贡生的势力，不肯做主，只请县太爷公断。这个知县也是妾生的儿子，就写了一个极长的批示，说赵氏既已扶正，就不能说是妾；如严贡生不愿意过继儿子，就由赵氏自行拣择，与他无关。

严贡生一看，这还了得，头上的火直冒了有十几丈；写状纸到府里去告，府里不准。到省里去告，省里也不准。他急得到处托人情，结果也托不着。

像他这样的行为，就真的是违背了"兄弟叔侄，须分多润寡"的原则，更是雪上加霜，火上浇油，落井下石，人品之低劣，让人不齿。

孔融让梨

孔融是东汉末年非常著名的文学家，他和他的兄弟们一起吃梨的时候，都主动挑小的吃。别人觉得奇怪，孔融说："我是小弟，我就应该吃小的。"

有一天，他哥哥的一个朋友遭到宦官追捕，逃到孔融家躲避。可是那天偏偏他的那个哥哥不在，孔融虽然是个小孩子，但是仍旧很仗义地收留了这个人。

后来东窗事发，官府追责，孔家的人没有一个推诿责任的，都抢着认罪，争着说这个人是我收留的，所以要坐牢应该我坐。这件事在当地流传开来，大家都被他一家人的孝悌仁义感动。

像这种兄弟之间仁厚友爱的事例还有很多。

西汉时期，有一个名叫卜式的人。父母去世后，兄弟两人分家，卜式把家财都给了弟弟，自己只要了一百多头羊。十几年过去了，他的羊群越来越大，他买了田、置了地、盖了房，日子过得蒸蒸日上。

可是他的弟弟却因为不善经营破产，于是他又毫不犹豫地把自己亲手挣得的财产分了一半给弟弟。于是，大家都说他是一个重亲情的君子。

汉朝有一个名叫许武的人，他们的父亲很早就过世了，他是长子，有两个弟弟，一个名叫许宴，一个名叫许普。

他白天种地就把两个弟弟带到田间，让他们在树荫下看他劳作，学习种地的知识；晚上回了家，又教两个弟弟读书。

有时候两个弟弟顽皮，不肯好好学习，他就在祖先面前告罪，长跪不起，直到两个弟弟哭着认错，他才肯起来。

后来他被推举为孝廉。

许武也想让两个弟弟有好的名声，也被推举为孝廉。怎么办呢？

他就想出一条计策：他把家产分为三份，最大最好的那份他要了，两个弟弟得到的东西又少又差。这么一来，所有的亲朋好友和街坊邻里都夸两个弟弟谦让哥哥，是君子。

后来，两个弟弟果然也都被推举为孝廉，许武这才把实情和自己的苦心说了出来。从此就落了一个名声，叫"孝悌许武"，官府请他担任议郎的官职。

许武一直打光棍，有人劝他娶妻，他却怕娶到不好的媳妇，会使兄弟间疏远。后来他先为两个弟弟张罗了婚事，自己才娶妻成家。

隋朝有一个名叫牛弘的人，他的弟弟名叫牛弼（bì），好喝酒，喝了酒就闯祸。有一天他竟然把牛弘用来驾车的一头牛给用箭射死了。当时牛是很珍贵的畜力，所以牛弘的妻子很生气，跟他告状："你弟弟今天不知道为什么，竟然把你驾车的那头牛射死了。"

牛弘听了，语气很轻松地说："死了就死了吧，做肉干、肉松之类的好了。"

妻子怒气未消，仍旧反复说这件事，他只是轻描淡写地说："我知道了，知道了"，继续读书去了。他对他的弟弟就是这么宽宏大量。

汉朝有一个人名叫姜肱（gōng），他有两个弟弟，一个名叫姜仲海，另一个名叫姜季江。

他们兄弟三人天天在一起读书，下课一起温习功课，一起帮着做家务。长大成人后，各自成家，成家后感情一如既往地好。

有一次姜肱跟他的一个弟弟一同去京城，半夜路遇强盗。强盗持刀逼近两兄弟，姜弘却推开弟弟，抢上前说："我弟弟还小，你杀了我吧，放他一条生路。"

弟弟却赶紧把他推开，说："我年纪小，能力差，留下哥哥，还是杀了我吧！"

强盗感动了，没有要他们的命，只抢了些财物就走了。

兄弟俩抱头痛哭。

苏轼和苏辙

苏轼和苏辙既是亲哥儿俩，又是北宋文坛上最耀眼的两颗星，他们和他们的父亲苏洵在"唐宋八大家"中占了三席之地。

苏轼长苏辙三岁，他们幼时是玩伴，及长是朋友，一辈子祸福相依、患难与共。

弟弟说哥哥："扶助我的时候，是我的哥哥；教育我的时候，是我的老师。"

哥哥说弟弟："哪里仅仅是我的兄弟哩，更是我的好朋友哪。"还为弟弟的文章鸣不平："弟弟的文章实际上胜过了我，只不过世俗中人不知道，所以才以为不如我罢了。"

《宋史·苏辙传》载："辙与兄进退出处，无不相同，患难之中，友爱弥笃，无少怨尤，近古罕见。"

历古至今，兄弟情鲜少有像他们那么好的。

苏轼真的很爱弟弟，《示子由》《别子由》《和子由诗》……等以"子由"为题的诗词，超过一百首。

诗里有的是深情怀念，有的则是顽皮戏谑："宛丘先生长如丘，宛丘学舍小如舟。常时低头诵经史，忽然欠伸屋打头。"

宛丘是陈州的别称，因为苏辙后来任陈州州学教授，所以苏轼戏称他是"宛丘先生"。说宛丘先生个儿忒高了，宛丘先生的宿舍又忒小。平时低头念书还没啥，这一伸个懒腰呵，屋顶就打了宛丘先生的脑门儿。

苏轼口中常吟"宁知风雨夜，复此对床眠"，意思是：什么时候才能够风雨之夜，兄弟团聚，对床而眠，共听夜雨呢？

更不必提他写给弟弟的千年相思绝唱《水调歌头·明月几时有》：

"丙辰中秋，欢饮达旦，大醉，作此篇，兼怀子由。

明月几时有？把酒问青天。不知天上宫阙，今夕是何年。我欲乘风归去，又恐琼楼玉宇，高处不胜寒。起舞弄清影，何似在人间。

转朱阁，低绮户，照无眠。不应有恨，何事长向别时圆？人有悲欢离合，月有阴晴圆缺，此事古难全。但愿人长久，千里共婵娟。"

兄弟之间，牵挂的东西太多。苏辙劝哥哥："常恐坦率性，放纵不自程。"意思是：哥哥你心太直了，脸也太直，写文章又太放纵不羁，不要被人揪住小辫子，教人家整你。

苏轼劝弟弟："森然有六女，包裹布与荆。无忧赖贤妇，藜藿等大烹。"意思是：弟弟你生有六个闺女，所穿不过是粗布衣裳，用荆条挽头发。好在不必忧愁，你娶了一个好媳妇，哪怕吃的是藜藿这样的粗菜，也能吃得有滋有味。

苏轼给弟弟抬轿："吾视今世学者，独子可与我上下耳。"意思是：我看哪，现世这些学者，只有弟弟你能和我一较高下啊。好大的口气，好狂的精气神。他有足够的底气，也鼓励弟弟要有这股了底气。

苏辙崇拜哥哥："杜门深居，驰骋翰墨，其文一变，如川之方至，而辙瞠然不能及矣。"意思是：苏轼自从谪居黄州，闭门不出，笔走龙蛇，其文为之一变，就像大江大河訇然而至，我是拍马也赶不上了。

苏轼因为写诗遭人嫉恨，被人搜罗他的罪状，要拿他问罪。当时苏轼早在湖州就任，不是和长子苏迈山林漫步，就是带着弟弟的女婿等人到处游玩。

苏轼的一个名叫王诜的好友得了信，立刻派人通知苏辙，苏辙立刻派人急奔，告知哥哥。但是告诉了也没用，跑又不能跑，只能跟着来捉拿他的人进京，紧接着被投入监牢，这就是有名的"乌台诗案"。

苏轼猜想罪不能赦，写了两首绝命诗，交待后事，托狱卒交给弟弟苏辙。其中第一首就是和弟弟交代后事："圣主如天万物春，小臣愚暗自亡身。百年未满先偿债，十口无归更累人。是处青山可埋骨，他年夜雨独伤神。与君世世为兄弟，更结来生未了因。"

苏轼说自己是罪有应得，"小臣愚暗自亡身"，是我自己找死，和别人没有干系。只是怕自己死后，家人十口无可寄托，只能拜托弟弟苏辙照顾。至于自己，随便找个青山之处埋了吧，我的魂灵夜雨之时仍旧会暗自伤神。希望和你来生仍旧为兄弟。

苏辙接信，伏案哭泣。他当初得知哥哥要被奉旨拿问，心胆俱裂，派人火速和皇家使臣赛跑，星夜传信；如今竟是哥哥要和自己诀别，他又痛又恨。

苏辙也因受牵连日子难过，但他不仅未有丝毫怨言，还将哥哥的家小接到自己家中安顿，并一再上奏神宗皇帝，奏章上泣血哭求，愿免一身官职为兄赎罪，实在不行愿意替哥哥去死。

后来苏轼被贬到黄州，

他只带了长子苏迈前去。他们抵达黄州四个月后，家人才由弟弟护送来黄州。

苏辙也要带自己的家眷到高安任酒监。举两家而搬迁，几十口子人，男男女女，老老少少，水路陆路，长行短行，打尖住店，吃喝拉撒，一人不可不照看到，一事不可不操心。他这个弟弟太给力了。

至于酒监是个什么官，若按照林语堂先生所说，大约只相当于官营的一个酒馆经理；也有学者认为酒监是专门监管官员酗酒问题的，大约相当于酒方面的纪检监察委员；也有的学者认为酒监大概相当于酒类专卖局或者酒类工业局的局长。总的来说，官儿不大，因为他把前程拿来换哥哥的命了。

到了九江，苏辙让自己的家眷在此等候，他则带着嫂嫂王闰之、侍女朝云还有哥哥的两个孩子，顺长江一路到黄州，送他们去与哥哥团聚。

其实苏辙的日子比苏轼还难过，因为苏辙已经有了七个女儿，还有三个儿子，又有两个女婿，再加上妻子，谁知道有多少张朝他要饭吃的嘴，多少个朝他要衣穿的身子。收入既不高，小官又当得清水，只落得"债负山积"。

就算他不"债负山积"，苏轼摊上一趟事，他的家产也缩水；再送哥哥的家眷长行这一遭，钱也少了许多。

四年后，苏轼又到高安去和弟弟见了一面。

兄弟久别，而今重逢。兄弟两个秉烛夜话，不免谈到乌台诗案，苏辙想起哥哥命悬一线，苏家几遭灭顶，仍旧心胆动摇，反复劝哥哥，谨记祸从口出。

一番奔波，换来兄弟相聚数日。几天后，苏轼回返，苏辙在郊外给哥哥饯行，见苏轼口无遮拦，他好不担忧，以手指口，示意哥哥你可长点心吧。

后来，苏轼和苏辙又重新起复，官职一升再升，兄弟两个风头无两，尤其苏轼，更是声名远播，甚至他的大名都传到国外去了。

元丰四年（公元1081年）八月，苏辙出使辽国，到了辽国，辽人纷纷打听苏大学士安否。苏辙写诗给哥哥："谁将家集过幽都，逢见胡人问大苏。莫把文章动蛮貊，恐妨谈笑卧江湖。"

声名太盛，以后想要江湖归隐，走到哪里都被人认出来可怎么好。

其实他挺为哥哥自豪的。

后来，苏轼又贬谪到惠州，因为盘缠不足，他就去找弟弟要。反正没了钱苏轼就会去找苏辙要，苏辙倾力给他，从不打驳回。

数年来，苏辙官至宰相，家底大约还是有一些。但他不是贪官，所凭无非俸禄，又家人众多，所以能匀给哥哥的，也不过七千缗铜钱。

苏轼要在宜兴买一套房子，把全家留在这里，自己带幼子苏过和姜侍朝云去惠州赴任。

在宜兴买一套房花费五百缗，如此换算下来，弟弟给了他十多套房子！

苏轼到惠州，朝廷明令"不得签署公事"，但他到底是从政的，民生大事干不成，做不得主，但是，能伸伸手的时候，还是愿意伸伸手的。这时候，苏辙又给哥哥送来一票黄金：苏辙夫人史氏这一年入宫朝见太后，太后赐他家的黄金，全被苏辙送来了。这个人也是一个"撒手没"的性格，有钱真的是撒手没。

苏轼把弟弟给的黄金全数捐赠。这人也是一个"撒手没"的性格，有钱真的是撒手没。哥儿俩绝配。

苏轼这里盖盖，那里盖盖，这里捐捐，那里赠赠，手边又没钱了。又穷、又老、一头白毛："寂寂东坡一病翁，白须萧散满霜风。小儿误喜朱颜在，一笑那知是酒红。"

看此情景，没有人想到他是没米没面，要和人借菜地种菜，以菜果腹的苏轼。

再后来，政敌越发猖狂，把苏轼从惠州贬到儋州，再把苏辙贬到雷州。

苏轼把全家留在惠州，只让小儿子苏过随行侍奉。船行雷州，苏辙也恰好来到雷州半岛，兄弟相会，倍觉凄凉。二人到一个小饭摊吃饭，吃的是糙面饼。苏辙吃不下，苏轼三两口吃光，笑说："这种美味，你是还想要细嚼慢咽么？"

弟弟送哥哥到海边，哥哥渡海更向南。向南向北两飞雁，兄弟两个再也没能见一面。

后来，苏轼遇赦北归，路上病重，给三个儿子嘱托后事，说你们的父亲平生未尝为恶，应当不会进地狱，所以不用担心。他让弟弟给他写墓志铭，吩咐儿子们把他和他的妻子王闰之合葬在苏辙家附近的嵩山山麓。

苏辙亲笔给哥哥泣血作祭：

"……呜呼！手足之爱，平生一人。幼学无师，受业先君。兄敏我愚，赖以有闻。寒暑相从，逮壮而分……呜呼！天之难忱，命不可期。秋暑涉江，宿瘴乘之。上燥下寒，气不能支。启手无言，时惟我思。念我伯仲，我处其季。零落尽矣，形影无继。嗟乎不淑，不见而逝！号呼不闻，泣血至地……"

【原文】

听妇言，乖骨肉，岂是丈夫？
重资财，薄父母，不成人子。

【译文】

听信妇人挑拨而伤害骨肉亲情，哪里配得上做一个男子汉大丈夫？看重钱财而薄待父母，又怎么能是做儿子的道理？

【解析】

古代男尊女卑的思想占主导地位，女人很少受高深的教育，终日在家操持，眼界难免狭窄，所以有一句歧视女性的话，叫"头发长见识短"。

基于此，才会有这样的说法。如今男女平等，大家都要遵循这一个原则：不要听信挑拨而伤害骨肉亲情。

而赡养父母的义务在现代社会也由儿女共同承担，所以看重钱财而薄待父母的行为，无论是儿子还是女儿，都是不应该的。

【故事链接】

阳雍娶妻

南北朝时期，北魏有个人名叫阳雍，河南洛阳人。他们兄弟六人，都以给人做雇工、出卖劳动力为生。

阳雍从小就孝敬父母，远近闻名。父母去世后，阳雍安葬了他们，还常常因为思念他们伤心落泪。为了给父母修福，他把房子和地全卖了，迁往北边缺水的地方，在一个大道旁的陡坡下面住了下来。他每天天不亮就起来挑水，免费送给过往的行人喝，还给他们免费修补磨破的鞋子。一连数年，天天如此。

他的美德被天上的神仙看见了，神仙就变成一个书生，来到他面前，问："你为什么不种菜自己吃呢？"

阳雍回答："没有种子。"

神仙就给了他几升菜种，他种进了地里。结果，蔬菜长出来的根茎变成了白璧，叶子变成了可以花销的钱币。

神仙又问："你怎么不娶妻呢？"

阳雍说："我的年纪大了，没有人肯嫁我。"

神仙说："你去向名门之女求婚吧，这事儿一准能成。"

当地有一家大户，姓徐，徐家有一个待嫁女，有才有貌，但是眼光很高。阳雍就请媒婆上门说亲，徐氏女根本看不上他，不屑一顾，觉得这人太轻狂了，癞蛤蟆想吃天鹅肉，谁给他的勇气？

媒婆走后，这个姑娘老是想着这回事儿，觉得这个人无财无势，岁数又大，敢开口求婚，是不是有什么过人之处呢？于是她就派人打听，结果一打听不得了，原来阳雍是个做了好多善事的大好人。她的心就有点动了。

恰在此时，阳雍又请媒婆上门了，她就半开玩笑地说："如果他能送来一对白璧，一百万钱，我就嫁给他。"

她想：嫁是不可能嫁的，自己过惯了富裕的日子，怎么可能嫁个穷人受苦呢，还是让他知难而退吧。

没想到，第二天阳雍的聘礼就到了。

这下子，她大吃一惊，说出去的话泼出去的水，不嫁也不成了。

不过，她嫁过去并不吃亏，而且很有后福。她给阳雍生了十个儿子，个个德才兼备，俊美非常，任过高官显职。

后母蛇心

古代有一个大户人家，主人有一妻一妾，奴仆成群。

他的妻子死后，他就把妾室继立为正妻，因为她表现得贤良淑德，对待正妻所出的大儿子也特别温柔关怀。

男人在朝为官，平时特别忙碌，所以把大儿子交给继妻，他也很放心。

过了不久，大儿子就生了病，腿渐渐不能走路，继妻非常着急，每天都在佛堂祈福，声言宁愿减寿十年，也愿我儿身康体健。

继妻所生的次子和长子只相差两岁，性情也非常温良谦和，每天对哥哥嘘寒问暖。

这天，次子牵了一条猛犬回府，没想到猛犬一见到不良于行的兄长就猛地扑上去，如果不是对长子忠心的奴仆拼死相救，长子当时就会被撕成碎片。

他们的父亲听说了，匆匆赶来，慰问长子。长子说是自己不小心，离狗太近了，所以才会被咬，不关二弟的事。

但是背地里，他的神情却很不开心，找了一个和父亲独处的机会，请父亲挑他身边一个得力的仆从来自己身边，照顾自己，但是千万要不起眼的、不引人注意的，也不要被人知道是父亲派过来的，只说是从外头随便买来的。

他的父亲不知道大儿子是怎么了，想着也可能受了大刺激，安全感缺失，才会如此，于是就同意了。同时又心头生疑，于是他把身边一个最得力的仆从派了过去，嘱咐他每天要小心照顾大公子，同时有什么异状多向他汇报。

过了一阵子，这个奴仆向他报告，说长公子每天都要喝治疗腿疾的药，如果他不喝，侍奉他的婢女就会苦口婆心地劝说。他再不肯喝的话，夫人也会过来柔声细语地劝说，总之，务必要让他喝下才行。看似是对他万般关心，但是，他每天上床、下床，却是难事，并没有什么人愿意伸一伸胳膊，搭把手儿。就连洗澡都是他自己拖着动不了的下肢洗，偏偏给他准备的浴桶

又高又大，仆人每次都给他放很多热水，有一次他差点淹毙。

次子每天都来看哥哥，面上是笑着的，但是在别人不注意的时候，眼神却特别尖利。

这个男人听了这些，既觉得无凭无据，不可生疑，又觉得心头总有阴云破不开。毕竟偌大府院的继承权，按照当时的社会规则，只要嫡长子在，就都要给了嫡长子。只有嫡长子不在了，才有次子的份。

他转念一想，长子之所以跟自己要一个仆从，难道就是要借这个仆从的眼看他身边的森森恶意？但是，在没有任何把柄可抓的情况下，要怎么才能得出实情呢？

灵机一动，有了。他让这个仆从把长子喝的药和熬药的药渣想办法偷了一点出来，然后请一个非常有名的大夫来看里面可有玄机。

大夫把这药细闻细嗅，又用银针探视，刚开始并没有发现什么问题，然后把药渣细细分析，原来是里头的中药犯了"十八反"的禁忌，使良药变成毒药，越喝身体越孱弱，肢体越麻痹，最终不但全身瘫痪，而且毒素积累渐多，不到二十五岁就会死去。

男人又调查次子牵过来的那条狗是怎么回事，原来那条狗是次子花大价钱买来，平时以扑杀活物为食，因为次子把沾带长子气味的衣物让这条狗嗅闻，所以狗才不要命地往上扑。男人为了套出这点实情，把次子派去买狗的仆人打了个半死。

实情摆在这里，男人这才发现自己是多么有眼无珠，竟然识不破魍魉诡计，害得大儿子身体受损，又每天活在担惊受怕里，不知道什么时候就会被取了性命。

于是，他一怒之下，把继妻休弃，次子已经跟着他的母亲学得心地狠毒，也经了宗族议断，剥夺姓氏，逐出族谱，跟着继妻自谋生路去了。长子身边的奴仆，全部被继妻和次子收拢为己用，所以才会对长子不管不顾，甚至含着阴暗的心思，用高高大大的浴桶，倒多多的热水，企图把大公子烫死或者淹死。于是男人把这些奴仆全部发卖，一个不留。

鞭打芦花

古时候，我国有一个"鞭打芦花"的故事，说的就是孔子学生闵子骞义举感继母的事。

据《太平御览》卷三十四载："闵子骞事后母，絮骞衣以芦花。御车，寒失靷。父怒，笞之。后抚背知衣单。父乃去其妻，骞启父曰："母在一子寒，母去三子单。"

里面所谓的"闵子骞"是闵损，孔子的徒弟，他的学识与声誉仅次于颜回，在七十二贤中排名第二。因贤孝而出名，被孔子称赞为："孝哉闵子骞！"

原来，闵损的后母生了两个儿子之后，对闵损很不好，总是背着闵损的父亲虐待他，让他干一些又苦又累的活，还不舍得让他吃饱穿暖。而闵损总是默默地忍受着，从未对父亲说过继母的劣行。

有一次，在寒冬里，闵损驾车与父亲外出，由于寒风将他冻得瑟瑟发抖，直打冷战，手脚都不听使唤，便一不小心翻车了。

这时父亲非常不悦，心想你穿着那么厚的棉袄还表现得抖抖擞擞的，是怎么回事？就随手扬起赶马的鞭子，打了他一鞭。没想到这一鞭子下去，棉袄破绽，里面飞出一团团的芦花儿来。

这时父亲什么都明白了，继母在冬天里给闵损做的棉衣不是棉花，而是芦花。继母给自己的孩子穿的是暖和的棉花做的棉衣，却给闵损穿芦花瓤的袄子，但芦花不御寒风，难怪闵损穿上会冻得直打冷战。

父亲非常生气，要休掉继母。回到家里，就马上取出纸笔，写休妻书。

闵损一见，赶紧跪在地上，求父亲原谅继母，不要写"休书"。父亲一见不解地问道："傻孩子，你怎么不怨恨继母，还这般给她求情？"闵损说："母在一子寒，母去三子单。"这时他首先想到了两个幼小的弟弟，便恳求父亲饶恕继母。他想：留下母亲只是我一个人受冷，休了母亲我与两个弟弟都要挨冻，这是自己作为一个兄长所不能做的事情。

于是，他的行为使父亲非常感动，就没有休掉继母，而继母听说后，更是悔恨不已，她觉得自己不该那样对待闵损，便痛改前非，从此对闵损如亲子一般。

一个人学会以德报怨，不计前嫌，才能拥有一些美好的事物。无怨无悔既是一种伟大的情操，更是一种伟大的人格。就像上文中的闵损，面对继母的虐待，他没有怨恨，没有报复，而是用自己宽厚的胸怀与仁孝感动了父亲与继母，也为世间留下了感人的佳话，使"鞭打芦花"故事流传至今。他也成为中华民族文化史上先贤人物，在《二十四孝图》排位第三，赢得所有人的尊敬和尊重。

墙头记

张木匠一生劳苦，妻子早亡，一个人把两个儿子拉扯成人。

平时，他自己舍不得吃，舍不得喝，却让两个儿子想吃什么有什么，想穿什么穿什么。

他又拼命攒钱，给学堂里的先生送束脩，送两个儿子去上学。结果大儿子不喜欢学习，喜欢做生意，他又找门路，送他去学做生意；二儿子留在学堂，学得粗通文墨，也就不肯再上学了。两个儿子也大了，又磨着他给他们娶妻。

张木匠拿出所有的身家，分别给他们下聘礼，让他们娶妻成家。

成家后，长子很快就做生意发了财，每天吃香喝辣，日子过得好不快哉。次子则是因为小有学问，所以丈人家看重，给他的妻子陪送了一份丰厚的妆奁，日子过得也有滋有味。

张木匠一天天地变老了，都说"人到七十古来稀"，可能是他整天奔波劳动、于是身体强健的缘故，他都活到七十三岁了还没死。他的两个儿子不乐意了，觉得他活得也太长了！

好在当时张木匠还能自己劳动，就算不能再做木匠活，但是捡个柴火做个饭还是能做到的，平时自己在田里种一点粮食，也够自己吃。一个人住在破旧的院落里，每天迎着太阳的东升西落，盼望着能够见一见小孙孙。可是他的小孙孙们都跟着他们的父母学得厌弃爷爷，除非过年的时候要"压祟钱"，平时决不肯来。

转眼又十几年过去了，张木匠都八十五岁了。这几年，他年老体衰，再也干不动了，只好靠儿子们养活。这下子两个儿子可就烦透了，埋怨他："老爹爹今年八十五，何不死在圣贤年"。

中国民间有"七十三，八十四，阎王不请自己去"的说法，孔子活了七十三岁，而孟子则活了八十四岁。

张木匠的两个儿子这是在埋怨他们的老爹，为什么不活够八十四岁就死，最好是活到七十三岁就死，那样多好，就不拖累我们了。

经过商议，他们决定一家轮半月地照顾父亲。但是有时候一个月有三十一天，有时候一个月有二十九天，就分不匀实。这天，大儿子说时间到了，就把他爹送到了弟弟那里。

弟弟俩夫妇心想：上回你就早送来一天，这次又来占便宜，呸！

于是他们躲在家里，把家门插得铁桶一般严实，任凭老大在外边跳着脚地骂，也不吭一声。

老大一看，干脆蹬着墙根底下的砖，硬把他爹架到了老二家的墙头上，让他骑在那里，说："你可骑稳了啊！真要是掉下去，也得看好了，往他们家院里头掉，掉院外头可没人管饭。"

然后他就扬长而去了。

可怜老头子哆哆嗦嗦地骑在墙头上，老眼昏花，腿又没力气，摇摇欲坠。老二夫妻躲在屋里，听着老头子在外边颤着声地叫："老二，老二，来扶爹下来，爹要掉下去了！"但老二说什么也不肯应一声。

这时候，张木匠的好朋友王银匠来了。他整天走街串巷做银匠生意，早年间就和张木匠认识。平时他还老劝张木匠，让他不要那么溺爱孩子，可惜张木匠不听，只是可怜两个孩子从小没娘，受的苦多，愿意多疼一些。

这个人特别机灵，一肚子的鬼主意。他一看老哥们儿怎么骑在墙头上啊！赶紧下去把他搀下来。

然后一问前情后事，可把他给气坏了。

但是，他一个两姓旁人，又不能替张木匠出头讨公道，于是眼珠一转，计上心来。

他把张木匠安顿在一个阳光照耀的墙根底下，让他先晒晒身子，然后从怀里掏出干粮给他，让他充充饥。然后就让他等在这里，儿子不来找他，不许他动。

然后王银匠就先到老大家要债，又到老二家要债，说辞是一样的：当年，张木匠在他的炉子里化了好多的银子，悄悄藏起来了，还嘱咐我瞒着你们，怕你们知道了会跟他要。现在，你爹欠了我一些银子，也不肯还，所以我只能朝你们要了。你们要是能够找出他藏的银子，除了能够还了我的银子，还能剩下好多银

子，就看你们兄弟俩谁有这个本事得着这些白花花的银子。

这下子可捅了马蜂窝了，老大和老二的腿像安了风火轮似的，一溜烟地就奔出了自家的院子，一叠声地喊着"爹，爹，"跑了出去，后面跟着他们的老婆，积极性一点也不比张木匠的儿子们差。

张木匠正在墙根底下被太阳晒得晕晕乎乎的，就猛地被儿子们架了起来，老大往自己家里拖，老二往自己家的院里抱，你争我抢，好不热闹。一个说："爹，跟我回家，我吃香的就让您喝辣的。"一个说："呸，爹，您甭听他的，他多一天都不愿意养您，您还指望着跟他吃香喝辣，跟我走，有我一口吃的，就不会只给您半口。"

说着说着，两个人就打起来了。两个媳妇也你撕我头发，我拽你衣裳地拉扯在一起，一村子的人都围着来看笑话，哈哈乐。

王银匠分开人群，走了进来，严肃地说："老这么拉扯也不是个事，依我看，咱们当着村里人的面，把这事儿好好说道说道，也有个章程是不？"

两个儿子连声称好，经过协商，还是按照张木匠说的，一家轮半个月，轮到谁家，谁家就管老爹的吃喝。

这场争爹战结束后，老二小心翼翼地把老爹扶进自己的家里，一会儿问："爹，您渴不渴？"然后奉上甘甜的蜜糖水；一会儿问："爹，您饿不饿？"然后奉上香香的猪头肉和松软的鸡蛋糕；一会儿问："爹，您冷不冷？"然后给他让到炕头上，裹上厚厚的棉被；一会儿又把小孙子打发过来，让他陪着爷爷玩儿。小孙子说："爹，你不是说他是老不死的吗？"被他娘一巴掌拍在屁股上，说："孽障，胡说什么，叫爷爷！"

然后，他娘就趴在他耳朵边上，跟他说："去，你问你爷爷，他把那么多银子放哪儿了？"

张木匠早得了好朋友的嘱咐，只一味装聋作哑，也不搭茬。老二家两口子一边暗骂"老不死的，心眼真多"，一边伺候得更周到了。

转眼半个月过去，老大早早地就拉着板车过来等候了，一路像拉宝贝一样拉到自己家，也和老二家一样殷勤备至、嘘寒问暖，可孝顺了。当然，他也什么都没问出来。

不知不觉的，两年过去了，张木匠病重待死，临死的时候，两个儿子拼命在他的耳朵边扯着嗓子问："爹，您的银子藏哪儿啦？"

张木匠抬起昏蒙的老眼，看着窗外的墙头，想起自己被儿子们架到墙头上的经历，用手指了指那里，断了气。

儿孙们一看，也不顾死去的老人了，赶紧跑到院里，到处找来镢头、铁镐，冲着墙头就是一顿挖呀！

这里没有，这里也没有，这里更没有，墙头的地基越挖坑越多，越挖洞越大，硬是把高高的墙头给挖得轰一声倒塌了，把这几个不肖子孙都压在了下面，胳膊腿儿乱舞，大喊救命……

【原文】

> **嫁女择佳婿，毋索重聘；**
> **娶妇求淑女，勿计厚奁①。**

【注释】

①厚奁（lián）：丰厚的嫁妆。

【译文】

嫁女儿，要为她选择品性贤良的夫婿，而不要只是贪图贵重的聘礼；娶媳妇，须求娶贤淑的女子，而不要只贪图丰厚的嫁妆。

【解析】

嫁女儿是为的女儿幸福，所以一定要选择人品好的女婿，聘礼什么的，不要太放在心上；娶儿媳妇，是为了家道和睦，所以要看重媳妇的品行端方，而不要计较陪嫁的多寡。说白了，无论嫁娶，都要重德不重财。

【故事链接】

丑妻近地破棉袄

古时候，有一对双胞胎兄弟，哥哥叫阿木，弟弟叫阿林。兄弟二人一起读书、一起玩耍、一起快乐地长大，眨眼就到了谈婚论嫁的年纪。

这时有人来提亲，一个是貌美如花的财主家的女儿，一个是相貌平常穷秀才的女儿。弟弟阿林跟哥哥阿木说：俗话说，要想好，大敬小，不知哥哥可不可以让我先做选择？阿木说：弟弟说得对，哥哥愿意礼让，请弟弟先做选择。

毫无疑问，弟弟选择了美貌如花的财主千金，而哥哥只得娶了穷困潦倒且相貌平常的秀才之女。

婚后，弟弟美丽的妻子难免有些骄奢之气，在家里颇为霸道，弄得公婆和家里人在她面前大气都不敢出。弟弟在妻子面前更是唯唯诺诺，如老鼠见了猫般。弟弟那美丽的妻子除了将自己打扮得花枝招展外，几乎什么事也不会做。

而来自穷秀才家的嫂子却是个知书达理的人，虽然相貌平庸却举止优雅不俗，对哥哥体贴入微，对公婆孝敬有加。

各自成家立业后就面临分家的事，毫无疑问，在弟媳的嚣张跋扈下，家里最肥沃的土地归了弟弟，最好的房屋归了弟弟，就连家什器皿也是弟弟、弟媳挑剩下了才归哥哥所有。而可怜的哥哥，除了一间破屋、几亩薄地外，又分到了年迈的爹娘。

哥哥、嫂子并没有因此懊恼，他们搀扶着爹娘回到了属于自己的破屋中。

自此开始，哥哥天一亮就出门，边拾粪边朝地里走去，到了地里，他把地里的石头一块一块搬出去，将拾来的粪撒进地里，又从山上引来山泉水灌溉田地，辛辛苦苦在地里忙碌着。原本荒凉稀薄的土地，在哥哥辛勤侍弄下变得肥沃起来。

嫂子在家里一边侍候公婆，一边收拾破屋子。她将庭院用篱笆围起来，养了鸡鸭，还养了一只羊。她又将庭院和房间打扫得一尘不染，并且在院子里种了花花草草。没多久，小小的破院子就生机盎然了。嫂子是个勤劳的女子，她还纺纱、织布到深夜，卖布匹挣得银钱贴补家用。在夫妻二人的共同努力下，他们家的日子越过越红火。

弟媳每天打扮完毕就倚着大门看街上的热闹。这一天被当地的恶霸看见，恶霸瞬间被弟媳的美貌折服，遂上前勾搭。

弟媳开始不理睬，谁知恶霸天天来，还给弟媳带来了精美的食物、华丽的衣服和首饰。弟媳再也招架不住，便和恶霸苟合在一起。

渐渐地，街头巷尾的人都在议论这件事，弟弟听见了大吃一惊，他怒冲冲地回到家里质问妻子：我在外辛劳，你却在家里做出这样的事！弟媳却不以为然地说：你日日辛劳能挣到几两纹银？我口里吃的，身上穿的，是你永远都挣不来的。弟弟大怒，将妻子痛打一顿。

谁知因此惹怒了恶霸，他索性一不做二不休，带了一帮人来到弟弟家中，将弟弟痛打之后把弟弟赶出家门，霸占了弟弟的房子、妻子和土地。

无家可归又伤痕累累的弟弟哭泣着来到哥哥家，刚走到大门外，就看到繁花似锦的院子里，一家人围着石桌、石凳在逗弄着他的小侄儿。他看到红光满面的爹娘，看到一脸幸福笑容的哥哥，又看到相貌平常的嫂子举止文雅地给爹娘端茶倒水……这一切原本应该是自己的啊！悔恨像一根刺扎进了弟弟的心里，泪水哗哗地流出眼眶。

弟弟站在院门外，哭泣着久久舍不得离去，却又没有勇气走进去。这时蹒跚学步的侄儿摇摆着走过来，他发现了叔叔，就甜甜地笑着叫："叔叔"。哥哥、嫂子都迎出来，将他接进院子。

嫂子赶紧去灶上生火做饭给弟弟吃，哥哥陪着弟弟话家常，爹娘也心疼得直落眼泪。弟弟在家人的包围下吃饱了饭，他站起身跪在家人面前说：丑妻近地破棉袄，妻子不要美貌要贤良；土地不要肥沃要长久耕耘，破衣虽破但可以御寒。可惜自己贪念太多，从前不懂得，如今懂了却也悔之晚矣，也是命该如此。

说完他朝爹娘磕头：请爹娘原谅儿子不孝；又朝哥哥、嫂子磕头：谢谢哥嫂不计前嫌，侍奉爹娘。磕完头他就头也不回地走了。

而那个美丽的弟媳后来又勾搭上了县官，县官派人将恶霸收监。恶霸也因此遭到了报应。县官将弟媳纳为小妾，不知道再后来弟媳是不是又攀上高枝，将县官也害死，谁知道呢？

后来听说弟弟远走他乡一直流浪，也有人说弟弟在一个大户人家做长工，一生都过得不如意。具体做什么也没人知道，只是后来弟弟托人送回来一些东西，有一些是给爹娘的，有一些是给哥嫂的，也有一些是给侄儿的。大家收到东西都流泪，知道弟弟其实也是个重情义的人，只是当时被欲望蒙蔽了心智。

诸葛亮娶妻

民间有一个传说，说诸葛亮第一世是姜子牙，封神的时候，佛祖说他的骨骼太差，不足以修仙，所以他只好重新转世做人。但也没有做成诸葛亮，而是转成孙膑，战国时期的战神。到诸葛亮已经是第三世，然后做了司马徽的学生。

元代有一部书叫《仙鉴》，其中有一篇《诸葛亮拜师》，说的是司马徽并没有收诸葛亮做学生，而是和他以朋友相称。他给诸葛亮推荐了一个老师。他对诸葛亮说："你现在只能算个二流人才，我给你推荐一个人，你去拜他为师，继续深造去吧。"

于是司马徽向诸葛亮推荐了汝南灵山的一个名叫酆公玖的人，说他熟谙韬略，如海洋般无法猜透。

然后，司马徽就带着诸葛亮一起去了灵山，引见他拜了酆公玖为师。

酆公玖老师经过考察，发现诸葛亮心性极好，坚忍好学，于是就拿出秘籍《三才秘箓》《兵法阵图》《孤虚旺相》，让他好好揣摩研究。

等他尽得书中奥妙后，酆公玖老师又给他讲，如今汉室衰微，我向你推荐一人，你去跟着他济世救民去吧。

这个人是刘备。

于是，诸葛亮下了山，先去见司马徽，司马徽一见就说："你现在才真的算是第一流人物了。"

还有一个故事更神奇，《历代神仙通鉴》中的记载是这样的：

诸葛亮想学习，到灵山去拜了酆公玖学艺，酆公玖一百天就教会了他各种道术。然后酆公玖送他下山，给他推荐了一位高人，让他学习更高深的道术。

这位高人住在武当山，名叫北极教主。

结果诸葛亮到了北极教主这里，北极教主天天让诸葛亮洗衣、烧饭、挑水，当勤务兵使唤。就这样过了好几年，看诸葛亮没有一点不耐烦，就把高深的道术教给了他。

最后诸葛亮学成下山，回头一看，武当山没了。他就去找酆公玖，结果去了一看，灵山也没了。

诸葛亮渐渐学成，和他交往的人，都是经过他严格筛选的，除了经常向庞德公请教之外，平辈论交的，只有庞统、马良、向朗等几个人。

另外还有几个人：石广元、崔州平、孟公威、徐元直，都是从外地来荆襄之地避难的。例如，崔州平曾经当过大官，如今落魄逃难；徐元直原名徐福，年轻时会耍剑，以侠客自居，结果侠来侠去，就杀了人了，更名换姓，成了徐庶——就是"徐庶入曹营，一言不发"的那个人，也隐居荆州。

这几个人，诸葛亮和他们也走得很近，交往得很好。虽然这几个人都比他岁数大得多，但是交往起来没有年龄界限。他们没事就清谈，在诸葛亮四面漏风的茅庐中偃仰啸歌。这天，诸葛亮给四个人开玩笑般地预测，说他们都能做刺史、郡守之类的官。他们就问诸葛亮："你能做什么官？"

诸葛亮笑而不答。其实他心里想的是："我是管仲、乐毅一类的人物，难道说要告诉你们吗？"

其实他不说，他们也知道他心里的想法。他曾经这样说过，还为此遭受过别人的嘲笑，但是这四个人不会笑他，他们觉得，他就是管仲、乐毅一流的人物，有出将入相之才，有定国安邦的本事。

到诸葛亮该娶妻成家的年纪，媳妇就自己送上门了。

诸葛亮的老丈人是黄承彦，也是一个名士，他是自己保媒，把女儿嫁给诸葛亮的。《三国志》里这样记载："黄承彦者，高爽开列，为沔南名士，谓诸葛孔明曰：'闻君择妇，身有丑女，黄头黑色，而才堪配。'孔明许，即载送之。时人以为笑乐，乡里为之谚曰：'莫作孔明择妇，正得阿承丑女。'"

可是为什么诸葛亮要娶这么一个满头黄毛、一身黑皮的丑姑娘呢？

因为人家有才。

说起来，娶妻娶贤这句话特别对。黄帝的妃子嫫母可丑可丑了，可是黄帝娶了她，她教化部落女子，教她们做衣裳，教她们制镜子。

东汉梁鸿的妻子孟光丑胖丑胖的，可是梁鸿每次回家，孟光把吃的端到跟前，一定要举起碗来，和自己的眼眉齐平，恭恭敬敬请梁鸿吃。梁鸿也是看中孟光的这种德行，虽然自己又高又帅，但是仍旧娶了这个丑女。

当时的名士许允的老婆也是出了名的丑，丑得他娶过来都不想入洞房。桓范劝他进去考察考察再说，看她有什么长处，要不然阮家为什么要嫁过来这么一个丑闺女？许允就进了新房，却又被老婆的丑脸给吓出来了。新妇一把拽住他，许允一边挣扎一边噘嘴：

"妇有四德：妇德、妇言、妇容、妇功，你占几条？"

新妇说："我所缺的，仅仅是美丽的容貌。而读书人有'百行'，您又占几条？"

许允一仰头，说："我百行俱备。"

新妇一笑："百行德为首，您好色不好德，哪里俱备？"

许允哑口无言，从此夫妻互相敬爱。

看似都是夫妻和美的结局，但是人们心里总是替这些个帅老公觉得委屈。

其实，丑不丑只是外皮的事，而有没有智慧的大脑和有趣的灵魂，比外皮更重要些。

诸葛亮也是又高又帅，他也娶了黄家的丑闺女。

一方面，显然这个丑闺女是真的有才；另一方面，诸葛亮得了很大的实惠。

黄家是荆州的名门世家，他的丈母娘是蔡讽的长女，她的亲妹妹嫁给了刘表做填房，这姐儿俩又有当时名将蔡瑁这个亲兄弟。

这样一来，黄承彦和刘表是亲戚，刘表得叫他一声"姐夫"。

蔡讽的姐姐嫁给了太尉张温，蔡讽又是蔡瑁的父亲，黄承彦的女儿得喊蔡瑁舅舅，诸葛亮也得喊蔡瑁舅舅。

这样一来，这门亲事让诸葛亮左钩右连，和当时的权臣、诸侯、名将都有了亲密关系，这是老丈人家带给他的福利。

再看黄承彦的朋友，庞德公、司马徽、庞统、徐庶，哪个不是大家？黄承彦不过是沔南名士，而庞德公、司马徽却是东汉名士，全国闻名。

后来又有人传说，黄承彦的女儿叫黄月英，长得其实不丑，而且还是标准的美女，又有才。但是乡里的女孩子嫉妒她，就宣传她长得丑。黄月英也想考察一下诸葛亮，就让父亲替自己提亲，说自己家有丑女。

结婚那天，黄月英顶着一块红布盖头，诸葛亮来到跟前，她一把就把盖头掀了。诸葛亮一看：哟嚯，好个小美人儿！原来他们都骗我，你也骗我，你个小骗子。然后两个人就甜甜蜜蜜了。

后来，人们结婚，就都用起红盖头了。

那些成功男人背后的女人们

成功的男人背后的好女人，叫贤内助。

曹操的背后有卞夫人。

卞氏是曹操之妻，曹丕之母。她是歌姬出身，色艺俱佳，曹操将她纳为第三房小妾。

当初曹操因为反董卓，只身逃出洛阳，在中牟县被捕。消息传来，都说曹操已经死了，家中人心惶惶。当时还是小妾的卞夫人挺身而出，对大家说："现在曹君生死未卜，你们听信流言，抛弃曹君另寻出路。如果将来曹君回来了，你们有什么脸面见他？大难临头，大家不该同甘共苦吗？"

曹操后来知道了这件事，对卞氏刮目相看。曹操跟原配丁夫人离异后，立刻将卞夫人扶正。

卞夫人虽然地位飞跃，但是对丁夫人依旧恭恭敬敬，不停地派人给丁夫人送东送西，趁曹操出征时，还把丁夫人迎回家来亲自侍奉。而且卞夫人生活作风艰苦朴素，吃饭从来不吃山珍海味。

她的边界感也特别清晰，明确告诫娘家人："别指望我为你们牟取私利，也别指望犯了事我会帮你们求情，如果你们真犯了事，求到我头上，罪加一等倒是有这个可能。"

卞夫人经常跟着曹操一起出征，路上遇到大龄老兵，总要停下车上前问候，嘘寒问暖，并赐给他们绢帛，这些老兵非常感动。

曹操每次打仗都会缴获金银珠宝，他让人把这些东西带回家交给卞夫人先挑，结果卞夫人每次都挑中等的。她说："挑最好的是贪婪，挑最差的是虚伪，所以挑中等的，于我最合衬。"

她的儿子曹丕被册封为太子，身边人都来祝贺讨赏，她却说："丕儿能够成为储君，不过是因为他年长。至于我自己，能够不被批评为教子无方就已经是万幸了，有什么可庆祝的呢？"

曹操听说后，不由得连连称赞："怒不变容，喜不失节，这是最难得的啊。"

唐太宗李世民背后有长孙皇后。

长孙皇后是宰相长孙无忌的胞妹。她十三岁嫁给李世民，武德元年册封为秦王妃。武德末年，她竭力争取李渊及其后宫对李世民的支持，在"玄武门之变"当天，亲自勉慰众位将士。

李世民当上皇帝后，她被册封为皇后。

李世民称帝后，嘉奖和重用长孙无忌，"委以腹心，出入卧内"，还想任命他当宰相，却遭到了他的亲妹长孙皇后的反对。

长孙皇后认为，一定要吸取西汉时代外戚专政的教训，不能过分重用妻子的娘家人。而且，她临死前还特地嘱咐，让太宗不要过分重用她的娘家人。

她在朝政方面，确实对唐太宗时常劝谏。有一天，唐太宗下朝回宫，气呼呼地对长孙皇后说："魏征这家伙老是当面给朕难看，总有一天朕要杀了这个乡巴佬。"

她听后赶紧脱了常服，换了庄重的朝服，向太宗大礼参拜。

太宗吃了一惊，问："皇后你这是干什么？"

长孙皇后说："主明则臣直，如今魏征敢这样耿直地对待您，岂不是因为陛下您是明君？我这是向您道贺啊！"

太宗转怒为喜，魏征得以继续在太宗面前开喷，时不时喷太宗一脸唾沫星子。

长孙皇后在世时十分节俭，衣服、用具都十分简朴，并且要求她的孩子们也要这样。当时她的儿子——太子承乾的乳母遂安夫人经常向长孙皇后诉苦，说太子东宫缺少用器，希望奏请多一些器具使用。长孙皇后不同意，说："身为太子，怕的是德行不立，声名不显，怕什么少器具使用。"

她临死还请求太宗，她死后一定要薄葬。

明太祖朱元璋背后的贤内助是马皇后。

公元 1352 年，朱元璋和马氏结婚，夫妻同甘共苦，马皇后一直跟着朱元璋打天下。

公元 1368 年，明朝建立，马氏被册立为皇后。

虽然一步登天，但是马皇后仍旧不改往昔作风，一辈子节俭，不穿绫罗绸缎的衣裳，就是粗布衣裳，也是浆洗过多次，甚至都破损了，她还不舍得换。

他亲自操办朱元璋的饮食起居，亲自过问皇子皇孙们的饮食穿戴，还带领嫔妃、公主们纺织、刺绣，保持艰苦朴素的生活作风。在她的治理之下，后宫井然有序，宁静安稳，没有那么多的烂事发生，所以《明史》评价她说："仁慈有智鉴，好书史。后勤于内治，暇则讲求古训。母仪天下，慈德昭彰。"

每当朱元璋暴怒，滥杀无辜，马皇后都会委婉劝阻。

明朝开国元勋宋濂因为受孙子的株连，按律当死。马皇后对朱元璋说："老百姓家为儿孙延请老师，还知道要一生礼待老师，何况天子？况且宋濂已告老返乡了，肯定不知道他孙子的事情。"

朱元璋执意要杀，于是马皇后和朱元璋一起吃饭的时候，就不饮酒、不吃肉，只吃素食。朱元璋很关心她，就问她怎么了，她说："妾为宋先生作福事也。"

朱元璋听后沉默，第二天就赦免了宋濂的死刑。

洪武十五年，马皇后病重，临终前，群臣希望能够以祈祷祭祀的方法给她延寿，她不肯；又想为她遍寻良医，她也不肯。她活得就是这样通透。

马皇后病逝后，朱元璋非常伤心，再也没有立后。

所以说，择婿择佳婿，娶妻娶贤妻，这话非常有道理。

【原文】

> 见富贵而生谄容者，最可耻；
> 遇贫穷而作骄态者，贱莫甚。

【译文】

看到富贵的人，便做出巴结讨好的样子的人，是最可耻的；遇到贫穷的人，故意做出不可一世的样子的人，是最卑贱的。

【解析】

自身贫穷，见到有钱有势的人就露出一副点头哈腰、奉承拍马的卑贱神态，这种向人讨好的人是最可耻的；而富贵的人如果遇到贫穷的人，就露出一副不可一世、傲视对方的神情，这种人的人格是最低贱的。

【故事链接】

变色龙的故事

小说家契诃夫写了一个题目为《变色龙》的故事，大家看看到底谁是变色龙？

警官奥楚蔑洛夫走在广场上，忽然听见一阵喧嚷，原来是一只狗咬了人。

很快广场上就围了一群人，大家看热闹看得兴致高昂。

那个被咬的人是首饰匠赫留金，他的手指头还在流血。这个案子的"罪犯"呢？坐在人群中央的地上，是一条白色的小猎狗，眼睛含泪，看上去很恐慌。

奥楚蔑洛夫挤进人群里去，要主持正义，开始审问案情。

赫留金说是这条狗无缘无故咬了他，而他是一个做工的人，做的是细致活儿，结果被狗咬伤了手指，所以这条狗的主人需要赔他一笔钱。

奥楚蔑洛夫一听，摆出青天大老爷的姿态，严厉地表态说："我绝不轻易放过这件事！我要拿点颜色出来给那些放出狗来到处乱跑的人看看！那些老爷既然不愿意遵守法令，现在就得管管他们……"

就在这时，有人说："这好像是席加洛夫将军家的狗。"

奥楚蔑洛夫一听，马上就反口了，开始质问赫留金，说小狗那么小，怎么会咬到他的手？一定是小钉子把他的手弄破的，他却异想天开地想要人赔钱。

就在这时，跟着他的巡警说："不对，这不是将军家里的狗……将军家里没有这样的狗。他家的狗，全是大猎狗。"

这下子，奥楚蔑洛夫又转了话风，开始数落这只狗的不是，说它一看就不是将军家的狗，因为将军家里都是些名贵的、纯种的狗，这只狗却丑得不行，完全是个下贱胚子，谁养这种狗谁就是脑抽了。

当然啦，他也要继续为赫留金主持正义啦，说赫留金被狗咬了，他绝不能不管。

结果，喘大气的巡警又接着说："不过也说不定就是将军家的狗……前几天我在将军家院子里看见过这样的一条狗。"

接着有人佐证，说："没错儿，是将军家的！"

这下子，他的话风又变了，让人把狗送到将军家里，还要特别说明，是他找到的，特地派人送上门的。至于赫留金嘛，在他的嘴里，已经成了一个拿烟卷戳狗鼻子的猪崽子了。他还勒令赫留金，把被咬的手指头放下来，因为都怪他自己不好。

就在这时，将军家的厨师走了过来，正好可以问一问，结果厨师说："我们那儿从来没有这样的狗！"

奥楚蔑洛夫的态度又来了一个一百八十度的大转弯，给这条狗定性为野狗，而且提议弄死它算了。

结果，将军家的厨师接着说："这不是我们的狗，这是将军的哥哥的狗。"

这下子，奥楚蔑洛夫脸上洋溢出含笑的风情："他哥哥来啦？是乌拉吉米尔·伊凡尼奇吗？哎呀，天！我还不知道呢！他是上这儿来住一阵就走吗？"

真是看上去让人如沐春风。接着，奥楚蔑洛夫最终一锤定音："这么说，这是他老人家的狗？高兴得很……把它带走吧。这小狗还不赖，怪伶俐的，一口就咬破了这家伙的手指头！哈哈哈……得了，你干什么发抖呀？呜呜……呜呜……这坏蛋生气了……好一条小狗……"

真是，好一条变色龙啊！

学生之变和梦中情人之殇

有一个当老师的人，出去吃饭的时候，遇到自己多年前的学生。

他的那么多学生里面，数他最美好。

还记得当初他讲课，这个学生坐在下面，清澈的眼睛像溪水，透着深思的神色。他任教的职高班其实是没有什么升学压力，因而学风总是比较懒散，只有这个学生一字一句，很认真地跟着他念："种豆南山下，草盛豆苗稀"。有时候看着下面的学生像被风吹得倒伏的东倒西歪的麦子，他甚至会想，自己这一堂课，其实就是讲给这个学生一个人听的。

后来学生们毕业了，几年后再在街头遇见，他们擦肩而过，学生已经不记得他了。

他有一点小小的难过。

不过人生就是这样，分分合合，谁能陪谁到底呢？只要他过得好就好了。

这次他是跟着一位当政府官员的朋友一起去的，人家是请朋友，他是陪客，再说白一点，就是蹭饭的，呵呵。

大家落座，纷纷举杯，这个学生就坐在他的下首，这下子站起来，恭恭敬敬对他说："老师，我敬您。"

他惊了："你还认得我？"

学生说："是啊，当然了，我还记得您教我的诗呢：'种豆南山下，草盛豆苗稀，晨起理荒秽，戴月荷锄归。'"

可是，他想：记得我，在超市里，在长街上，打个招呼，很难吗？

然后，学生附在他的耳边，悄悄地问："老师，您和赵局长是什么关系？亲戚还是同学？"

他说都不是，我们是朋友。

"啊，哦。"学生点点头，"请您替我在他跟前美言几句哦。我在他分管的乡镇当检验员呢。"

他点点头，说："好的。"

学生马上感激涕零地说："那拜托了。老师我敬您，我干杯，您随意。"

他举杯浅浅啜了一口，放下了。刚才这个学生的眼神，好像带着钩子。而且学生的话，也好像抹着油，因为他已经开始向这个老师的朋友敬酒："赵局长工作兢兢业业，能力又强，在您的领导下做事，是我的荣幸……"

有一个女孩子，参加同学会回来哭了，因为她见到大学时暗恋的一个男生了。那个男生高高的、帅帅的，穿着白衬衣灰西裤，像是阳光下生长的一棵白杨树。别的学生玩游戏，胡吃海喝，他每天安安静静地上课，笔记记得一丝不苟。别的男生浑身脏兮兮的，他的衣服总是干干净净，有洁白的衣领和袖口。她说："像我这么平凡的人，怎么配得上爱他呢？只要安安静静地看着他就好了。"

毕业后，她一直怀念了他十五年，终于见着，可是"他挺着一个腐败的大肚皮，满嘴的油嘴滑舌，一边跟我吊着官腔，一边递给我一张名片，上面写着'副科长'，更要命的是下面还有三个字：'没科长。'"

她哭了："他怎么这样啊。我宁愿他一直一直不知道我喜欢他，也不愿意看到他变得让我一点念想也留不下。"

拍马屁

历史上，会拍马屁的人特别多，马屁拍得好的人也特别多。

解缙是明代有名的才子，有一次朱元璋跟他说："昨夜宫中有喜，你不妨作诗一首。"

解缙说："君王昨夜降金龙。"

朱元璋说："是女孩。"

解缙说："化做嫦娥下九重。"

朱元璋说："可惜已经死了。"

解缙说："料是世间留不住！"

朱元璋说："已经把她抛到水里去了。"

解缙说："翻身跃入水晶宫。"

唐伯虎应邀为一财主的母亲祝寿，写寿联，他提笔就写："这个婆娘不是人"。

财主家的人眼珠子差点瞪脱眶，撸起袖子就要打人了，结果他第二句写："九天仙女下凡尘"。

主人家正眉开眼笑的时候，他的第三句跟上来了："生下五男都是贼"。

嘿呀！这下子所有人都炸了，骂声一片，结果他又写下了第四句："偷得蟠桃献母亲"。

清代袁枚自小师从名臣尹文端，二十三岁那年，袁枚官拜七品县令，去向老师辞行。

尹文端问他："你此去赴任，都准备了些什么？"

他答："学生也没有准备什么，就准备了一百顶高帽子。"

尹文端一听，生气地说："你年纪轻轻，浓眉大眼，想不到也搞这一套。"

袁枚说："老师您有所不知。如今人都喜欢戴高帽子，像您老人家这样不喜欢戴高帽子的人可太少了！"

尹文端一听，脸上阴转晴。袁枚告辞后，在路上偷偷地笑了，他的一百顶高帽子，已经送出去一顶了。

朱元璋未登基前，曾经在不若庵遇到过一个和尚，和尚不认识他，问他是谁，朱元璋想：我这么大的一个人物，这几年南征北战，纵横天下，你居然不认识我？于是在庵墙上题了一首诗，"杀尽江南百万兵，腰间宝剑血犹腥。山僧不识英雄主，只顾哓哓问姓名。"

后来，朱元璋登基，想起这一茬子事，让人去看那时候题的诗还在不在。结果派去的人一看，诗早被那个和尚擦了。

朱元璋大怒，把和尚抓来，就要砍头。和尚赶紧辩解，说自己擦这首诗是有原因的："御笔题诗不敢留，留来惟恐鬼神愁。故将法水轻轻洗，尚有豪光射斗牛！"

就是说御笔题诗怕引来鬼神，所以才擦掉了，但是擦掉之后尚有豪光射斗牛。

这番话拍得朱元璋的马屁十分之爽，和尚的命也保住了。

赵师罣，字从善，赵匡胤的子孙。虽是宋室皇亲一支，但到赵师罣这一代时，已经没落。当他看到韩侂胄权倾一时，就拼命巴结。韩侂胄获赐南园，他好一番整修，然后择吉日，带领大官小吏、名流清客们游园。园内奇花异草，亭台水榭，十分优美。他带着人转过一脉青山，看到这一带竹篱茅舍，桑榆相间，遗憾地说："这田园美景，美中不足，缺了鸡鸣犬吠之声。"

他的话音刚落，就听到"汪汪"的狗叫。循声一看，原来赵师罩正趴在草丛里学狗叫呢。不久，韩侂胄就把赵师罩提拔为工部尚书了，时人称赵师罩为"狗叫尚书"。

姜子牙卖面

想那姜子牙下山入凡，上无伯叔兄嫂，下无弟妹子侄，似失林飞鸟，无一枝可栖，只好去投奔朝歌结义仁兄宋异人。

宋异人待他极好，与他议亲，娶了六十八岁的马姓女子——他上山学艺四十年，自己都七十二岁了，正般配。

两个人结了婚，就要琢磨过日子的事，马氏说的话是人间话、正道话："便是亲生弟兄，也无有不散的筵席。今宋伯伯在，我夫妻可以安闲自在；倘异日不在，我和你如何处？常言道：'人生天地间，以营运为主'，我劝你做些生意，以防我夫妻后事。"

可是姜子牙只顾学道法，却不会什么世务生意，只好编笊篱，于是马氏就教他劈了篾子，编了一担笊，挑到朝歌去卖。结果却一个也卖不出去，两口子吵了一架。想那姜子牙，会编笊篱不假，他又怎么抹得开脸去叫卖，又张的什么生意口。

然后姜子牙又磨了宋异人家一担干面，挑去卖，又卖不出去。还是那个道理，不会叫卖，没练就生意口。他还心下不足，觉得是自己运气不好，世人不识他的志向：

"四八昆仑访道去，岂知缘浅不能全？红尘黯黯难睁眼，浮世纷纷怎脱肩？借得一枝栖止处，金枷玉锁又来缠；何时得遂平生志，静坐溪头学老禅。"

偏不巧又被惊马踢了担子，来了一阵风，面也刮跑了，他抢救面不及，自己成了一个面人。回来了他还自生气，骂马氏："都是你多事！"

两口子又吵一大架，不光吵，还动手了。

宋异人劝了他们两口子，又让他摆摊卖肉——结果天气热，没人上门，肉都臭了。

没办法，宋异人又给他本钱，让他卖猪羊——活牲口，总不会臭了吧。结果又碰上朝廷禁止屠猪宰羊。

反正就是干啥啥不行，卖啥啥不卖。

然后他开了一个算卦摊，出手降了琵琶精，惹出她家亲戚妲己来了，要害他。本来纣王封了他一个官做，他也做不成了，逃回家来，要收拾收拾，和老婆一起逃难去。他家老婆马氏本来挺高兴了，终于守得云开见月明，自己当了官太太，这下子勃然大怒，又说些世间女人都会说的话："你又不是文家出身，不过是江湖术士；天幸做了下大夫，感天子之德不浅。今命你造台，乃看顾你监工；况钱粮既多，你不管甚么东西，也赚他些回来。你多大官，也上本谏言，还是你无福，只是个术士的命！"

姜子牙还宽慰她，说："娘子你放心，这样的官，未展我胸中才学，难遂我平生之志。你且收拾行装，打点同我往西岐去。不日官居一品，位列公卿，你授一品夫人，身着霞佩，头带珠冠，荣耀西岐，不枉我出仕一番。"

马氏气笑了："子牙你说的是失时的话！现成官你没福做，到要空拳只手去别处寻；这不是折得你胡思乱想，奔投无路，舍近求远，尚望官居一品。天子命你监造台工，明明看顾你。你做的是那里清官；如今多少大小辟员，都是随时而已。"

子牙说："你女人家不知远大。天数有定，迟早有期，各自有主。你与我同到西岐，自有下落。一日时来，富贵自是不浅。"

马氏说："我和你夫妻缘分只到的如此，我生长朝歌，决不佳他乡外国去。从今说过，你行你的，我干我的，再无他说。"

子牙说："娘子此言错说了！嫁鸡怎不随鸡飞？夫妻岂有分离之理？"马氏曰："妾身原是朝歌女子，哪里去离乡背井？子牙从实些写一纸休书与我，各自投生，我决不去。"

子牙曰："娘子随我去好。异日身荣，无边富贵。"

马氏曰："我的命只合如此，也受不起大福分！你自去做一品显官，我在此受些穷苦。你再娶一房有福的夫人罢！"

结果两个人就此分开了。

后来姜子牙出将入相，位极人臣，马氏却再嫁了一个村里种地的，被村里人这个讲她、那个讲她，"当日还是大娘子错了！若是当时随了姜某，今日也享这无穷之福，却强如在这处守为度日，这还是你命没福"。讲得她臊了，一根绳吊死了。

西汉人朱买臣也是这样的情况。他的家里很穷，喜欢读书，经常砍柴维持生计。他担着柴的时候，还边走边读书，而且读高兴了就唱歌，唱歌的声音还很大。

村里人都笑话他："穷得吃不起饭了，还读书呢""穷得吃不起饭了，还唱歌呢。"他的妻子在后边担着柴跟着他走，听见这些议论羞得要死，劝他又不听，就想让他写休书，不跟他过了——这样的苦日子，实在是看不见头啊。

朱买臣笑着说："我五十岁一定富贵，现在已经四十多岁了。你辛苦的日子很久了，等我富贵之后再报答你。"

妻子愤怒地说："像你这种人，尽早饿死在路边，还想富贵呢！"

朱买臣挽留不住，只好让她离开了。她很快另嫁，朱买臣还吃过她和她的新丈夫给的饭。

过了几年，朱买臣因缘巧合，得了皇帝赏识，当上了会稽太守。他到任的时候，百姓都被征去修整道路，迎接他的到来，这里面就有他的前妻两口子。于是他就停车，把他们也叫到车上，带到太守府，给他们好吃的、好喝的。

后来，他的前妻羞愧难当，上吊而死。

明朝末年，有个人名叫刘军臣，排行老四，人称"军四爹"。刘军臣家里很穷，三十多岁还讨不起老婆，村里人都瞧不起他，喊他叫"军瞎"。

有一年大年三十，同族的人在祖宗堂设年福，军臣说："我建议明年你们把神龛修一下。"

就有人说："你军瞎瞎说什么，修神龛，谁出钱？你出钱呀？"

众人哄笑，刘军臣哑口无言，臊得脸通红。

后来，刘军臣做生意发了财，村里人不再喊他叫"军瞎"，改口喊他"军四爹"。

又是一年大年三十，同宗的人仍旧在祖宗堂设年福。刘军臣又说："我建议明年把逍遥杠（抬棺材用的杠子）换一换。"

众人七嘴八舌地附和："军四爹说得对，是该换一下了。"

军臣怒了，说："那年设年福，我说把神龛修一下，你们说我瞎说。今年我说'把逍遥杠换一换'这句不吉利的话，你们倒都说我说得好，你们这样嫌贫爱富，只会教坏后人。"

这下轮到众人满脸通红，哑口无言了。

【原文】

> 居家戒争讼，讼则终凶；
> 处世戒多言，言多必失。

【译文】

居家过日子，不要争斗诉讼，一旦争斗诉讼，无论胜败，结果都不好；为人处世不要多说话，说多错多。

【解析】

家庭成员之间，因互相争吵而引起诉讼，对家庭的团结没有好处。待人接物的时候，不要多嘴多舌。话说得越多，越容易顾此失彼，或疏于考虑，或有失分寸，既得罪人，又给自己惹麻烦。

【故事链接】

唐朝父子争锋、手足相残的大戏

皇家权位重，因此造成的父子争锋、手足相残，不知凡几。

唐玄宗执政时代，爆发了安史之乱。唐玄宗仓皇奔逃，大军在马嵬驿哗变，杀死杨国忠，还一定要皇帝处死杨玉环。唐玄宗无奈，给杨玉环赐三尺白绫。此后，他一路奔向西蜀，他的儿子李亨兵分两路，奔向灵武，抗击叛军。

李亨就在灵武即位，即唐肃宗。李亨遥尊在蜀地的唐玄宗为太上皇。

唐玄宗不再是皇帝，就失去了皇帝的权力。

但是唐玄宗失了权力，不甘心。当时高适已经当上了谏议大夫，官高位显。他劝唐玄宗不要多生事端，可是唐玄宗不听，执意分封诸子，让他们分领天下节度使——名义上是抗击叛军，实际上是削弱儿子李亨的权力。

永王李璘是唐玄宗李隆基的第十六子，是唐肃宗李亨的异母弟弟。因为母亲早丧，是哥哥李亨抚养他长大，把他抱在怀里一起睡，又亲自喂他吃饭，教他读书识字。

李璘先天残疾，是个歪脖子，看人的时候需要脚跟连轴转，不能正面看人。

他是跟着唐玄宗一起逃亡的，唐玄宗就把他分封为山南东道、岭南、黔中、江南西道四道节度使，江陵郡大都督，坐镇江陵。也就是说，他给分派成了长江流域的战区总司令。

一个崭新的封建割据的军阀诞生了。

他就像一个乍富的大财主，得了富庶的江南封地，光收敛上来的江淮租赋就有亿万，堆积如山，自觉富可敌国。和自己相比，灵武小朝廷实在是太寒碜了，又面临兵戈战火，说不定什么时候就会被灭掉。

既然这样，为什么不占领江左，自立为王？

不，他已经是王了，他想要的是更高的地位。

他本来是唐肃宗李亨抱在膝上一口饭一口饭地喂养大的，感情挺好，没想争权，可是架不住他也是有儿子的人。他的儿子想争权。他的儿子襄城王李偒（一作李场）属于胸肌大而脑水小的那种人，既有一把子力气，又喜欢用兵打仗。这也就算了，又有了一群猪队友，像薛镠、李台卿、韦子春、刘巨鳞、蔡駉（一作蔡垧）这些谋士，个顶个地想着跟着永王李璘谋一个从龙的大富贵，都给他出主意，说是当今天下大乱而我们既富有又平安，且重兵在手，若是占了金陵，保有江东，那不就成了东晋那样的一方王霸了吗？

永王李璘一听，在理儿。他的心思也活络了，开始跟哥哥争权。

李亨伤心，就下诏让他回到爹的身边去，离开这些人，他就不作妖了。他不肯去，怕去了就被扣住，回不来了。

至德元年（公元756年），永王造反。他的大军攻破丹徒，杀太守阎敬之，江、淮地区大震动。

高适、来瑱与韦陟会合于安陆，结盟誓师讨伐李璘。

至德二年（公元757年），李璘屯兵瓜洲，朝廷讨伐他的兵马列阵于长江以北，使用疑兵之计，让每个人拿两个火把，然后再把火把倒影在江水中放大，这么一来，永王的暗哨都不知道他们到底有多少人马了，吓得够呛，回去报给永王，永王也吓坏了，带着儿子和家眷坐船逃跑了。

朝廷步步紧追，永王的军队步步败退，儿子李偒被乱兵所杀，他中箭被俘后，被朝廷领兵大将皇甫侁斩杀。

李璘还没有兵败时，太上皇唐玄宗就发出诰文："降李璘为庶人，谪迁于房陵。"

明着是贬，其实是想保儿子一条性命啊，那意思是你们不要杀了他。

但是他还是被杀了。

李璬是唐玄宗老来得的一个儿子，他死后，唐玄宗更是秋雨梧桐叶落声。老婆没了，儿子四散开去，最有权势的一个儿子逼自己退了位，最疼爱的一个儿子被最有权势的一个儿子给杀了。

李璬被杀后，李亨说："皇甫侁拘捕我弟，不送往蜀地而擅自杀掉，是何道理？"从此不再用他。谁知道他是真的不想杀弟弟，还是想洗白一下自己？毕竟卧榻之侧，父母、兄弟、朋友，统统不能酣睡。

不过，在表面上，唐玄宗和唐肃宗很是表演了一番父慈子孝。

当初在马嵬驿，唐肃宗就为显孝道，一再坚持要随唐玄宗入蜀，后来才留下平乱。

在灵武的时候，说什么也不肯即帝位，是臣子五次上书，"逼"得他不得不答应。

两京收复后，唐玄宗返驾，李亨要归政唐玄宗，自己接着去东宫当他的太子。所以，唐玄宗从四川返京的那一天，唐肃宗不穿黄袍，而是穿紫袍迎驾。

唐玄宗把一件黄袍亲自替他穿上，他趴在地上不肯穿，最后才穿上了。

但是，他仍旧几次上表，请求避位，还居东宫。唐玄宗说什么都不许。

唐玄宗又不傻，老臣们风流星散，一干新的势力全都听命于儿子。他当皇帝，能有好吗？还想活吗？

于是，就这样，做父亲的退位安养，做儿子的正正当当地当他的皇帝，好一出温柔敦厚的禅让戏。

但是，这并不是一出戏的大结局。

唐玄宗明明已经退位，仍旧被逼宫。

唐玄宗还京后，住不成大明宫了，就住回他做皇帝以前住过的兴庆宫。

兴庆宫在大明宫的东面，两宫之间有夹城相通。唐肃宗时常到兴庆宫给他问安，唐玄宗偶尔也到大明宫看看唐肃宗。

侍卫唐玄宗的，外面仍是左龙武大将军陈玄礼，里面仍是内侍监高力士。唐肃宗又命玉真公主等人和梨园弟子在唐玄宗身边陪他解闷。

兴庆宫有座长庆楼，南面临着大道，唐玄宗喜欢到那里去走走。路上行人见了他，会大礼瞻拜口呼万岁。唐玄宗听了高兴，不但在楼下置酒食相待，而且他还召见一些将领。

这样一来，可就犯了忌讳了。

现在的万岁已经不是他了，他还召见将领，意欲何为？想夺儿子的权吗？

唐肃宗手下的大太监李辅

国就对他说："上皇居兴庆宫，日与外人交通，陈玄礼、高力士谋不利于陛下。今六军将士尽灵武勋臣，皆反仄不安，臣晓谕不能解，不敢不以闻。"

唐肃宗哭道："圣皇慈仁，岂容有此？"

李辅国说："上皇固无此意，其如群下何？陛下为天下主，当为社稷大计，消乱于未萌，岂得徇匹夫之孝？且兴庆宫与阎闾相参，垣墉浅露，非至尊所宜居。大内森严，奉迎居之，与彼何殊，又得杜绝小人荧惑圣听。如此，上皇享万岁之安，陛下有三朝之乐，庸何伤乎？"

唐肃宗默不作声。

李辅国行动了：他把兴庆宫原先的三百匹马，假传圣旨给弄走了，只给唐玄宗留下十匹马。

又派六军将士大哭着在唐肃宗面前叩头请命，希望迎太上皇到西内居住。

唐肃宗光是哭。

过了两天，唐肃宗病倒了，李辅国假称皇帝发话，迎太上皇游西内。等唐玄宗到了睿武门，李辅国带领射生手五百骑，拔刀露刃，拦路进奏，说："皇帝以兴庆宫湫隘，迎上皇迁居大内。"

唐玄宗吓了一跳，差点从马上掉下来。经过安禄山叛乱，经过马嵬驿逼死贵妃，他已经吓破了胆，不复年轻时的英明神武。

高力士赶紧叱喝："李辅国何得无礼！"命令他下马。

李辅国不甘不愿，也不得不下马。将士们也只得纳刀入鞘，拜倒在地，口呼万岁。

高力士也是虚张声势，他如今有什么威势能和这位真正的天子近侍叫板呢？只好命令李辅国跟自己一起扳着太上皇的马鞍鞯，和侍卫一起前往西内，安顿唐玄宗住在甘露殿。

李辅国这才满意，带人退下，留下侍卫的兵士只有几十人，尽皆老弱，而且陈玄礼、高力士和唐玄宗使惯的旧宫人都不准留在他的身边了。

当天，李辅国就素服往见唐肃宗请罪。他很聪明，搭了一个很方便的台阶，他是和六军大将一起去请罪的。唐肃宗这样一来，就只好"迫于诸将"，不能发作，而且还要慰劳他们，说什么太上皇住南宫也好，住西内也好，其实也没什么差别。你们也是怕小人迷惑太上皇，防微杜渐，以安社稷。忠心可嘉，你们还请什么罪哩。

很好，很聪明。

但是，朝臣中很快有人看不惯这种做派，颜真卿以刑部尚书的身份，率百官上表，请问太上皇的起居。

但是，很快他就被李辅国找

个由头奏贬蓬州长史。

高力士流放巫州；

陈玄礼被勒令致仕；

其他人等，也都被贬遣开去。

儿子唐肃宗"心疼"老子唐玄宗无人可使，另外挑选了一百来个人派到西内伺候洒扫。

唐玄宗敢信吗？能信吗？有话还可以往外说吗？这些都是儿子派来监视老子的耳目啊！而且他不能出去，出去就会被劝回来，更不能见百姓，更不能见将军。

他什么人都不许见了，他被软禁了。

杨玉环死了，近侍走了，近卫赶回家了，使得顺手的宫人也都遣散了。他想喝一口合口的茶，都没有人能冲得出来，或者没有人冲了。

唐玄宗满肚子气恼，无处发泄。闹绝食又难看，就说自己要吃斋，然后又说自己要辟谷。

其实就是想绝食，了无生趣，饿死拉倒。

唐肃宗一开始挺着急的，挺勤快地去问安。父子相见，说的也是些淡话。真正的军国大事儿子是不会让他知道了，他的心情儿子也不想知道。两个孤家寡人，一个坐一个跪，说一些隔肚皮的淡话，也没什么意思。

后来唐肃宗也"病"了，就只是派别人问安去了。

两年后，到了宝应元年五月四日，玄宗卒，年七十八。

明朝兄弟争位的大战

明宣宗朱瞻基有两个儿子，一个是朱祁镇，一个是朱祁钰。

小哥儿俩从小就经常在一起玩，关系非常要好。

朱祁镇是嫡长子，被立为太子，明宣宗朱瞻基驾崩以后，朱祁镇顺利继位为皇帝，是为明英宗。

明英宗即位以后，封弟弟朱祁钰为郕王。

明英宗继位时只有九岁，国事基本上由太皇太后张氏把持，杨士奇、杨荣、杨溥（号称"三杨"）一起辅政。

后来，三杨陆续去世，二十岁的明英宗也开始正式执政。他特别宠信一个名叫王振的太监，太皇太后一死，王振就嚣张跋扈起来。

原本在元朝灭亡以后，残余势力逃到蒙古，分裂成了鞑靼、瓦剌和兀良哈三个部落。后来瓦剌部落逐渐强大起来，吞了另外两个部落，重新统一了蒙古。

本来瓦剌部落和明朝建立了"通贡"互市制度，但是随着瓦剌部势力增强，胃口也大了，不断骚扰北方边境，到了公元1449年，甚至找借口率军大举进犯，直逼大同，威胁北京。

这一年，明英宗二十三岁。

他本来就是热血青年，在太监王振等人的支持和鼓励下，不顾劝阻，御驾亲征。临走的时候，因为太子朱见深才两岁，就命弟弟郕王朱祁钰临时监国。

结果王振指挥失误，明朝大军在土木堡几乎被瓦剌全歼，明英宗也被俘虏，这就是有名的"土木堡之变"。

皇帝被俘，但是国不可一日无君，为防生乱，于谦等人建议明英宗的母亲孙太后立郕王朱祁钰为皇帝，他就是明代宗，并遥尊朱祁镇为太上皇。

后来明朝到底击退了瓦剌的军队，他们见已经无机可乘，只好返回蒙古，不过朱祁镇也被掳着一块走了。

被俘虏一年后，由于明朝军队屡次施压，最终瓦剌部释放了朱祁镇。

可是，这就让明代宗朱祁钰非常尴尬。

原来龙椅的主人回来了，他这个皇帝的宝座，他是让，还是不让？

不让！

于是，他下旨把朱祁镇囚禁南宫，一囚七年。

七年里，一方面对哥哥严加看管，不许他和外界联系；另一方面废了哥哥的儿子的太子之位，立自己的儿子朱见济为太子。不过朱见济第二年就夭折了。

朱祁钰当了八年皇帝，然后得了重病，立储的问题再次摆上台面。

结果徐有贞和石亨等人发动了"夺门之变"，敲开了囚禁朱祁镇的南宫大门，迎立太上皇朱祁镇为皇帝。

明英宗朱祁镇成功复辟，坐上皇帝的宝座，马上下旨，废除弟弟的帝位，降为郕王，指责他"不孝、不悌、不仁、不义，秽德彰闻，神人共愤"，并且处死了以于谦为首的一众代宗朝的大臣。

一个月以后，他又派太监将弟弟朱祁钰勒死，当然了，官方说法是病死，而且弟弟死后他也不打算放过弟弟，给弟弟赐了一个特别难听的谥号："庆"。

为了一个帝位，惹得哥儿俩变成仇人，又惹得朝堂之上人头滚滚。

死于话多的杨修

杨修是名门之后，他的高祖爷爷杨震、太爷爷、爷爷和父亲杨彪，四辈人都是太尉，袁术是他舅舅。

杨修自己文采出众、聪明绝顶。

据《世说新语》载，曹操、杨修一起路过孝女曹娥墓。有人给曹娥写了碑文，碑后有蔡邕写的八个字："黄绢幼妇，外孙齑臼。"

曹操还在猜是什么意思，杨修却说自己已经知道了。曹操说先别说，让我自己想。

于是曹操在马上想了好几里地，才想明白谜底：

"黄绢"是有颜色的丝绸，即"绝"字；"幼妇"就是少女，合起来是个"妙"；"外孙"自然是女儿的儿子，正是个"好"字；"齑臼"是捣烂姜蒜的容器，即"受辛之器"，"受"旁加"辛"就是"辞"的异体字。八个字合起来就是"绝妙好辞"的意思。

曹操问杨修，果然答案一样。曹操说，我差杨修之才三十里。

聪明就算了，但是杨修不知道把聪明藏起来。

曹操曾经造一所花园，造成后去看，也不说好坏，拿笔在门上写了一个"活"字就走了。人们都不知道啥意思，杨修说："门内添活字，是一个阔字，丞相嫌园门太阔了"。于是大家就把门改好再请他看，曹操大喜，问："谁这么了解我？"左右回答："杨修。"曹操说："好好好。"一边说着好，一边在心里翻白眼：太了解自己的家伙，不好，五脏六腑都被看光了。

有一天，塞北送了一盒酥给曹操，曹操写了"一合酥"三个字在一盒酥上，放在桌上。杨修进来见了，竟然招呼大家："来来来，一起吃"，给吃光了。曹操问这又是什么道理，杨修说："盒上明明写着一人一口酥，我怎么敢违丞相之命呢？"曹操乐呵呵的，心里翻白眼：擅动别人东西的家伙，太讨厌了，没有一点做人的边界。

曹操怕人暗中害自己，常吩咐左右侍从："我梦里好杀人，凡是我睡着的时候，你们不许到我跟前来"。一天，他白天午睡，被子掉地上了，一个近侍就把这话忘了，估计本来也没当过真，赶紧去给他拿起盖上。曹操一跃而起，拔剑杀掉那人，继续睡觉。半晌醒觉，大睁俩眼："啊？谁杀了我的近侍啊？"大家说是他杀的，曹操痛哭一场，命令把他厚葬了。于是所有人都以为曹操果然梦中好杀人。只有杨修知道他什么意思，临这个近侍下葬的时候，指着近侍叹息说："丞相没在梦里，你在梦里啊！"

在夺嫡之战中，曹丕和曹植明争暗斗，杨修是给曹植出主意的主力。

曹操想试试曹丕、曹植的才干。一天，令他们各自出邺城门，却又派人告诉守门官，不许他们出门。曹丕先到，门官阻着，曹丕只得退回城内。曹植问杨修怎么办，杨修说："你是奉王命出城，有敢拦的，杀掉、杀掉。"曹植依计而行，完美。

曹操觉得曹植比曹丕能干，结果后来有人告诉他是杨修出的主意，曹操大怒。

曹操每次给曹丕布置的家庭作业，问题刚送过去，答案就已经返回来了。这反应也太敏捷了点！曹操一调查，原来是杨修事先就曹操会问到的军国问题，做好了标准答案，曹植只要照着答案抄抄就中。曹丕暗自买通曹植的侍从，把标准答案偷出来给了曹操。曹操气坏了！

建安二十四年（公元 219 年），魏蜀两方争夺汉中要地，曹操亲率大军屯兵斜谷界口。想前进吧，马超顶得死死的；想后退吧，又怕蜀兵笑话。

正犹豫的时候，厨房里给他送鸡汤，汤里有一块鸡肋。他就盯着鸡肋死看，把鸡肋都盯得发毛了：您老这是要吃了我，还是要瞪了我……

正当曹操和鸡肋大眼瞪小眼的时候，夏侯惇进来问他今夜口令，他随口就来了一句："鸡肋，鸡肋。"

于是当晚口号就成了"鸡肋"。

杨修担任行军主簿，一听这个口号，马上让人收拾行装，准备回家。夏侯惇一听人报，大惊，请来杨修问怎么回事，杨修说这不明摆的事儿吗，我从今夜号令，推测出魏王很快就会退兵回家：鸡肋这东西，吃吧，它又没肉；不吃吧，它又有味儿。如今咱们是进不能胜，退恐人笑；在这里待着也没好处，不如早点回家算了。你瞅着吧，魏王明天就得下令班师，我先收拾好东西，免得到时候丢三落四。

夏侯惇一听，有道理，你真知道咱们魏王的心思！他也开始收拾行李。一时间，所有将领都开始收拾行李。曹操夜里心乱，一个人悄悄地绕寨散步，发现大家都在收拾行李，吓了一大跳，急忙问夏侯惇怎么回事。夏侯惇说："这是主簿杨修先知道您有回家的意思。"

"把杨修叫来!"曹操怒道。

杨修来了,把"鸡肋"的说法说了一遍,心里特别美:就我知道您的心意,以后您不靠我靠谁?

曹操大喝一声:"你怎么敢瞎造谣言,乱我军心!左右,推出去,给我斩了!"

杨修被绑在辕门外,刀斧马上临身,杨修心思反而沉静下来,叹了一口气:"我就知道,我这都是死得太晚了。"

天底下,永远不缺的是自命不凡的人,不清楚自己斤两的人;少的是谦虚谨慎、戒骄戒躁的人,是隐忍不言、暗自发愤的人,是敢把一身的刺拔下来、乖乖团缩的人。

世界永远不是你的自由世界,永远不是。

向左走还是向右走,永远是命运给出的一个命题,永远无法回避。

牢骚满腹的祢衡

曹操要招降刘表,贾诩建议他请一个名流文士去做说客,这样刘表就肯招降了。

于是,孔融推荐了他的好友祢衡。

曹操派人把祢衡叫来。

祢衡来了,行礼了,曹操让他站着。

祢衡仰天长叹:"天大地大,怎么一个人都没有呢!"

曹操说:"我手底下好几十人,都是当世英雄,你瞎说什么有人没人的话。

荀彧、荀攸、郭嘉、程昱，他们的心机智慧，萧何和陈平（汉高祖刘邦的谋士）也比不上；张辽、许褚、李典、乐进，他们勇不可挡，岑彭、马武（东汉光武帝手下名将）都比不上。吕虔、满宠给我当从事，于禁、徐晃给我做先锋，夏侯惇是天下奇才，曹仁、曹子孝是世间福将……这不叫有人，什么叫有人？"

祢衡笑了，说："这群人物，我最知道他们了。荀彧能给人吊丧问疾；荀攸能替你看坟守墓，程昱给你当门官，关门闭户；郭嘉给你说说词，念念赋；张辽能派他来击鼓鸣金；许褚能派他去牧牛放马；乐进能给你取状读招；李典能给你当个传书送檄的邮差；吕虔凑合着给你磨磨刀铸铸剑；满宠能跟在你身边喝点儿小酒，吃点酒糟；于禁能当长工使唤，搬砖筑墙；徐晃顶多是个屠户，屠猪杀狗；夏侯惇，嘿嘿，身体发肤受之父母，他连身体都不能保护好，封他个'完体将军'的称号吧，扎扎他的小心肝；曹子孝是哪门子福将，不过有俩臭钱儿，干脆叫他要钱太守。这些人好赖还算个人物，别人更烂泥抹不上墙，都是些衣架、饭囊、酒桶、肉袋！"

曹操怒了："你有什么本事？"

祢衡说："我的本事可大了去了，天文地理，无一不通；三教九流，无所不晓；上可以辅佐你成为尧、舜；下可以和孔子、颜回匹配。我的本事，怎么能和凡夫俗子相提并论？"

张辽气得，拔剑要斩，曹操制止。杀了他，天下人得骂我曹操没有容人之量。干脆，你觉得你能干，我这儿别的位置都占满了，就缺个敲鼓的，早晚见君朝贺，饮宴享乐，你给我敲鼓去。

于是派了祢衡做一个鼓吏。

他也不推辞，应声而去。

曹操给他搞事，所以他也想给曹操回敬一发搞事。

这天，曹操大宴宾客，让鼓吏出来敲鼓。祢衡的差事来了。

按照规定，鼓吏要换上新衣裳。祢衡不吃这一套，穿着旧衣就进来了，敲出一出《渔阳三挝》，好听得很，激昂慷慨，坐中客人，慷慨流涕。

曹操两边侍从喝问："怎么不换衣服！"

祢衡脱下一身又旧又破的衣裳，光着屁股站在大家面前。看着客人都捂住了眼，他才慢慢把裤子穿起来。

曹操再也忍不住了，说："庙堂之上，怎么如此无礼？"

祢衡回答："欺君罔上才是无礼，我不过是显露父母给的形骸，给大家展示我的清白之躯。"

曹操眯细了眼，说："你是清白了，那，谁是污浊的？"

祢衡张开了嘴，说："你不识贤愚，是眼浊；不读诗书，是口浊；不纳忠言，是耳浊；不通古今，是身浊；不容诸侯，是腹浊；常怀篡逆，是心浊！我，天下名士，被你当成一敲鼓的，你想成王霸之业，就这么对待贤人吗？"

那意思，你既然想成王霸之业，就要好好地看重我，这样我就不骂你是眼浊、口浊、耳浊、身浊、腹浊、心浊了。

一边就坐的孔融汗都流下来了。

孔融偷眼看曹操，曹操的手抓啊抓的，抓着刀柄，一会儿紧一会儿松，这是动了杀心了。他赶紧起身，说：

"明王啊，祢衡只是一个普通的罪人，不劳明王您去杀了他，否则只会败坏您自己的名声，阻碍您实现王霸天下的梦想。

曹操想了想，眼珠子转了转，随时随地动心眼的技能再次发动。看着左右跃跃欲上，分分钟想教祢衡怎么做人，他下令派祢衡去往荆州做使者，"如能说动刘表来降，我就封你作公卿。"

祢衡挣扎着不肯去，宁可去蹲监狱。

曹操派人备马，两个随从架着他出门，同时命令手下文武，在东门外整酒送行。

荀彧难得地发起杠劲，告诉大家：

"如果祢衡来，都不许起身迎他。"

祢衡到后，看见的就是满满的文武官员，排排坐。

他放声大哭。

荀彧发问："为什么哭？"

祢衡："我走在一大片棺材板中间，怎么不哭？"

大家一听，气坏了："好哇，我们是死尸，你就是一个没脑袋的狂鬼。"

祢衡："我是汉朝臣子，才不做曹阿瞒的党羽，怎么会没有头？"

大家拔刀的拔刀，抽剑的抽剑，没兵刃的想上手掐。

荀彧急忙伸手制止，说："他不过是一只老鼠麻雀，何必污了咱们的宝刀。"

祢衡这个杠精，来一个怼一个，来一句怼一句，说："我是老鼠麻雀，我还有人性；你们就是肉虫子！"

大家酒也不喝，菜也不吃，恨骂连天，一哄而散。

祢衡好歹也算是一个使者了，所以虽然不愿意去出使刘表，还是去了。见了刘表，也还是给他歌了歌功，颂了颂德。

但是，他的嘴实在是太臭了，说好话也像说赖话，明着夸暗里讽，刘表特别讨厌他，就让他去江夏见黄祖去。

刘表也不肯杀祢衡，他知道曹操不杀祢衡是因为祢衡是名士，不能杀，杀了失人心，所以想借他的手杀人。

黄祖性情暴躁，祢衡在他手里活不过太久，所以刘表照样使了一招借刀杀人计。

黄祖一开始待祢衡挺不错，毕竟这人嘴巴虽坏，能力还是有的。他替黄祖做文书方面的工作，处理得都挺好，所写的话也都能发黄祖的心声。

但是，时间长了，祢衡的老毛病又犯了，又开始目空一切，老子天下第一。就历史上而言，是黄祖请客，祢衡出言不逊；黄祖斥责祢衡，祢衡反斥责，骂他："死老头！"黄祖生气要打，祢衡更是大骂。

黄祖气得要死，下令杀了他。黄祖的主簿一向恨祢衡，即刻就杀了他，等黄祖酒醒，再后悔也晚了。

至于《三国演义》里的描述，就更气人了：

"黄祖与祢衡共饮，皆醉。祖问衡曰：'君在许都有何人物？'衡曰：'大儿孔文举，小儿杨德祖。除此二人，别无人物。'祖曰：'似我何如？'衡曰：'汝似庙中之神，虽受祭祀，恨无灵验！'祖大怒曰：'汝以我为土木偶人耶！'遂斩之。衡至死骂不绝口"。

祢衡就像要糖吃的小孩，人家给了他糖吃，他觉得糖不够大，味儿不够美；人家不给他糖吃，人家就是大坏蛋，该死，该天诛地灭，然后写一万字的文章去骂人家，一点儿都不谦虚。

【原文】

勿恃势力，而凌逼孤寡；毋贪口腹，而恣杀牲禽。

【译文】

不可凭着势力来欺凌、逼迫孤儿寡妇；不要贪图口腹之欲恣意屠杀禽畜。

【解析】

前一句讲在和人打交道的时候，不要仗势欺人，尤其是不能欺凌弱势群体；后一句讲不能因为贪嘴，就恣意杀生。这两句结合起来，其实就是提醒我们要保护好自己的心性，不要因为站在强势的位置就嚣张跋扈，不知收敛。

【故事链接】

商人之冤

古时候，有一个商人，家里很富有。他一年年在外面卖茶叶，赚很多钱养家。

这一年，他在外地贩了很多茶叶，结果遇到叛乱，被耽搁在外地。他的妻子惶惶不安，雇了好多人四处寻访他的下落，但是一直找不到。

这天，商人的妻子又拿着钱到一个姓杨的人那里去，因为他会卜卦，所以她就想请他再卜算一下丈夫是生是死。

这个姓杨的人对于这个商人的家底早就摸得一清二楚，又眼红他家里有钱，于是就假装卜算，然后对商人的妻子说，你的丈夫遭了强盗，死了很久了。

商人的妻子号啕大哭。姓杨的人劝她不要哭，建议她为丈夫大办丧事，他毛遂自荐，说如果有用得着自己的地方，一定竭尽全力。

商人的妻子感念他的热心，又觉得此人非常真诚，就真的把一应的事情都交给他去办理。他非常认真地操办丧事，使商人的妻子越发觉得此人是一个至诚君子。

这天，这个"至诚君子"对商人的妻子说："你一个女人，一个人过日子，家里又有钱，小心招来强盗。还是早点嫁人，过安生日子吧。"

商人的妻子不肯，他就到了晚上装神弄鬼，在她家的房外学猫叫狗叫，又扔石头，吓得她战战兢兢；到了白天，他又跟她说附近有强盗的踪迹，马上就会抢掠到这里来了。看她胆怯害怕，有了嫁人的心思，就请了媒人来替自己说媒。

商人的妻子真的嫁给了他，于是商人的所有家产都归他所有。他把商人的房屋卖掉，带着新娶的妻子搬了家。

第二年，叛乱平息，商人终于能够回家了。他变得一无所有，饿得瘦骨嶙峋，身上长满冻疮，又脏又臭，一路要饭赶回家里。回到家一看，房屋已经换了主人，妻子也不见踪迹。

他到处打听，附近的人怕那个姓杨的人报复，不敢告诉商人实话。商人的脚底板都走破了，一边走一边哭。终于有人看不下去，偷偷告诉

199

商人的妻子的新居。

商人找过去一看，妻子正和姓杨的站在门口，他走上前去，想和妻子相认，姓杨的见势不好，一边嘴里斥骂着"这是哪里来的臭乞丐"，一边把商人狠狠地揍了一顿。

商人狼狈逃跑，妻子真的以为这是一个乞丐，劝阻姓杨的人不要施暴。

商人见自己的妻子和财产都被姓杨的人霸占，忍受不了冤屈，到官府告状。但是姓杨的人早已经给官府里的大大小小的官吏都送上了丰厚的贿赂，于是商人又被官府打了一顿，扔出门外，说他胡说八道，诬蔑良民。

商人身上全是鲜血，披散着头发，大声号泣。路人纷纷扭过脸去，不忍直视。

后来，官府又换了新的长官，他又跑去官府告状，但是原来接办他这个案子的官吏仍旧在，他们在新的长官面前对他百般诬蔑，说他是诬告，要把他脊梁打断，发配远地去做苦役。他被投入牢房，申冤无门，直哭得两眼流血。

一个叫崔碣的人听说了他的冤案，正好又到他所在的地方就任地方长官，在做了详细的了解、调查后，再也不听这些原先承办此案的官员的胡说八道，把商人从监狱里放出，派人逮捕了姓杨的人全家，和原来审理案件的官吏一起，披枷戴锁，投入监狱。

姓杨的人贪墨了商人的家产，大吃大喝，挥霍了一部分，剩余的家产此时也都查出交还。原来审理案件的官吏也都因为贪污受贿，被崔碣打得后背流血，腿也被打断，他们的家产也都被没收后送给商人。

当时天气很冷，天上覆着厚厚的一层阴云。重新判决的这一天，太阳突然跃出，光辉遍洒大地，人们满街欢庆，有人因为商人沉冤得雪而掉下泪来。

善如雪

有一次，在网上看到一个帖子，一个人远赴甘肃支边，希望有人捐助上学的孩子们书本，下面附有地址。于是从事教育工作多年的娟子和她的先生，还有正在读小学的小女儿一块儿出钱，买了一包书和一包作业本寄了过去。到邮局打包邮寄的时候，工作人员感动坏了，居然把娟子他们邮费少算好几块。孩子心中盛不住事，把这事儿报告了老师，老师又报告了学校，她被全校大会表扬一次，很得意。

后来，他们还给一个患癌症的男孩汇过一次钱。他们说："这个男孩二十来岁，大好的生命，大好的年龄，不救太可惜。"然后，他们又在网上看到一张小姑娘的照片，十二岁，只比娟子的小女儿大一岁，白血病，眼睛那么大、那么亮、那么忧伤，娟子落了泪，拿出不少的稿费，以她孩子的名义汇了过去。结果小姑娘来了一封信，开头是："张墨叔叔好。"她的小女儿十分不好意思，说："唉呀，这个小姐姐，把我当大男人了……"

初冬的夜，娟子和她的先生走在路上，看到一个老头子，抱肩缩头，瑟瑟发抖。便上前询问，老人说自己无儿无女，脚边一大捆韭菜，白天没卖出去，晚上就没饭吃。娟子和她的先生给老人买了两块钱的热包子，可惜没有热水，只能递给他一瓶矿泉水。还有一个女孩子，傻乎乎的，乱发如窠，只会傻笑，单衣薄裳，冻得嘴唇青紫。她的先生跑回家去，把他的一件大衣拿出来，又抱了一床旧褥子，拿一瓶水，四个馒头，给女孩子送过来。对此，她的先生在跟娟子的一次聊天中，还听她感叹地说："这种事情叫人很痛苦，一点都没有做了好事的满足，我们在吃饱穿暖，有人却在挨冷受饿，又没有办法全领回家来。"

还听说了一些另外的事。

娟子一家三口散步时，碰到一个老婆子，花白头发，在垃圾堆里乱刨东西。娟子拿出两枚硬币，示意小女儿拿过去给老婆子。没想到老婆子说什么也不肯要，一定要说自己有钱，说："乖，你给自己买东西吃，奶奶有钱，不跟人要钱花。"娟子说："穷人也有自尊心呀，我们不能一厢情愿地把人家当乞丐。"

一只小猫，老是傻乎乎往马路中间跑，娟子把它抱到路边，它一会儿又过去了，很缺心眼的样子。车飞快来去，娟子很担心它被轧死。走两步退一步，犹豫又犹豫，只好抱起，说："跟我回家吧，小东西！"抱回来才发现，那么小的猫，那么肥大的虱。杀虫药喷得它气息奄奄，没办法，只好把它养在地下室，一盆清水，一根香肠。结果有一天它不见了，原来地下室的玻璃被小偷摘走了，它从那里逃了出去，到现在也不知道是生是死，如果活着，它都生儿育女了吧。

娟子和她的先生还救过一棵小树。调皮的小孩子点着枯草，把小树包围在火海里。先生断喝一声："干什么！"吓得他们四散奔逃，接着奔过去把火踩灭。到现在娟子还后悔没救下单位里的一棵树。单位里铺地砖，不知道哪个人把一棵树用地砖围死，这棵树原本枝繁叶茂，后来渐渐枯萎。娟子说："当时若是把地砖扒开一圈就好了，可是因为怕人笑话，居然若无其事地走来走去。"

善如耳音，说出不真，可是有时不说也不真。你看这么多人寒苦无依，这么多猫狗无处可去，这么多孩子被人操纵着要钱，这么多树木被砍伐殆尽，这么多野生动物渐渐消失。大多数时间我们都无能为力，可是为善如雪，总得要一片片下起来，才能大地山河一片白，慈悲温柔覆盖整个世界。

【原文】

> **乖僻自是，悔误必多；**
> **颓惰自甘，家道难成。**

【译文】

性格古怪、自以为是的人，做事失误和后悔的时候一定会多；颓废懒惰、自甘堕落的人，很难成家立业。

【解析】

做人最怕自以为是，这样的人争胜好强，却不知道广纳众议，博采众家之长，做事就会因为欠考虑而失圆满，从而招致错误和后悔。做人又最怕颓废堕落，这样的人怎么可能成家立业，在人世间做出一番事业来呢？

【故事链接】

刘羽冲反古

唐朝时，有一个叫房琯的文官，在安史之乱时，被唐肃宗委以平叛重任。

他完全照搬古时战国战法，搞一大堆牛车绑上刀剑武器，用这些来冲锋陷阵打头阵。叛军本来就来自北方，纵横草原，专治各种不服的牲口。知道牛怕惊，一通敲锣打鼓，牛群就乱了，唐军猝不及防，被自家的牛先锋给冲撞得七零八落，不成阵型，再被叛军趁乱一冲，多少生命死伤殆尽。

像这样的人，还有不少。清朝纪晓岚写的《阅微草堂笔记》里，就记载了这样一个故事：

一个名叫刘羽冲的人，性格孤僻，喜欢讲究古制。

他偶然得了一部古代的兵书，就伏案熟读，自己感觉可以统领十万军兵冲锋陷阵了。

正巧当时乡里出现土匪，刘羽冲就自己训练乡兵与土匪们打仗，然而全队溃败，自己也差点被土匪捉去。

后来他又偶然得到一部古代的水利书，又伏案熟读数年，自己认为有能力使千里荒地成为肥沃之地。

于是，他绘制了地图去州官那里游说进言，州官就让他用一个村落来尝试改造。结果水渠刚造好，洪水就来了，顺着水渠灌进来，全村的人几乎全被淹死。

从此他就变得神经了，经常一个人发呆，自言自语说："古人怎么可能会欺骗我呢？"

不久他就病死了。

于是，纪晓岚在这个故事后面说："满腹都是经书会对事情的判断造成危害，但是一本书也不看，也会对事情的判断造成危害。下棋的大国手不会废弃古代流传下来的棋谱，但是不会很执着于旧谱；高明的医生不会拘泥于古代流传下来的药方，但是经验里也不会偏离古方。"

如果一味地泥古不化，可就真的变成一个自以为是的傻子了。

鸿门宴

刘邦进咸阳，欲自封"关中王"。妹夫樊哙劝刘邦天下未定，别那么急着享受，结果他不听。可能在他眼里，猛人就是莽人的代名词，这样的人言不足为贵。

但是樊哙的话不听，总还有别人的话他是听的，这就是张良，他帐下的第一谋士。张良说老大，项羽对关中王位虎视眈眈，如今项羽大军正拼命往这儿打，你这么刺激他，不是自个儿找死？更何况现在哪是你躺功劳簿上睡大觉的时候，老百姓还民心离散呢。你想得天下，得先笼住民心啊。

刘邦一下子清醒了。

他第一个动作，就是撤军灞上，拱手相让胜利果实，不去触项羽的霉头。

第二个动作，就是召集当地名士，约法三章："杀人者死，伤人及盗抵罪，余悉除去秦法。"

以前的时候，两个人走在路上，只能互相点头示意，打打招呼，说两句家常，都可能给砍头；想就某些政令发两句牢骚吧，那就一大家子都给杀头；焚书、坑儒、禁私学，这些就不必说了，反正大家就好像被千八百道烧红的铁链绑得死死的，皮肉都烧焦了，浑身疼得青烟直冒，还什么都不能说。现在，就三条，杀人偿命，这是古来定律，没什么好说的；你伤了人家，偷了人家，该怎么抵怎么抵，该怎么罚怎么罚。这样就松快多了。老百姓高兴啊，这样民心也就有了。

回头再说项羽，这家伙好不容易打败秦朝猛将章邯，迫其投降，累得七死八伤，这才领兵直奔关中，结果一到函谷关，就被刘邦的守军拦下，然后告知关中已定，他心里那个气呀，对刘邦这种下山偷桃的行为充分给予愤慨与蔑视！

项羽觉得，关中王就应该是他做。论战功，论伟力，谁能及得过他呢？刘邦，捏他还不跟捏苍蝇似的。

同时，他的谋士范增也强烈请求他除掉刘邦。他看出来刘邦的势力是越来越大了，现在不除了他，后面就晚了。

就在这时，刘邦手下有个家伙叫曹无伤，跑来项羽跟前说刘邦这人野心好大呀，他想做关中王呢！

范增就极力鼓动项羽攻打刘邦。项羽终于下令，全军准备，埋锅造饭，磨刀擦枪，准备第二天打刘邦！

刘邦这时候不禁打，一打就死。这时候，项羽的叔叔项伯又跑来刘备这里告密，因为他和刘邦帐下的张良熟识。项伯杀人逃亡，张良曾救项伯，救命之恩，自当涌泉相报，所以项伯就偷偷跑到刘邦军中找张良，想带朋友逃跑。

但是张良不肯跑，还向刘邦引见项伯。刘邦马上好好招待项伯，和他大攀交情，连亲家都攀上了，然后请他回去替自己美言几句，求项羽别打自己。

项伯真就回去替刘邦说好话，项羽真就下令取消第二天的进攻。范增双拳难敌四手，只好长叹一声，伺机再动。

第二天，刘邦来到项羽的军营，仅带樊哙、张良和一百名亲兵。他要向项羽表明，自己胸怀磊落，没有称王称霸的野心。

等到了项羽的大帐鸿门之外，他又当面向迎接他的项羽赔礼道歉，态度那是相当诚恳。这一下，项羽就上了当了。于是项羽说："其实我也不想难为你，可是你手下的曹无伤说你这样那样。"

他心软了，范增却不心软。这个谋士老谋深算，早看出刘邦心里有鬼，必须趁机除去，否则贻害无穷。于是他在酒宴上屡次眉目传情，要项羽杀刘邦。可惜他使眼色使到眼抽筋，项羽却视而不见，稳如泰山。一计不成，再生一计，他又出帐找项庄，要项庄借舞剑之名除去沛公。结果他一舞，刘邦新认的亲家项伯也舞起来了，一个要杀，一个就护，项羽的两个手下玩得不亦乐乎。

张良着急，出帐去找樊哙，樊哙立马带剑拥盾闯帐而进，瞪项羽瞪得眼珠子都要出来了，谁想歪打正着，项羽就好这一口，称其"壮士"，赐酒，赐生肉。这家伙也不含糊，拔剑割下一块块肉就给生嚼下去了！然后慷慨陈词，历数自家主公仁义，"先破秦入咸阳，毫毛不敢有所近，封闭宫室，还军霸上，以待大王来"，结果您还听信谗言，"欲诛有功之人"，说得项羽无言可对。这一番话真真假假，扭转了项羽心意。樊哙，大忠之人，大智之士也。

又坐了一会儿，刘邦逃席，携樊哙尿遁而归，留下张良善后，送礼。项羽收下礼物，范增则把给自己的礼物拔剑撞而破之。

刘邦回去第一件事就是杀了曹无伤。鸿门宴上死对头有惊无险，只余项羽亚父范增一声长叹："竖子不足与谋！"

项羽有着严重的性格缺陷，他的自以为是和妇人之仁着实给他惹了不少麻烦。到最后，他也是败在这上面。

方仲永和阿斗

宋朝有一个叫方仲永的孩子，出身贫寒，小时候没怎么读过书，但是他天资聪颖，听见有人读书他就能记住。

四五岁的时候，有一天他忽然哭了，大人问他怎么了，是不是要喝水，他摇头；是不是要吃饭，他摇头。结果，他竟然跟大人要读书人才需要的笔墨纸砚。

父母就真的借来一套笔墨纸砚，看他想做什么。没想到他居然拿起笔来，在纸上写了四句诗。

太惊人了！

左邻右舍本来听他的父亲说了借笔墨纸砚的情由，就很好奇地跟了过来，现在围观了作诗全程，出去之后四处宣扬：不得了了，方家出了一个小神童！

这下子，方仲永就出了大名。

那些有钱的人家，都争相攀交方仲永这个小神童，以请他在席间当场作诗为荣。他作一首诗，可以给家里赚不少银子。

这么一来，方仲永的父亲就开始带着他参加各种场合。有人家的商店开张，他就带儿子到场作一首诗；有人家请贵客，他带儿子到场作一首诗……

方仲永的父亲忙得连地都不种了，更不用说请先生教小仲永读书了。他觉得他的儿子是天生的神童，学什么习，现在他是小诗人，等他长大了，就是大诗人了。大诗人是跑不了一个官做的，我们家兴旺发达就全靠他了！

就这样日复一日，年复一年，他带着儿子走街串巷，到处展示才艺。到方仲永十二三岁的时候，诗还能作得出来，但是混在同龄的孩子们作的诗里面，就已经看不了有什么出色的地方了；到他二十岁的时候，他的诗已经远不如同龄人。再到后来，就没有人再听过他的名字了。

他因为没有像打磨玉石一样地打磨自己，提升自己的水平，结果就泯然众人矣，彻底过了气。

再说蜀汉后主刘禅。

邓艾灭了蜀汉以后，后主刘禅还留在成都。到了钟会、姜维发动兵变时，司马昭觉得让后主留在成都总不大妥当，就派他的心腹贾充把刘禅接到洛阳。刘禅本来是一个昏庸无能的人，

诸葛亮在世的时候，全靠诸葛亮掌管着军政大事，他也不敢自作主张。诸葛亮死后，虽然还有蒋琬、费祎、姜维一些文武大臣辅佐他，可是他毕竟不像诸葛亮在世的时候那么谨慎了。到蒋琬、费祎死去后，宦官黄皓得了势，蜀汉的政治就越来越糟了。

到了蜀汉灭亡，姜维被杀，大臣们死的死，走的走，随同他一起到洛阳去的只有地位比较低的官员郤正和刘通两个人。

刘禅不懂事，不知道怎样跟人打交道，一举一动全靠郤正指点。平时刘禅根本没把郤正放在眼里，到这时候，他才觉得郤正是个忠心耿耿的人。

刘禅到了洛阳，司马昭用魏元帝的名义，封他为安乐公，还把他的子孙和原来蜀汉的大臣五十多人封了侯。司马昭这样做，无非是为了笼络人心，稳住对蜀汉地区的统治，但是在刘禅看来，却是很大的恩典了。

有一次，司马昭大摆酒宴，请刘禅和原来蜀汉的大臣参加。宴会中间，还特地叫了一班歌女演出蜀地的歌舞。

一些蜀汉的大臣看了这些歌舞，想起了亡国的痛苦，伤心得差点儿掉下眼泪。只有刘禅咧开嘴看得挺有劲，就像在他自己的宫里一样。

司马昭观察了他的神情，宴会后，对贾充说："刘禅这个人没有心肝到了这步田地，即使诸葛亮活到现在，恐怕也没法使蜀汉维持下去了，更何况是姜维呢！"

过了几天，司马昭在接见刘禅的时候，问刘禅说："您还想念蜀地吗？"

刘禅乐呵呵地回答说："这儿挺快活，我不想念蜀地了"，"乐不思蜀"的成语就是这样来的。

郤正在旁边听了，觉得太不像话。回到刘禅的府里，郤正说："您不该这样回答晋王。"

刘禅说："依你的意思该怎么说呢？"

郤正说："以后如果晋王再问起您，您应该流着眼泪说：我祖上的坟墓都在蜀地，我心里很难过，没有一天不想那边。这样说，也许晋王还会放我们回去。"

刘禅点点头说："你说得很对，我记住就是了。"后来，司马昭果然又问起刘禅，说："我们这儿待您不错，您还想念蜀地吗？"

刘禅想起郤正的话，就把郤正教他的话原原本本背了一遍。他竭力装出悲伤的样子，但是挤不出眼泪，只好闭上眼睛。

司马昭看了他这个模样，心里早明白了一大半，笑着说："这话好像是郤正说的啊！"

刘禅吃惊地睁开眼睛，傻里傻气地望着司马昭说："对，对，正是郤正教我的。"

司马昭不由得笑了，左右侍从也忍不住笑出声来。

司马昭这才看清楚刘禅的确是一个糊涂人，不求上进，这辈子都不会有什么出息了。

孔融之死

建安九年八月，曹操攻下邺城，替儿子曹丕纳袁熙的妻子甄氏。孔

212

融听说后，写信给曹操："从前有武王伐纣，把妲己赐周公，今有您效仿武王，将甄氏赐给世子，又是一段佳话呢。"

曹操不知道孔融这是在讽刺他们父子，还傻乎乎地问孔融什么意思，孔融拜了一拜，起身轻飘飘地回答："按现在的状况看，可不就是这样吗？"

曹操可不是唾面自干的脾气，现在不杀你，小本本上记上你的名字，后面也会杀你。

后来，曹操又颁布了一道禁酒令，理由是"酒可亡国"。众所周知，那个时代的人们特别喜欢喝酒，孔融更是嗜酒如命。这下子，孔融马上发起牢骚来，这还不算，还写了一篇《难曹公表制禁酒书》，专门跟曹操辩论，文章里列举了圣哲先贤喝酒和建功立业的事迹，以此证明曹操禁酒的理由不充分，这酒不该禁！

光写文章还不算，孔融还以实际行事来反对曹操的政令：他招呼上一大群朋友，明目张胆地回府饮酒作乐去了……

问题是，孔融没有领会到曹操的政令里的深意。

当时国家连年征战，百姓肚子都吃不饱，还要拿出大量的粮食来造酒，这怎么能承受得了？

他们这些不缺吃喝的贵族能不能替吃不上饭的穷苦百姓想想？

而且孔融还发表过别的惊世骇俗的高论，比如："父之于子，当有何亲？论其本意，实为情欲发耳！子之于母，亦复奚为？譬如寄物瓶中，出则离矣！"意思是：父亲对于儿子来说，有什么值得亲近和孝顺的呢？论起本意来，儿子不过就是他情欲的产物。子女和母亲之情，也是一样的道理。母亲不过是装子女的一个瓶子，时间到了，子女从瓶子里出来了，还会和瓶子有啥关系？

封建社会，以孝治天下，以孝固人伦，他这相当于抡起大锤，要把整个社会的根基砸烂，这还了得。

曹操终于忍不下去了，找借口以"违反天道，败伦乱礼"的罪名诛杀了孔融一家。

之所以说曹操是找借口，确实如此。孔融虽然说话狂悖，嘴上没把门儿，但是论起孝顺父母，并不居于人后。他十三岁丧父，哀毁过甚，没人扶都站不起来。

他和孔融政见不合，他想成就王霸之业，孔融却希望他能够忠于汉室，这么一来，他必须要为自己扫清道路，于是孔融就必然死在他的屠刀之下。

但是，孔融之死，到底也有自己口无遮拦、行事自作主张的原因。

【原文】

狎昵^①恶少，久必受其累；
屈志老成，急则可相倚。

【注释】

①狎昵（xiá nì）：过分亲近。

【译文】

亲近品行恶劣的人，日子久了，必然会受牵累；恭敬自谦，老成持重的人，遇到急难的时候，值得依靠。

【解析】

"近朱者赤，近墨者黑"，交友一定要注意这个道理。还有一句现成的话叫"白沙在涅，与之俱黑"，意思是：哪怕你的品质洁白无瑕，但是把你放在黑色的污泥里面，也会被染黑。

【故事链接】

好朋友，坏朋友

李白是一个特别喜欢交朋友的人，他也交到了很多的好朋友，比如杜甫、元丹丘等人。

不过，他在年轻的时候，也曾经交到过坏朋友。

这一年，他离开家乡远行，来到了金陵（今江苏南京）。

他一来就感叹："当时百万户，夹道起朱楼""金陵昔年何壮哉，席卷天下英豪来"。

他初来乍到，身上带着钱，到处投门路，结交朋友。因为肯花钱，人们都爱围着他转。酒越喝越多，朋友越交越广，旧的去了，新的又来。

他去了不远的苏州，走之前还要在金陵酒肆里大喝一顿，然后作诗一首："风吹柳花满店香，吴姬压酒劝客尝。金陵子弟来相送，欲行不行各尽觞。请君试问东流水，别意与之谁短长？"

诗里的意思是：他要出门了，金陵的朋友们在酒桌上给他饯行，他对他们也依依不舍，特别深情。

他确实对朋友们一腔热情，后来他在给一个人的文章里回忆说，"曩昔东游维扬，不逾一年，散金三十余万，有落魄公子，悉皆济之。"就是说过去他东游维扬的时候，不到一年的功夫，就花了三十余万金。有人落魄了，他毫不吝啬地接济人家。

他身上带的钱很快花完了。

这天，他病了，躺在小破旅馆里，没有一个人来看他，因为他成了一个穷光蛋。

他这才发现，原来用金钱买不来友情，能用金钱买来的也不过酒肉朋友而已。

所以他垂头丧气地离开了。

循墙绕柱觅君诗

白居易与元稹是好朋友。元稹因为直言劝谏，触怒了宦官显贵，被贬为通州司马。同年八月，白居易也被权臣嫉恨，皇帝听信谗言，把他贬为江州司马。

白居易在秋风瑟瑟中离开长安，走的恰好是元稹不久前走过的路。一日，他行至蓝桥驿，一下马，便在驿站的墙柱上发现了元稹路过这里时写的一首《西归》绝句。

诗人百感交集，提笔在边上和了一首诗："蓝桥春雪君归日，秦岭西风我去时。每到驿亭先下马，循墙绕柱觅君诗。"

他当时冒着极大的风险写下这首诗。若是有人把这些诗句报告朝廷，两个戴罪之人彼此唱和，会招来杀身之祸。

但是，白居易不怕，元稹也不怕。元稹在通州听说白居易被贬九江，极度震惊，不顾自己重病在床，提笔给白居易写信，并赋诗一首《闻乐天授江州司马》："残灯无焰影幢幢，此夕闻君谪九江。垂死病中惊坐起，暗风吹雨入寒窗。"

这样在外人眼里不顾个人安危的疯狂举动，却泄露了真朋友间丰沛的真情真义。

不久，白居易收到了这首诗，他不顾风险，再次回信，恳请好友千万自己保重。元稹一收到信，知道是白居易写来的，还未拆开就已泪眼蒙眬。女儿吓哭，妻子惊慌。元稹告诉她们，自己很少这样动情，除了接到白居易来信的时候。

为此，元稹又特意寄诗给白居易："远信入门先有泪，妻惊女哭问何如。寻常不省曾如此，应是江州司马书。"

元稹与白居易为中国的文学史和文人史，谱写了一曲朋友间的真诚的赞歌。

一生的友情

德蒙与匹西亚斯是古希腊的一对好友。一次，匹西亚斯得罪了国王，要在几天后被执行死刑。

匹西亚斯尚有未了的心愿：他想在临死前见母亲一面，还要安置好自己的妹妹。德蒙知道后，愿意替他在监狱中代刑——这件事情的风险不言而喻：一旦匹西亚斯逃走，德蒙就要代替他去死了。

国王答应了德蒙的请求，于是两个人的处境掉换了：德蒙成了阶下囚，匹西亚斯暂时获得了自由。

匹西亚斯匆匆走了。

几天后，行刑时间到了，匹西亚斯还没有回来。

德蒙马上就要被处死了。国王问他："你的朋友肯定已经逃走了。你后悔吗？"

德蒙摇摇头："我相信我的朋友不是这样的人，他肯定在路上耽搁了。"然后，他闭上了眼睛，等待着死亡的来临。

就在国王处决的命令马上就要出口的一刹那，远处传来声嘶力竭的喊声："等等！等等！"

德蒙睁开眼睛一看，匹西亚斯正急匆匆地奔来。原来，他和母亲话别后，安置好了妹妹，一路上因为天气不好，耽搁了时间，心急如焚，生怕自己赶不上行刑的时间，使朋友失去生命。

国王深受感动，赦免了匹西亚斯。两个人的友情持续了一生。

古人交友的方式

古人交友的方式可谓多姿多彩。

东汉时期，有一个穷苦的读书人，名叫公沙穆。他想进入京城太学继续深造，却没有钱。于是，公沙穆到一位吴佑的富户家做舂米工人。

吴佑曾任齐相、长史等官职。他见舂米工公沙穆举止有礼，谈吐斯文，深觉有异，和他在舂米的杵臼前攀谈，发现他见识深远，于是不顾身份，和他成为朋友。这就是有名的"杵臼之交"。

战国时，赵国宦者令缪贤的门客蔺相如，因为成功地保护了赵国的稀世珍宝和氏璧不被秦国强占，被封为上大夫。后来又在秦王和赵王的渑池会上，保护赵王免受折辱，升官为上卿，比有名的廉颇将军的官位还高。

廉颇很不高兴，就想找机会给蔺相如下马威，蔺相如为免秦国听到这个消息后，觉得赵国上将不和，从而乘虚而入，派兵攻打赵国，所以对廉颇处处忍让。

后来，廉颇知道了蔺相如这样做的原因，就光着膀子、背着荆条到蔺相如府门前，向蔺相如请罪。蔺相如赶紧扶起他来，二人从此结为好友，共同为赵国效力。这就是有名的"刎颈之交"。

俞伯牙弹琴，一个叫钟子期的陌生人一边听，一边感叹说："巍巍乎高山"；俞伯牙琴音一变，钟子期又感叹说："洋洋乎流水"。俞伯牙大为惊异，引为知音，相约来年再于此地相会。第二年，当俞伯牙来到昔日弹琴的所在地，却没有等来钟子期。他去附近打听，得知钟子期已经因病去世，死前交代把自己埋在昔日听俞伯牙弹琴的所在之处，以不负旧约。

俞伯牙来到钟子期的墓前，弹奏一曲，然后把琴摔烂，再不弹琴，因为世间再没有人能够听懂他的琴音。后人有一首诗专门歌颂这两个人

的知音之交："摔破瑶琴凤尾寒，子期不在对谁弹。春风满面皆朋友，欲觅知音难上难。"

唐朝有一个凉州长史，名叫赵持满，和长孙无忌是亲属。

礼部尚书许敬宗秉承武则天皇后的旨意，陷害长孙无忌。他恐怕留下赵持满对自己不利，就想斩草除根，于是诬陷赵持满与长孙无忌一同图谋反叛朝廷，将他召到京城，然后逮捕下狱，严刑拷打。

赵持满咬紧牙关，说："你们可以杀死我，但是，让我改变供词，承认我跟长孙无忌一同图谋反叛不可能。请上奏皇上，我愿意代替长孙无忌领受这份罪过。"

于是，赵持满死在狱中，尸体被扔在城西，他的亲属没有一个人敢去收尸。

这时候，一个名叫王方翼的人感叹说："从前，栾布为被杀害的彭越大哭，这是讲求情谊的最大义举；周文王下令掩埋已经朽烂的骨骸，这是施行的最大仁政。跟朋友断情绝义，蒙蔽主上的仁德，这样的人怎么能侍奉国君呢？"于是他就让人去收殓赵持满的尸体，按照礼仪将赵持满埋葬。

他本来是冒着杀身之祸做的事，幸亏唐高宗认为他的做法是侠义之举，所以没有追究。

像这样的人，不是朋友，胜似朋友啊！

人生得一知己足矣

　　天宝三载（744年），李白在洛阳遇见杜甫。在洛阳相识，然后同游河南、齐鲁，但相聚时间是那么短暂，不久就在曲阜的石门山分别。相识已是太晚，分别又是匆忙，李白的送别诗是："飞蓬各自远，且尽手中杯"，从此各自飘零，山高水远，两位诗人再没有重聚的机会，可那份情谊，两人一生未能忘怀。杜甫流落秦州，当时李白因参加永王的幕府工作，得罪唐肃宗，于乾元元年（758年）被流放到夜郎（今贵州桐梓地区）。杜甫担心李白的安危："凉风起天末，君子意如何。鸿雁几时到，江湖秋水多。"（《天末怀李白》）在天末之地的秦州，已秋风四起、草木萧疏了，你的感觉如何呢？你在流放途中的情况，何时才托鸿雁传到我这里呢？你途经潇湘，风波险阻，你可以小心啊！其情也真，其意也切。只有把对方当作知音，才有这种刻骨铭心的挂念。

　　他们之间的友谊就像他们的诗歌一样，光彩熠熠，启迪着我们。

　　1933年7月的一天凌晨，一阵急促的敲门声惊醒了鲁迅夫妇。他们忙打开门，瞿秋白夹着一个小衣包，仓促地走了进来——这是瞿秋白第三次紧急到鲁迅家避难了。原来，在上海的江苏省委机关被敌人发觉，牵连到瞿秋白，形势危急。"周先生家里去罢！"在危难时刻，瞿秋白首先想到的是周树人，即鲁迅。

　　他们二人未谋面之先，就已经彼此熟悉，互相仰慕对方的文采和学识，一旦见面，"就真像鱼遇着水"（许广平语）。此后的岁月里，他们相互砥砺，共同创作，互相勉励，共同奔波在拯救民族危亡的道路上。瞿秋白入了狱，鲁迅先生到处托人营救；瞿秋白壮烈牺牲，鲁迅先生强支病体，为瞿秋白的新书作序。鲁迅先生性情孤傲，却把秋白引为知己，赠他一副对联："人生得一知己足矣，斯世当以同怀视之。"

他们有共同的思想基础，有一样的精神追求，有相通的审美情趣，有一致的心灵律动，而且在山遥水远的岁月里，心意相通，所以才成就了中国文学史上难得的一对知己。

真正的知己，互相信任，互相理解，虽然有时相隔遥远，许久不见，但心意却时刻相通；虽然个性不同，脾气迥异，但有着统一的精神境界；虽然大家都在这个扰攘的世界上谋衣谋食，但二人相对，却没有一点点的功利思想。朋友可以遍天下，知己却仅此一个，一个知己，抵得上尘世里的千百个酒肉"朋友"和"兄弟"。知己，是在这个喧闹纷乱的世界上最珍贵的宝贝。

【原文】

轻听发言，安知非人之谮①诉，当忍耐三思；
因事相争，焉知非我之不是？须平心暗想。

【注释】

①谮（zèn）：诬陷、中伤。

【译文】

轻信别人说的话，怎么能知道他没有诬陷和造谣中伤？所以要忍耐和认真思索；和人因事情而起争执，又怎么知道我不是错误的？所以要平心静气，认真考虑。

【解析】

总的来说，听别人说话，要一分为二，不可盲目轻信；和别人相争，要平心静气，认真反思。

【故事链接】

骊姬进谗

春秋时期，晋武公的儿子是晋献公。晋献公有八个儿子，其中太子申生、公子重耳、公子夷吾都很贤能，做人有德行。

晋献公出兵征伐骊戎的时候，得到了骊姬和她的妹妹，晋献公对她们特别宠爱。几年后，骊姬生下一个儿子，名叫奚齐。

自从骊姬生子，晋献公就疏远了太子申生、重耳和夷吾，而且还想要废掉申生的太子之位。

他分派申生居曲沃，公子重耳居蒲邑，公子夷吾居屈邑。把这三个儿子都赶到封地上，然后特地把骊姬和奚齐这对母子留在身边。这下子，晋国人都知道太子申生要被废掉了。

晋献公私下对骊姬说："吾欲废太子，以奚齐代之。"骊姬哭得梨花带雨，说："您当初立太子是诸侯都知道的事，太子又数次带兵打仗，百姓都特别依附他。您为什么要因为贱妾而废嫡立庶呢？如果您一定要这么做，那么我就自杀。"

这么一来，晋献公更爱她了。

她一边说着这样的大义凛然的话，一边暗地里指使人们在晋献公面前进谗言，说太子这么不好，那么不好。

太子申生是个善良忠厚的人，既没有害人之心，也没有防人之心，对于骊姬这个庶母也很尊敬。他来到都城，骊姬对他说："君王昨晚梦见你的母亲齐姜，你赶快到曲沃去祭奠她，回来后将祭肉献给君王。"

申生马上就到曲沃祭祀他的母亲齐姜，回来后果真将祭肉送给晋献公。

他想不到的是，骊姬早偷偷在祭肉里下了毒。然后晋献公要吃的时候，她赶紧拦下，说："君主的饮食一定要格外精心才是，凡是入口的东西，都要严加检验，尤其是宫外来的食物。"

于是她把肉汤泼在地上，毒药的药性之烈，使地面立即鼓了起来；她又拿肉给狗吃，狗一吃就死了；又拿肉给太监吃，太监也死了。

骊姬哭了："太子怎么能这样呢？您是他的生身父亲啊，他都想杀掉您取而代之，更何况别人？若是您不在了，我和我们的儿子奚齐可就危险了。再说了，您迟早会把王位传给他，他这就等不及了吗？"

晋献公勃然大怒，立刻杀了太子的师傅杜原款。太子听说自己被栽赃陷害，马上就大祸临头，只身逃往新城。

当时重耳和夷吾也在都城里，骊姬继续哭着说："只有太子一个人，是不敢这样做的。他一定还有别的助力。我听说重耳和夷吾、太子这三兄弟一向感情深厚，也许他们也知道一点内情吧。"

这两人听说骊姬也把他们拉下水，也拼命逃回自己的封地，据城自守。

有人问太子："这分明就是骊姬下的药，栽赃到您身上，为什么您不到国君面前说清楚？"

太子说："父亲已经老了，没有骊姬就寝食不安，如果我说出真相，事情会闹得更大。这岂不是我不孝吗？"

有人劝太子逃奔他国，太子说："我背着这样的恶名逃亡，有哪个国家会收留我？我无路可走，只有自杀。"

于是，太子申生就自杀了。

随后晋献公派兵讨伐两个儿子重耳和夷吾，逼得他们逃亡流落到诸侯国，然后立奚齐为太子。

晋献公死后，大夫里克发难，杀死骊姬和奚齐，迎接夷吾回国，立为晋君。

晋献公到死都怀着对三个儿子的仇恨，并不知道自己听信了骊姬的谗言，受了她的蒙蔽。

项橐三难孔子

孔子在鲁国讲学，他听说莒国的东南海边有纪障城，周围的百姓秉性淳朴敦厚而且都很博学。一天，他就和弟子们商量着去纪障城看一看。

他们乘车马到了地里，一看果然是个好地方，百姓富庶而风光秀丽。孔子正高兴地游览着，看见前边道上有几个小孩正在玩耍。见车马过来，别的小孩都躲在一边，只有一个小孩儿站在路中间，纹丝不动。

孔子就在车上探身问他："你这个小孩儿，挡住我的车，是什么意思？"

这个小孩就是项橐，见这个老头儿说话不大礼貌，就不大高兴，说："这是一座城池，你的车马怎么能过得去？"

孔子四下里看看，很迷茫，说："城池在哪儿，我怎么看不见？"

项橐说："就筑在我的脚下。"

孔子见这小孩态度不卑不亢，很有气质的样子，就下车去看，果然他就站在一座"城池"里面，只不过这座"城池"是小孩儿用石头子儿摆的。

他就笑了，说："这么小小的一座城池，能有什么用处？"

项橐说："能够抵御车马军兵。"

孔子说："那我就要从这里过，你又能怎么办？"

项橐说："我的城池牢固，大门紧闭，你的车马怎么过？"

孔子心想："这地方的人果然聪慧，就连小孩儿都非常伶俐，就是有点仗着自己聪明而有些傲慢，我要细细地看看他到底怎么样？"于是他问："就算你的城池牢固，大门紧闭，我的车马就要从这里过，你又能怎样？"

项橐说："人不能不讲理。是城池躲开车马，还是车马躲开城池？"

孔子没话说了，只好让车马绕"城"而过。

孔子和弟子们继续前行，在路边看见一个农夫正在锄地，他的弟子子路起了玩心，想跟农夫开开玩笑。他问农夫："你在做什么呢？"

农夫说："我在锄地。"

子路说："我看你忙忙碌碌的，不知道你手里的锄头一天要抬几次？"

农夫哪里计算过这个，根本回答不出来。这时候，项橐又过来了，说："我的爹爹年年锄地，自然知道手里的锄头一天抬几次。敢问先生，你出行的时候乘着车马，想必一定知道马蹄一天抬几回？"

子路这下可说不出话来了。

孔子一见自己的学生被项得说不出话来，就下车来。他跟项橐说："我看你这小小孩童，机智聪敏，实在少见。这样吧，现在你我各出一题，你答我的，我答你的，谁赢了，谁当老师，怎么样？"

项橐答应了。

孔子说："人生在世，都是托日月星辰的光，地上生出五谷，才养出这许多的生灵。我且问你，天上有多少星辰，地上有多少庄稼？"

项橐回答："天高无法丈量，地广不能测度，一天一夜星辰，一年一茬五谷。"

然后，他又问孔子："人的身体比地小，眉毛比天低。两道眉毛生于眼睛之上，天天可见，人人皆知，我且问你，你可知道两道眉毛一共多少根？"

孔子答不出来，正要对项橐这个小孩履行拜师之礼时，结果项橐却跳进水塘里洗起澡来。孔子纳闷，不知道他在干什么，项橐浮出水面，说："沐浴后方可行礼，夫子也来沐浴。"

孔子可为难了，说："我没有学过游泳啊，恐怕下去就沉入水底，浮不起来。"

项橐说："不对，鸭子也没有学过游泳，下水就能浮起来，不会沉入水底。"

孔子说："鸭子有毛啊，所以才会不沉。"

项橐说：“葫芦没毛，也不会沉。”

孔子说：“葫芦圆的，而且内里是空的，所以不沉。”

项橐说：“钟是圆的，而且内里也是空的，为什么会沉入水底。”

孔子说不出话来了，满面通红。

于是，项橐沐浴后，孔子设案行礼，拜他为师，打道回府，从此不再东游。

这就是“项橐三难孔子”的故事，因为后世尊孔子为圣人，小项橐也因此被尊为“圣公”。

【原文】

施惠无念，受恩莫忘。

【译文】

对人施了恩惠，不要老是挂在嘴上，更不要记在心里；受了他人的恩惠，则一定要常记在心。

【解析】

给别人做了好事，比如经济上接济了别人，心理上抚慰了别人，或者给身陷困难的人捐了款，这都是美德。如果做了好事时时刻刻都记着，希望别人能够回报，就不好了。

受了别人的帮助，那就一定要记住，这说明自己的感恩之心。没有谁有义务必须帮助你，而当别人出于关怀和爱心帮助你的时候，你如果转头就忘，就真的成了忘恩负义的人。

【故事链接】

朱生

嘉兴有一个人，姓朱，原籍徽州，他十二三岁时死了父母，读不起书了，就被同乡带出去学做生意。

朱生勤快而忠厚机敏，颇受重用，渐渐地，也积蓄了一百两银子。

他从小就订有一门亲事，准备回家乡去完婚。带着他学做生意的师父不但答应了，还多送了他一百两银子，送他动身。

结果很快他就回来了，说是半途银子被小偷偷走，无奈只得回来继续做事攒钱，攒够了银子再回去完婚。

师父不疑有他，只摇头叹息一番。

原来事情是这样的：

朱生回家的路上，船停在一个码头上，他晚上住在一家旅店，听到隔壁两个女人哭了一夜。

天明后，他向店主打听，店主说哭泣的是婆媳二人。婆婆年少守寡，抚养一子成人，给他娶妻成家。婚后一年，家乡闹起了饥荒，儿子去四川当幕僚，挣钱寄回来赡养母亲和妻子，他的妻子也在家里做些刺绣贴补家用。

可是赶上川军和楚军打仗，和儿子已经三年未通音讯，婆媳二人实在活不下去了，婆婆没办法，准备把媳妇卖了，这样两个人都不至于饿死。昨天媒人来说，有一富家子看上了媳妇，愿意出三百两银子纳她为妾。到了晚上，儿媳和婆婆抱头痛哭，彼此都割舍不下。

朱生听了觉得悲悯，就想了一个法子，假托妇人的儿子，写了一封信，送到婆媳二人的房里，说是老婆婆的儿子托他来看望她们，并且给她们送钱花用。一边说着，一边拿出他包裹里的二百两银子，全部赠送给了她们。

婆媳二人喜出望外，朱生离开之后，又给家里写了一封信，说是路上被盗，婚期推迟，然后返回了嘉兴。

一年多以后，朱生又存了一些钱，再次动身回乡。他仍旧住在那家客店，问店主那一家的婆媳二人后来的情况。店主说："真是大奇事。一个远方的客人带着她儿子的家信和二百两银子给了这对婆媳，婆婆得了钱，马上取消了富家的婚约。没过几天，她儿子忽然回来了，而且发了大财，带有十余万两白银。现在他们家已经成了富户。只是这家的儿子说他既没有托人带信，也没有送钱。不知道那封信是谁写来的，大约是神明有眼，暗中保佑吧。"朱生点点头，没说什么，第二天就动身回家了。

他在老家完了婚，住了一年多，启程去嘉兴，中途又歇在那家客店。正逢下雨，无法动身，他就起身到外边遛遛弯儿，结果恰好遇到那个老婆婆。如今老婆婆今非昔比，乘着轿子，衣履光鲜，朱生一见，赶紧躲进店里。

不一会儿，那家人的儿子就找了过来，衣帽整齐，态度郑重，恳切地邀请朱生到他家去做客。朱生说："我们素不相识，为什么忽然要请我去你府上呢？"

那人笑着说："没有别的事。刚才听客栈主人说您擅长书法。我要给远地寄一封信，自己又不会写，我的记室有事外出了，所以来乞求先生！"

朱生坚持不去，那家人的儿子死拉活拽地把朱生拉去了他家，然后拿来信稿，请朱生照抄一遍。朱生抄写好，交还给他，他就出去了。过了一会儿，两位仆人在堂屋正中摆了一张椅子，地上铺了红毯，架势庄重隆重，不知道要搞什么。

朱生在堂屋里踱来踱去，心里纳闷。

又过了一会儿，老婆婆领着儿子和媳妇，打扮得整整齐齐出来，朱生想走，两名仆人架住他，不让他走。老婆婆的儿子又叫几个仆妇和婢女搀扶着朱生坐在上座，把他的左右手都捉住，然后婆婆在前，儿子和媳妇在后，三个人跪倒在地，大礼参拜："我一家母子夫妻，如果不是大恩人，怎么会有今天！"

朱生不承认他于这家有恩，老婆婆的儿子拿出两封信，笔迹一模一样。老婆婆说："恩人，您亲自把信和银子交给我老婆子，我一直梦寐不忘。如今一见，便知是您。虽然您是大君子，施恩不望报，但是我们母子又怎能心安？幸喜上天安排我们相聚，才使我们不致抱憾终身。"

朱生说："我只不过是一时起了恻隐之心，也是老天爷惜老怜贫，假借我之手偶然资助一下你们，我如何敢贪天之功。"

此后，这家人的儿子和朱生结为兄弟，朱生居长，二人友爱，亲睦非常。

后来，义弟知道他的父母虽然早就去世，但因为家贫至今未能安葬，就把自己所拥有的一块风水宝地送给朱生，用以安葬朱生的父母，并且替他大操大办，将朱生的父母风风光光地下葬。

安葬父母已毕，朱生回到嘉庆，他的师父也听说了他的事迹，从此对他更加信任倚重。

后来，师父年老去世，因为儿子幼小，不能顶门立户，就把整个店铺都托给朱生经营，以十年为期。

朱生风评极佳而生意极好，获利可得十倍。十年的期限到后，结算本利有数十万两白银之多。他并没有按照当初约定只给师父的儿子本钱，而是把全部钱财分了一半给师父的儿子，这样一来，两家都成了巨富。

后来，朱生生了两个儿子，长大后都高中皇榜，入朝为官。他的家庭也人丁兴旺，富贵连绵。

忘恩负义的夜光

唐朝有个叫夜光的和尚，对于佛家经典理解很深刻。一个叫惠达的和尚特别敬佩他的学问，就和他交上朋友。

当时唐玄宗在全国寻求名僧道士，夜光却因为贫穷，去不了当时的国都长安。

惠达家里很富有，就拿出了七十万钱，资助夜光，对他说："师父你以后一定会飞黄腾达，到时候不要忘了我们的友情啊。"

夜光感激涕零，承诺以后一定会报答惠达。

夜光到了长安后，想尽办法，通过贿赂下人的手段，终于得到了唐玄宗的召见。唐玄宗对他的印象很好，就拜他为四门博士，还赐给他住宅和金钱。他每天都能够随侍在皇帝身边，被无数人艳羡。

惠达听说老朋友做了官，就到长安去拜访他。夜光听说惠达来了，以为是来找自己要债的，就很不高兴，鼻子不是鼻子，脸不是脸的。惠达一看，什么也没说，就又回去了。

虽然惠达走了，但是夜光担心他会再来找自己，就干脆写了一封密信，对当地的军队长官说："最近惠达和尚来了长安，见到皇帝，对着皇帝诬蔑您，说您整修军备，有造反的苗头。这事儿很多人都知道了。我知道您是忠心的人，但是架不住小人给您说坏话呀！"

长官一听，气坏了，马上派人把惠达捉来，活活地用马鞭抽死了他。

这下子，夜光终于去掉了心腹大患。

但是，他却因为心里有愧，从此夜里无法入睡，走到哪里都像能够看到惠达的影子，惠达在对着他叫骂，说他是一个忘恩负义的小人。过了几天，他就死了。

恩必偿

齐国有个叫北郭骚的人，家里很穷，就上门求见晏子，希望能得到粮食奉养母亲。晏子不但给了他粮食，还给了他一些钱，他没有要钱，只把粮食拿走了。

后来晏子被齐君猜忌，流亡国外，北郭骚想要报恩，以自己的一死来为晏子洗冤。

于是北郭骚就走到朝廷的大门前，找到负责通禀的官吏，说："晏子是个贤人，天下闻名。他如果出亡，齐国一定会受到侵犯。我不想看到我们的国家遭受侵犯，宁可先死去。我死后，请您把我的头拿去，为晏先生洗清冤屈。"说完，他就自刎而死。

齐君听说后，乘着驿车亲自追回了晏子。

赵盾到首阳山打猎，住在翳桑。有一个人叫灵辄，饿晕了时，倒在地上，赵盾就给灵辄东西吃。灵辄饿坏了，狼吞虎咽，但是，吃到一半就不吃了，虽然他的喉结耸动着，仍旧很饿的样子。

赵盾问他为什么，他说他给别人当奴仆当了三年，也离开家三年，不知道家里的老母亲是否还健在。现在离家近了，他想把食物留出一半给母亲。

赵盾很受感动，就告诉他只管吃他的，然后赵盾另外给他准备了一篮子饭和肉，让他带回去。

后来，晋灵公在朝堂上埋伏了武士，要在朝堂上杀掉赵盾。猝变发生之际，赵盾的性命岌岌可危，却有一个武士突然倒戈，拼命和别的武士打了起来，护着赵盾脱险。

赵盾死里逃生，问这个武士为什么这样做，武士说："我就是那个在翳桑的饿汉啊。"

赵盾再问他姓甚名谁，灵辄没有回答，而是退走了。

中山国君宴请国都里的士人，大夫司马子期也在其中。由于羊羹没有分给自己，司马子期生气了，就跑到楚国，还劝楚王攻打中山，中山国君只好逃亡。

这时候，有两个人提着武器跟在他身后，中山国君回头对这两个人说："你们是干什么的？"

这两个人回答说："我们的父亲有一次快要饿死了，您赏给他一壶熟食。他临死时说：'中山国君有危难的时候，你们一定要为他效命。'所以我们特来为您效命。"

中山国君仰天长叹："给人东西不在多少，在于人家需要不需要；和人结怨不在深浅，在于是不是伤了人家的心。我因为一杯羊羹亡国，因为一壶熟食得到两个勇士。"

淮阴人韩信不会生活，只好在城下钓鱼充饥。有个洗衣服的妇人给了他一碗饭吃，他说："我以后一定重重地报答您！"妇人生气地说："大丈夫不能自己养活自己，难道我请你吃顿饭就是为了将来你的报答吗？"

后来，韩信成为齐王，再被封为楚王，回到故地时，特地召见那个妇人，赏了她千两黄金。

西晋末年，顾荣在洛阳曾受邀赴宴，发现端烤肉的仆人有点想吃烤肉，就把自己的那一份给了他。同座的人笑话他自降身份，给一个仆人烤肉吃。他说："哪有成天端着烤肉却不知道肉味这种道理呢？"

后来遇上战乱，顾荣过江避难，每逢遇到危急情况，常常有一个人在身边护卫自己。顾荣一问，原来他就是那个当年吃他的烤肉的人。

【原文】

凡事当留余地，得意不宜再往。

【译文】

无论做什么事，都要留有余地；哪怕人生再得意，也不要过分。

【解析】

真正的聪明人，做事一定留有余地，否则必定招致祸患。所谓"水满则溢，月满则亏"，说的就是这个道理。

有的人一旦人生得意，就会得意忘形，顺风扯帆，却不懂得见好就收，越是这样，败亡得越快。

【故事链接】

郭子仪

郭子仪当中书令，观军容使鱼朝恩请他同游章敬寺，郭子仪答应了他。宰相考虑到郭子仪和鱼朝恩之间不和睦，让部下劝告郭子仪，请他别去。郭子仪的部属也跑到他那里去，说军容使鱼朝恩将对你不利，并且把这话告诉了将领们。没一会儿，鱼朝恩派的人来了，郭子仪刚要走，部下有三百人在衣服里穿上铠甲，请求同去。郭子仪生气地说："我是国家大臣，如果他没有天子的密诏，那么怎么敢害我！如果是天子的命令，你们想胡来吗？"就只带十几个仆人去赴约。鱼朝恩正等着他，惊讶地问："你怎么带这么几个人？"郭子仪把他听到的话告诉鱼朝恩，并说，"想这么多，我还嫌费心哩。"鱼朝恩抚着胸口、捧着手，呜咽流泪，说："要不是您是长者，肯定会怀疑我啊。"

郭子仪常常忧惧，立的功劳太大，皇帝都没办法再加以封赏。宦官中的当权者也嫉恨他的功劳，就派人偷偷到华州挖了他的祖坟。郭子仪的部将李怀光等人愤怒地搜查物证，按物证抓人。郭子仪上朝面君，这天只是大哭，自称有罪，他向皇帝奏说："臣指挥部队，外出征伐，动不动就成年累月地打仗。害了人家的兄长，杀了人家的父亲，这样的事情太多了。肯定有很多节夫义士想要把刀捅进臣的肚子里。今天我受到的侮辱，正是由于他们的无辜。但是，臣报效国家的赤胆忠心，就是死了也不后悔。"于是，朝中内外都猜不透郭子仪这个人。他的儿子郭弘广在长安亲仁里大造府第，下至里巷中的小贩，上至公子贵族，出出入入，不会受到诘问。有人说，郭子仪的夫人王氏和他的爱女，正在对镜梳妆，往往就有郭公麾下的将官官吏来辞行；有时，也有属员被召来汇报工作。郭子仪让她们打水或拿擦脸巾，看待她们和仆人、奴隶没有什么不同的。过后，他的孩子们给他提意见，郭子仪总是不回答。于是，他们哭着说："大人功业已经成就，却不自己尊重，无论贵贱，都能够从卧室中走进走出。我们想，即便是伊尹、霍光那样的人，也不该这样做。"郭子仪笑着对他们说："你们都没想明白怎么回事。咱们家吃官粮的马就有五百匹，吃官饭的人就有一千。现在上升也没有空间可以上升，后退又没有地方可以后退。假如筑起高墙，锁起门户，内外不通，一旦有人怨恨，诬告我造反，再有贪功的人和嫉害贤能的人出来作证，咱们九族都会被碾成齑粉，就是咬着肚脐眼儿后悔都来不及了。现在咱们家到处都坦坦荡荡，四门大开，就算有谗言和毁谤兴起，又能给我加什么罪名？这才是我这么干的原因。"他的孩子们都服了。

永泰元年（公元765年），仆固怀恩死了，各蕃联合，进犯京畿。郭子仪率兵抵御。到了泾阳，外族军队已经合军。郭子仪只率了两千甲士，外族头领见了就问："这是谁？"部下说："他是郭令公。"回纥头领说："怎么郭令公还在？仆固怀恩告诉我，大唐皇帝死了，郭令公也死了，中原大地无主，所以我才来的。现在郭令公在，大唐皇帝在不在呢？"郭子仪差人告诉他，说皇帝万寿无疆。回纥人都说："仆固怀恩骗我们。"郭子仪使人传话，回纥人问："郭令公真在的话，能见见吗？"郭子仪就要出去，将领们说，戎狄人不可信，请您不要去。郭子仪说："他们有几十倍于我们的军队，真打起来，咱们打不过，怎么办？至诚可以感动神仙，何况是他们呢？"将领们要选五百精锐骑兵跟着他，郭子仪说，"这倒会找麻烦"，就令人传呼说："令公来了！"异族头领们开始还挺怀疑，都拿着兵器严阵以待。郭子仪只率几十骑人马慢慢出阵，摘下头盔，跟他们打招呼："你们可好？很久以来咱们都同怀忠义，现在怎么到这个地步？"回纥兵都下马致敬，说："这是我们的父辈啊。"

郭子仪身长六尺多，相貌俊秀灵杰。唐肃宗在灵武封他为天下兵马副元帅，加平章政事，又封为汾阳王，又加中书令（中书省长官）。后来把他的像画在凌烟阁上。德宗时又加号为尚父。他去世后，配享代宗庙庭。他有八个儿子、七个女婿，都做到高官。他的儿子郭暖，娶代宗的女儿升平公主。他有几十个孙辈。每次这些人给他问安，他只是点点头。郭子仪对皇帝忠心至极，对下级十分宽厚。每次攻城略地，所到之处必定获胜。幸臣程元振、鱼朝恩等人多次诋毁他。他当时手握重兵，或是正在和敌人交战，皇帝要召见他，他从来不为自己的安危挂心，也是老天眷顾，使他竟然能够身免于难。

田承嗣跋扈狠毒、傲慢无礼，郭子仪曾经派使者到魏州，田承嗣去拜望，指着自己的膝盖，对使者说："我这膝盖有好多年不跪拜人了，现在我为郭公下拜。"郭子仪部下的老将，比如李怀光等数十人，都是封了王侯，身份贵重，郭子仪指挥他们得心应手，如同对待自己的仆从。起初他和李光弼齐名，虽然威武不如李光弼，但是在宽厚待人方面，他比李光弼强。

每年郭子仪家的俸银有二十四万两，其他的收入不包括在内。郭子仪的宅子在亲仁里，占整个亲仁里的四分之一。亲仁里四通八达，郭子仪家仆人三千。从巷子里出出入入的人，甚至分不出哪一家是郭子仪的府第。唐代宗连他的名字都不叫，直接叫他大臣。天下安危靠他支撑有二十年之久。他做中书令二十四年，权倾天下而朝廷不猜忌他；功高盖主而皇帝不疑心他；他过着奢侈的生活，有德行的君子却不怪罪他。他一生富贵长寿，子孙安康，享受了天伦之乐，没有缺憾，去世那年八十五岁。

从容入道，入道从容

一百年前的日本茶人冈仓天心对茶室的设计做过这样的描述："客人们在门廊休息的时候，他们的席次已经被商定下来。他们一个接着一个安静地进入茶室，坐在席位上，首先向壁龛中的绘画或鲜花表示敬意；等到所有的客人落座之后，除去铁壶中的水沸声以外，再没有声音打破茶室中的沉静，主人方进入茶室。水沸声里藏世界，为了产生这种特殊的音响，一些铁皮被安置在壶底。从这种音响中，可以听到水雾中瀑布的回声，远处惊涛拍岸的回声，暴风雨拍打竹林的回声，或者远山松涛的鸣响。"

一切布置，为的是让人把烦嚣摒到世外，拥有从容的心境。

西山茶寺的楹联上写："四大皆空，坐片刻何分彼此；两头是路，吃一盏各自东西"。姑且假设走到东头的那个人和走到西头的那个人，一个快，一个慢；一个躁，一个静；一个冒进，一个从容，长长一生过完，把他们迈过的步子量一量，说不定那个慢、静、从容的人，走得更长远。所以做人的功夫好比做红烧肉，"慢着火，少着水，火候足时它自美"，急火快攻适合炒青菜，不适合锻炼人生。孙悟空学艺还在山上

跟着师傅吃了七次饱桃，意思是过了七年，磨猴的性子。为保唐僧取经，先在五行山下压上五百载，一方面是惩罚，一方面焉知不是磨性？磨到急而不乱，缓而不慢，像一棵树长在地上，一点点向上拔节，遇寒则木肌紧致，遇暖则木肌疏松，却总是顺应自己的天性。

有一位禅门弟子日夜参禅却收效甚微，便向师父请教如何悟禅。师父交给弟子葫芦一个，粗盐一把，说："你去把葫芦装满水，再把盐倒进去让它很快融化。"

弟子照办。过了很久，他满头大汗地抱着葫芦跑回来，说："水太满，摇不得；葫芦口太小，筷子也无法伸进去把盐搅化。"

"倒掉一些水，再摇一摇吧！"师父说。

于是，弟子倒掉一些水，只摇了一会儿，就没了盐块在水里碰撞的声音。

"用功是好的，但参禅也须从容；不然就像装满水的葫芦，既不能摇，又搅不得，该消解的东西又如何消解呢？"师父说。

所以说，从容入道，入道从容。小和尚因为存了一个早日悟道的心，不肯闲着，差点害自己为一个虚幻的结果虚耗人生。

《儿女英雄传》里头有一对苦老儿，否极泰来，和一个安老爷做了亲家。这两口儿"头上顶的是瓦房，脚下踩的是砖地，嘴里吃喝的是香片茶大米饭，浑身穿戴的是镀金簪子绸面儿袄，老头儿老婆儿已是万分知足。依安老爷、安太太还要供茶供饭，他两口儿再三苦辞。安老爷因有当日他交付的何小姐在能仁寺送张金凤那一百两金子不曾动用，便叫他女儿送他作了养老之资。张老又是个善于经营居积的，弄得月间竟有数十串钱进门。他两口儿却仍照居乡一般辛勤，撙节着过度，便觉着那日月从容之至"。

这对老夫妻真是得了人生真味，凡事留有余地，得意而不会忘形。

"庄稼汉"娄师德

唐朝有一个叫娄师德的人，他当兵部尚书时，出使并州。到了并州境内，各县的县令都来迎接，随着他一起前进。

中午，大家到了驿站。吃饭的时候，娄师德发现自己碗里是精白米饭，别人碗里的饭却又黑又粗。他把驿长叫来，问驿长是怎么回事，驿长解释说，一时半会儿的，驿站里没有这么多的精白米，所以只能给长官吃好米，别人吃糙米。

娄师德说："这样不好，吃饭不能分出三六九等。"于是他就让驿长给他换了粗米饭，和大家一起吃。

这是一件事。

后来，有一次他巡察屯田，到了出行那一天，部下们都早早地启程了，他的马还没到，他就坐在光政门外的大木头上等。

不一会儿，有一个县令过来了，也不认识他，还以为他和自己一样，也是一个县令。这个县令就跟他做了自我介绍，然后一屁股和他坐在一起，肩并着肩。

县令的手下认识娄师德，赶紧告诉了县令，县令吓一跳，起身告罪，口称"死罪"，娄师德却说："你又不认识我，法律上哪有这种死罪的？"

县令说："有一个叫左巉的人，因为他的岁数大了，眼神不好，所以请求解职。其实这个人的辞职书就是晚上写的，眼神也没什么不好的。"娄师德打趣说："晚上明明白白地写奏状，怎么大白天不认识宰相？"

县令很惭愧，说："希望您千万别给我宣传。"娄师德说："阿弥陀佛，我不说。"旁边的部下们都笑了。

一行人出使到了灵州，在驿站吃完了饭，娄师德让人牵来马，他的判官（副手）说："您吃过了饭，我们连水也没喝上呢，根本没人答理我们！"

娄师德就过去叫来驿长，责问他："判官同纳言有什么分别，你竟敢不做供给？拿板子来。"

驿长吓坏了，拜伏在地。娄师德说："我

要打你一顿吧，我这么一个大使打一个小小的驿长，这么点小事，白白丢了名声。如果我告诉你的上司吧，那么你的命就没了。算了，暂且放过你这一遭。"

驿长连连叩头，满头大汗，狼狈地跑了。娄师德跟判官说："看，我替你出气了。"

娄师德做人做事就是这样。

有一回，他和一个叫李昭德的人一起上朝。他体胖，走得慢。李昭德老等他，等得不耐烦了，就骂他："你这个该死的'庄稼汉'。"娄师德也不生气，笑着说："我可不就是个'庄稼汉'吗，我要不是'庄稼汉'，谁还是'庄稼汉'？"

有这样凡事包容忍让的人，就有得意忘形的人。

武则天宠幸张易之兄弟，他们就横行霸道，连带着他们的别的兄弟也都横行霸道。有一年，张昌期在万年县大街上行走，有一个女人也走在路上，后边跟着她的丈夫、孩子。张昌期就用马鞭去拨她的头巾，女人骂他，他干脆对奴仆说："把她横在马上驮走。"女人的丈夫到处告状，妻子也没有被放回来。张昌仪常对人讲："男子汉大丈夫，就该当这样。如今一千人想推倒我，也推不倒；到了败落的时候，一万人举我，也举不起来。"

结果到了败落的时候，张昌期、张昌仪等人都与张易之、张昌宗一道枭首示众。

【原文】

人有喜庆，不可生妒忌心；
人有祸患，不可生喜幸心。

【译文】

别人有了喜事，自己不要妒忌；别人有了祸患，自己不要幸灾乐祸。

【解析】

人往往会恨人有、笑人无，这是一种劣根性，要注意克服，否则自己的心总是动荡不休，活得会很累。别人有了喜事，自己替人家高兴，于是自己也变得高兴；别人有了祸患，自己表示同情，给对方递送温暖，于是自己也成了温暖的源头。

【故事链接】

既生瑜，何生亮

赤壁之战，曹操大败亏输，留下曹仁、徐晃留守南郡，郡治江陵；文聘守江夏，自己回北方坐镇。

其实南郡是当初刘表的地盘，当初诸葛亮劝刘备收了荆州，刘备不好意思；现在刘表死了，刘备想占据荆州，但是人家东吴又不肯了。不肯也要试试，于是刘备移到江油屯驻。

周瑜一听来报，这是要取南郡的意思啊！这还了得！

于是周瑜去见刘备，两个人谋划起来：南郡还有曹仁把守，这样，咱们和曹仁打，谁打跑了他，南郡归谁。

周瑜好一番打生打死，自己还受了伤，才打跑了曹仁。结果跑到南郡城下一看，气死了：城楼上旌旗布满，敌楼上赵云大叫："都督少罪！吾奉军师将令，已取城了。"

周瑜大怒，便命攻城，被城上乱箭射退。

周瑜回来分派人马：甘宁引数千军马，径取荆州；凌统引数千军马，径取襄阳，然后再取南郡未迟。

正分拨间，又有探马急报："诸葛亮自得了南郡，遂用兵符，星夜诈调荆州守城军马来救，却教张飞袭了荆州。"

又一探马飞来报说："夏侯惇在襄阳，被诸葛亮差人赍兵符，诈称

曹仁求救，诱惇引兵出，却教云长袭取了襄阳。二处城池，全不费力，都归了刘玄德了。"

周瑜大叫一声，金疮迸裂。

这是诸葛亮一气周瑜。

鲁肃说我跟刘备关系不错，我去跟他说说，让他把荆州还给咱们。实在不给再打他。

鲁肃到荆州说明了来意，诸葛亮说什么也不给，只说是公子刘琦在一天，我们就守一天。

鲁肃说："公子不在了，你们得把城池还给我们东吴。"

孔明说："好好好，你怎么说都对。来来来，喝酒。"

鲁肃回去告知周瑜，看样子刘琦命不长了，等他死了，我们就去取荆州。于是周瑜班师回柴桑养病。

果如鲁肃所料，时间不长，刘琦病亡。鲁肃又来要荆州，结果又被诸葛亮耍赖，搞得鲁肃没脾气。

诸葛亮说："这样吧，我劝我主立一纸文书，暂且借荆州安身，等打下别的城池，就把荆州还给东吴，你看怎样？"

鲁肃被他坑怕了："那你说夺了什么地方才还？"

诸葛亮说："中原不成，地盘太大了。西川的刘璋暗弱，我主要打他。我们打下西川，就还荆州。"

鲁肃就拿着协议书先去柴桑见周瑜，周瑜一听气得跳脚："子敬，你上了诸葛亮的当了！他哪里是借，他就是耍赖。他说取了西川就还，你知道他什么时候取西川？是明天还是十年？十年不取，难道十年不还？这样的文书可没啥用，你还给他作保。他如果不还，主公能饶得了你这个保人？他坑你呢！"

于是周瑜就出了一个主意：刘备的甘夫人没了，这样，我们来安排一场美人计。主公的妹妹孙公主，特别刚勇，侍婢数百，出入带刀，她的房间里都摆满兵器。如今我们派人去给刘备说媒，让他来江东入赘。等他到了，公主嫁他是不可能的，把他抓起来，关进监狱，再派人去讨还荆州，换他们的主公。等他交割了城池，我们再说下一步动作。这样你就没事了。

刘备到了江东迎亲，在诸葛亮锦囊妙计的推动下，把美人计变成了真正的做新郎，抱得美人入洞房。

周瑜一看，此计不成，又生一计，让孙权天天带着刘备锦衣玉食，听听歌、看看舞，温柔乡里得不得？这么得，看你还想得起回你的荆州吗？

赵云急了，拆开第二个锦囊，一看之后，马上跑到刘备跟前谎报军情："不好了！曹操提精兵五十万，杀奔荆州去了！"

于是过年的时候，刘备以到江边祭奠父母的名义，带着媳妇，跑了。跑到长江边上，后面一片追杀声，却见芦苇丛里摇出二十多只船，当先一只船，船头站着诸葛亮。他是来接主公的。

刘备大喜，跳上船去，吩咐快开。正在这时，上游冲下来周瑜率领的无数战船，他竟然亲率水军，要截杀刘备。

明摆着水里打不过，诸葛亮让刘备弃船上岸，乘马快逃。周瑜没办法，也弃船上岸。水军哪有那么多马匹来着，周瑜只能带着一部分兵力追赶，追到半路，被关羽挡在面前。

关羽以逸待劳，大杀四方，周瑜败退，吴兵死伤。

周瑜回到船上，正大喘粗气，岸上却有刘备麾下士兵齐声打着拍子叫唤："周郎妙计安天下，赔了夫人又折兵！"又是诸葛亮的主意。

周瑜大叫一声，一口鲜血喷出来，昏死于地。

这就是二气周瑜和"赔了夫人又折兵"这句成语的由来。

周瑜又上书孙权，让鲁肃去要荆州。他实在是咽不下这口气。

鲁肃没办法，又奔荆州来了。

诸葛亮一听鲁肃来了，告诉刘备，他若说别的便罢，只要一提荆州，你就哭。

于是刘备迎接鲁肃进来，鲁肃说现在孙刘结亲啦，看到亲情面上，你该还荆州了吧？

刘备放声大哭。

诸葛亮在旁边敲边鼓，说主公多么惨，连容身之地都没有，实在太难了。

鲁肃心软了，只好又回去了。鲁肃到了周瑜这里，周瑜一听，一跺脚："子敬啊子敬，你又中了诸葛亮的计了！这样，你再去一趟荆州吧，告诉刘备，就说我说了，我东吴起兵去取西川，拿来换荆州。"

他的主意是这样的："我发兵西川，路经荆州，问他要钱粮，刘备看在我为他打西川的面子上，一定会出城劳军，到时候我杀他个措手不及，夺了荆州，既替你消了祸事，也报了我的仇恨！"

结果诸葛亮一听鲁肃捎的信儿，大笑："周瑜快死了！"

他把周瑜的假途灭虢的计策说给刘备听，然后做好安排，要三气周瑜说："等周瑜到来，他便不死，也九分无气。"

他这边大笑，周瑜听了鲁肃回话，也大笑："这回也让你中我一计！"

周瑜此时箭疮已经渐渐好了，就起兵五万，直望荆州而来。周瑜坐在船舱里，心情轻松，总是乐呵呵的。

结果到了公安，一只船也没有，一个人也没有，说好的出城远接哩？

大批战船加速开到离荆州十多里的江面上，结果还是空荡荡的，一个人也没有，一条船也没有。

哨探回报："荆州城上，插两面白旗，并不见一个人影。"

周瑜命战船靠岸，他亲自上岸乘马，带一班军官，引亲随精军三千人，一直望荆州城而来。到了城下，也看不见一丝动静。

奇怪。

周瑜令军士叫门，城上问是谁人。吴军答："是东吴周都督亲自在此。"

一言未了，一声梆子响，城上士兵一齐现身，都竖起枪刀，一霎时刀兵林立。赵云从敌楼出现："孔明军师已经知道都督你这是假途灭虢之计，所以留我在这里。我家主公说，他和西川刘璋是汉室兄弟，怎么能忍心真的去取？如果都督真要取了西川，我家主公也不要，他要披发入山隐居去呀。"

周瑜心知不妙，掉转马头就要往回跑，结果四路军马一齐杀到：关羽从江陵杀来，张飞从秭归杀来，黄忠从公安杀来，魏延从屏陵小路杀来，杀声震天，喊声动地，口口声声，要捉周瑜。

周瑜在马上大叫一声，箭疮复裂，坠于马下。

左右急救周瑜回到船上，军士都说刘备和诸葛亮在前山顶上饮酒取乐。周瑜大怒，咬牙切齿："你道我取不得西川，我就取给你看！"

正切齿痛恨，提兵行到巴丘，上游又有诸葛亮派出的刘封、关平二人领军截住水路。周瑜更气得要死。

忽然，诸葛亮派人送了一封信，劝周瑜不要去取西川：

"益州民强地险，刘璋虽暗弱，足以自守。如今你劳师远征，转运万里，想获全功，哪怕就是名将吴起在世，恐怕也难，武神孙武重生，也够他一呛。

曹操在赤壁大战中失败，时时刻刻不忘报仇。今天你提兵走了，曹操如果乘虚而入，你家吴侯的江南可就守不住了。咱们交情好，所以我提醒你一声儿，听我的，回去吧。"

看罢信，周瑜长叹一声，昏厥于地，及至苏醒，仰天长叹："既生瑜，何生亮！"连叫数声而亡。享年三十六岁。

周瑜哪里是被诸葛亮气死的，他是被他自己气死的啊！

乌台诗案

神宗元丰二年（公元 1079 年），苏轼调任湖州太守。按惯例，他上谢恩奏章，结果谢出祸事来了。他说：

"伏念臣性资顽鄙……知其愚不适时，难以追隋（一说陪）新进。察其老不生事，或能牧养小民"。意思是：多谢陛下您体谅我适应不了现在的时代，难以和王安石提拔的年轻改革派官员一起共事，放我离开。

当时的当政者是新党一派的李定和舒亶。

皇帝太待见苏轼了，他上的表章，皇帝一定满口称赞，这已经让新党翻白眼儿。如今他又矛头直指"新进"，表明立场：绝无可能为新党所用。

这样的人物，不除之还留着过年吗？

于是，苏轼就被弹劾，说他的谢恩表蔑视朝廷。

沈括从苏轼背后踹了他一大脚。苏轼给他的诗里有"根到九泉无曲处，世间唯有蛰龙知"一句，他说，苏轼这句话的意思是：咱们敬爱的皇帝本来就天上的龙，苏轼居然要向九泉之下寻找蛰龙，这不是想要找出蛰龙来，干掉天上龙的意思吗？苏轼狼子野心，想要造反。

舒亶见之大喜，忙着照这个思路搜罗起苏轼的罪证。

说苏轼的"东海若知明主意，应教斥卤变桑田"，这是指责兴修水利这项措施不对。

说苏轼的"赢得儿童语音好，一年强半在城中"，这是

朱子治家格言 全鉴 珍藏版

256

讽刺青苗法。

说苏轼的"岂是闻韶解忘味，迩来三月食无盐"，这是讽刺官卖盐的制度。

李定为御史中丞，也随后呈表，要求将苏轼斩首。

神宗被这些人纠缠不过，好吧好吧，把苏轼唤来问问吧，看他是不是不待见咱家。

"新进"一派，如闻纶音。旋风一般，扑向湖州，把他抓到京师，投进大牢。

苏轼倒霉，和他交往的人都倒霉，和他有诗文来往的人更倒霉。凡是他写诗给人的，都要把这些诗翻出来呈报。凡是别人写诗给他的，三十九个人被牵连，一百多首诗当作呈堂证供。

苏轼歌颂牡丹花种类多，被附会成是讽刺朝廷捐税多。

说他所写的"生而盲者不识日"，这是讽刺参加科考的考生的浅陋无知。

苏轼在《后杞菊赋》的序言里写有人推荐自己吃杞菊，自己刚开始觉得这位士子不能得人赏识而飞黄腾达，穷是一定的，但是不至于饿到吃草罢？但是当官当了这么多年，怎么自己家也越来越穷了，想吃个饱饭都没有。于是，他也和人一起去人家废弃的园圃里找杞菊来吃了。

这成了苏轼讽刺百姓贫穷，抱怨朝廷所给官俸微薄的罪证。

张方平和范镇等人替苏轼辩解，但是，御史台不罢休。舒亶上奏指责苏轼："包藏祸心，怨望其上，讪凌谩骂而无人臣之节者，未有如轼也。应口所言，无一不以讥诗为主"，说"轼万死不足以谢圣"。

李定则举了四个理由来佐证为什么应当处死苏轼，说："苏轼初无学术，滥得时名，偶中异科，途叨儒馆"。又说苏轼急于上位，但是受贬，心中不满，所以谤讪权要。又说皇帝宽容他，他却不改过自新。还有一个理由是，苏轼的诗虽然狗屁不通，但是在全国影响太大，所以希望皇帝能够发奋忠良之心，革除奸贼的命。

御史们通宵达旦整理出来苏轼写的"反诗"，如果听他们的分析，那千刀万剐不足以赎其罪：

他写给驸马都尉王诜的诗里，竟然说什么"救荒无术归亡逋"，还说百姓"坐听鞭笞不呻呼"，朝廷哪有那么狠，苏轼说百姓日子难过，这是在给朝廷抹黑！

他还在密州写诗给朋友李常："洒涕循城拾弃孩"。竟然说我大宋有弃婴，弃婴都饿死在路上，就是在给朝廷抹黑！他出去收殓弃婴的尸体，就是借着给朝廷抹黑，给自己树立高大形象。狼子之心，其心可诛！

他还在给朋友孙觉的诗里，说什么我们只管喝酒，不谈政治，谁谈政治，罚酒一杯——难道我大宋那么残暴，不许人议论朝政？他自己给朝廷抹黑也就算了，还费尽心思扩大范围，引诱大家伙儿一起给朝廷抹黑！

他给曾巩写诗，说厌恶"聒耳如蜩蝉"的小人，请问他这是指的谁？

他给张方平的诗里，把朝廷比为"荒林蜩蚻乱，废沼蛙蝈淫"。

他写杭州观潮时，说什么"东海若知明主意，应教斥卤变桑田"，难道我大宋朝到处都是荒田吗？

编写《资治通鉴》的刘恕被罢官出京，他给刘恕赠诗："敢向清时怨不容，直嗟吾道与君东。坐谈足使淮南惧，归去方知冀北空。独鹤不须惊夜旦，群乌未可辨雌雄。庐山自古不到处，得与幽人子细穷"。看看他说的叫什么话！韩愈不是在他的名篇《马说》里说伯乐过冀北之野吗？他的诗里说什么"冀北空"，不就是说满朝都没有骏马，都是庸才吗？他说刘恕是鹤立鸡群的"独鹤"，分明指的我们都是庸庸碌碌、不辨雌雄、有眼不识金镶玉的"群乌"嘛。

那是皇上把我们用在您的朝堂之上的，他说我们，难道不是说您瞎了眼吗？

更何况，他给刘恕的另一首诗里，还说什么"腐鼠相劳吓，高鸿本自冥。颠狂不用唤，酒尽渐须醒"。楚王要请庄子去做高官，庄子谢绝，给使者讲了一个故事，说一个爱吃腐肉的乌鸦，找到一只老鼠，正要

吃，这时一只仙鸟飞过，它以为仙鸟要抢它的死老鼠吃，发出"吓"的声音，要把仙鸟吓走。

他这是啥意思？他居然把被贬官的刘恕当成仙鹤，把我们当成乌鸦呀皇上！

皇上，在他苏轼的眼里，我们是一群什么玩意儿！您要为我们做主啊！

这些人整天绕着皇帝三百六十度无死角狂轰滥炸，然而皇帝总是那么摇摇摆摆，也不说杀，也不说不杀。

怎么办？下猛药！

于是，参知政事王珪，即当时的副宰相，对皇帝说："苏轼想谋反。"

皇帝说："怎么可能！他可能犯别的错，绝不会有反心。"

王珪有点灰心，但是不放弃，说要不然他怎么会咏这样的诗："根到九泉无曲处，世间唯有蛰龙知"。

"陛下飞龙在天，轼以为不知己，而求知地下之蛰龙，非不臣而何？"

神宗说："诗人的话，怎么能这么讲。他咏他的桧树，和我有什么关系？"

当时还有一个叫章子厚的人在场，听不下去了，也替苏轼解释。好悬，这个事没当成苏轼谋反的证据，否则，苏家一门的近门亲眷，统统免不了一死。

事后，章子厚抹一把汗，替苏轼觉得悬："人害人都不怕遭报应的，真厉害！"

苏轼下狱，被政敌们下决心要弄死的时候，已经致仕的王安石写了一封奏章，说："岂有圣世而杀才士者乎？"同时后宫的曹太后也出面求情，所以御史台官员纷纷要求处死苏轼，苏轼仍旧活着；但是，曹太后在苏轼下狱这一年冬天便病逝，她明白自己死后，按照惯例，一定会大赦天下，所以留下一句临终嘱托："不须赦天下凶恶，但放了苏轼足矣。"

这下子，御史台的官员急了，李定奏本，请皇帝对那些可能合乎赦罪要求的犯人，一律不要赦免。

舒亶也奏本，请求将司马光、范镇、张方平、李常和苏轼五个人全都处死。

就算苏轼不死，御史台也希望他判处流放或者劳役，当官是当不成了。

圣谕终于颁下：苏轼被贬往黄州，充任团练副使，本州安置，不准擅离该州，无权签署公文。

苏轼之所以被"围剿"，就是因为他太得皇上爱重，太得百姓爱重，遭了奸人嫉妒。苏轼倒霉，不知道有多少人幸灾乐祸，落井下石。

这起因诗生祸，轰轰烈烈，把无数人卷入其中的政治案件，历史上称为"乌台诗案"。

【原文】

善欲人见，不是真善；
恶恐人知，便是大恶。

【译文】

做好事想的是让别人看见，这不是真善；做了坏事怕人知道，这是大恶。

【解析】

一个人出于本心地做好事，是不在乎别人知道不知道的。反过来说，做了好事恨不得全天下人都知道，这样的行为不是出于本心，所以善也不是真善。

一个人做了恶事不敢声张，一方面是羞耻心作怪，另一方面是方便自己日后做更大的恶事。

所以，一个人善还是恶，不看他在人前的表现，要看他独处时的节操。

【故事链接】

赵氏孤儿

晋灵公在位期间，奢侈荒淫，他手下的大臣赵盾屡屡劝谏，他不但不听，还要派人杀掉赵盾。

赵盾知道消息后逃走，直到他的族弟赵穿杀死了晋灵公，拥立新君晋成公，赵盾才重新回到朝中。

赵盾去世的时候，晋国的国君已经成了晋景公，他让赵盾的儿子赵朔接替了他父亲的职位。

晋景公三年，晋国的司寇屠岸贾大权在握，为了扫除异己，他决定对赵家下手，他说："我们怎么能容忍弑君者的后代在朝堂之上呢？"

大臣韩厥知道他是在说赵朔，就替赵朔辩解："灵公被杀的时候，赵盾并不在都城，这事和他有什么关系？何况，先君也没有治他的罪。"

屠岸贾生气地说："赵盾是赵家的同族兄弟，难道他不是罪魁祸首？"

韩厥一看事情不妙，赶紧通知赵朔，让他快点逃走，可是晚了。

屠岸贾根本没有请示国君，就带着几千人包围了赵家，灭了赵氏满门。

赵朔的妻子是晋成公的姐姐，已经怀有身孕，屠岸贾诛杀赵氏家族的时候，她逃进了王宫里，算是逃过了一劫。

赵朔的门客公孙杵臼对赵朔的友人程婴说："你怎么不同赵氏一起赴死？"

程婴答："赵朔的夫人有遗腹子，若幸而生男，我就奉他为主，助他复兴赵氏；若是女孩，我再死不迟。"

不久，赵朔的妻子生下一个男孩。屠岸贾知道后，带人到宫中寻找，想要斩草除根。他的母亲把他藏在裙子里，向天祈祷："如果赵氏当灭，你就哭出声来；不当灭，你就不要出声。"婴儿竟然一声没出，就此逃过一劫。

过后，程婴找公孙杵臼商议，说："屠岸贾没有搜到人，一定不会甘心，你说怎么办？"

公孙杵臼问："扶助孤儿振兴赵氏和去死，哪件事更难？"程婴回答："死很容易，立孤很难。"

公孙杵臼说："那就这样吧，赵氏先君待你不薄，这难事儿留给你来做，我来做容易的事。"

于是两个人把从别处找来的一个小婴儿藏到山里，然后程婴又去告密，说是他知道赵氏孤儿藏在哪里，只要给他千金，他就说出来。

程婴得了金子，果然带着人去搜假的赵孤儿。正带着小婴儿躲藏的公孙杵臼气满胸膛，破口大骂："程婴，你这个小人！当日不能随赵氏死难，还和我一起商量保护赵氏孤儿，如今却出卖了我们！"他抱着孤儿仰天长叹："天啊！求求你可怜可怜这个孩子吧，如果要死，让我一个人去死好了！"

那是不可能的事。所以公孙杵臼和那个婴儿一起被杀了。

程婴得了千金，却从此背上背主和卖友求荣的恶名，走到哪里都被人唾弃。他把真的赵氏遗孤藏在山里，含辛茹苦把他养了十五年。

十五年后，晋景公身患重病，请人占卜。占卜的人说他得病是因为冤死的大臣作祟。于是有人趁机把当年下宫之难的实情告诉了晋景公，并告诉他赵氏孤儿没有死，名叫赵武，已经十五岁了。

晋景公于是将赵武召入王宫，认可他的身份，派人杀败了屠岸贾，灭了他的族。

程婴对他说："昔日下宫之难，大家都能随主人死难。我不是不能死，我想的是要扶立赵氏后人。如今你已经长大，赵氏也重新发扬光大，我要走了，到地下报与赵盾和公孙杵臼知道。"

赵武哭着叩首求他不要死，说："赵武还没有好好报答您的恩德，您怎能忍心离我而去！"程婴说："不可以。公孙杵臼是觉得我能成就复兴赵氏的大业，所以才会把这个任务派给我，他先死去。如今我如果不去报给他知道，他还以为我事儿没有办成呢。"于是拔剑自刎。

他死后，与公孙杵臼合葬一墓，后人称为"二义冢"。

假孝子和真小人

东海郡有个孝子，叫郭纯。他母亲死后，他每次哭泣都有许多鸟雀来到他跟前。官府派人来察验，确实是这样。于是，官府为这位孝子立了牌坊，用来表彰他一族之人。

后来，人们才得知真相，原来这位孝子每次哭母前，在地上撒上饼子，因此群鸟都争着来吃。训练多了，鸟儿们就成了习惯，一听到这位孝子的哭声，以为又有饼屑可食，所以纷纷飞落下来。

嘻，原来这是真伪善、假孝顺啊。

世上像这样的事和这样的人，真是不知凡几。

宋代有个巡抚叫刘焱，刘焱在少年时便有一个陪他一起长大的书童，书童是个孤儿，就随了刘姓，叫刘小子。刘小子和刘焱从小一起长大，虽说是主仆，但情同手足。刘小子伺候着刘焱从书生到榜眼又到刘焱做官，最后升官至巡抚。刘焱官越做越大，家中的仆役也越来越多。后来有一个小厮叫生儿。他年轻俊美，说话口舌生津，很是好听，眼色又快，往往刘焱一抬头、一转眼珠，他就知道刘焱需要什么。他沏的茶不浓不淡不冷不热，非常可口。渐渐地，刘焱就提拔了生儿做近前伺候的差，而已近不惑之年的刘小子就被打发去做粗活了，他每日劈柴担水清扫院落，一刻也不得闲。

有一天，刘焱在书房打盹忽然醒来，见外面静悄悄就走了出去。他没有惊动任何人，只是想着随便走走，看看家里人都在做什么。他绕着后门出来，先是路过夫人的房间，见夫人正在低头教授女儿刺绣；他又走到儿子的窗前，里面传来儿子的读书声。他很欣慰，就继续朝前走去。他走到下房，听见噼里啪啦的声音。就走过去看，见刘小子在劈柴，炎炎烈日下，刘小子已经累得汗流浃背。这时旁边有个人说：刘大哥，你为了老爷半生操劳也不得好，还这么卖力气干活干吗？老爷又看不见。刘小子笑笑说：我自小没爹没娘在刘家长大，老爷待我像亲兄弟。我已经年老，老爷府上进出宾客颇多，近前伺候的人年轻、俊美、眼明手快，也是老爷的门面。我对刘家的恩情无以为报，唯有趁着还有力气多做些事情，也是应该的。

　　刘焱看着阳光下的刘小子，想起几十年来的点点滴滴，很是感动。他朝自己的书房走去，这一次他从正门走回来。刚走到廊上便听见生儿的声音："你好好跪着，跪直了。"一个声音说："生儿哥哥，你就饶了他吧。"生儿说："饶？怎么个饶法？他不开窍，说好的每个月孝敬我三十钱，竟然拖着不给，要知道我可是老爷面前的红人，我说让老爷把谁赶走，谁就会失去饭碗。"刘焱大惊，赶忙躲在柱子后面继续偷听。跪着的小厮哀求道："这个月我娘生病，我的月钱都拿回去，抓药都不够，实在没钱给你了。"生儿抬起就是一脚，将跪着的小厮踢倒。

　　生儿又对另一个小厮说，去灶上看看水开了没有，如果开了准备好沏茶，老爷快要醒来了。如果茶水太热，就兑一些冷水进去，用手指试试温度，微烫即可。

刘焱气得浑身发抖，原来平日可口的茶汤都是兑了冷水并且以手指试之得来。他想起从前刘小子总是端茶进来，提醒一句："老爷，茶水烫，慢用"，心里不禁难过起来。

他去后院将劈柴的刘小子拉来，并且让人用家法狠狠地痛打了生儿，逐出家门，从此以后，刘焱只用刘小子一个人在身边。他们又像从前一样形影不离，亲如兄弟。

情同朱张

东汉时，河南南阳有两个人，一个姓朱，叫朱晖；一个姓张，叫张堪。

张堪很早就听说朱晖这个人是一个讲信义的君子，后来和朱晖在太学里成为同学。两个人的交情清浅，并没有成为形影不离的好朋友。

到两个人学业有成，要各自回家的时候，张堪竟然拜托给了朱晖一件事，他说："我的身体不好，如果有一天我因病去世了，就请你务必照顾我的妻儿。"

朱晖也没当回事，还笑着说了他两句："胡说八道什么呢？你的身体好着呢，会长命百岁的。"

没想到，果然张堪英年早逝，家里的妻子和孩子生活艰难。

朱晖听到这个消息，就想起了张堪的嘱托，开始不停地资助张堪的妻子和孩子的生活。年复一年，年年如此。

朱晖的儿子长大后，对于父亲的做法很不理解，朱晖说："我虽然和张堪相交不深，但他生前曾经将他的妻儿托付给我，这是因为他信得过我。我虽然当时没说什么，但是我心里已经承诺了，那我就要守住这份承诺。"

南阳太守仰慕朱晖的为人，就想要征辟他的儿子出来当官，也算对他的善行和义举的褒扬。但是，朱晖却跟南阳太守说："我的儿子才华有限，恐怕不合适当官。但是我的故友张堪的儿子学习勤奋，严谨守礼，是个人才，适合为官。"

于是张堪的儿子真的做了官，而且做官之后廉洁奉公，勤政为民，官声非常好，没有辜负朱晖的期望。

朱晖和张堪的故事就留下了一个典故：情同朱张。

【原文】

> 见色而起淫心，报在妻女；
> 匿怨而用暗箭，祸延子孙。

【译文】

见到美色就起淫心，报应就会落在自己的妻子女儿身上；心中含怨而暗箭伤人，祸患会延及到子孙。

【解析】

做人要堂堂正正，光明磊落。虽然爱美之心人皆有之，但是不属于自己的美丽，还是站远一点欣赏为好。虽然在社会上走动难免和人结怨，但是暗箭伤人的行为却不可取。

【故事链接】

武大之死

潘家有个女儿，名字叫金莲，长得娇媚无比、风流动人。谁知人长得美丽命运却多舛，刚长到八岁，便被卖到一个财主家做丫鬟。财主年纪很大却淫心不死，威逼利诱把金莲纳为己有。

财主自从得了金莲，日夜贪欢，财主的妻子知道后，一定要让财主打发了她。于是财主就把她嫁给了忠厚老实的小矮子武大郎，图的就是能够方便偷欢。

财主终于耗空了身子，死了，财主的太太气得要死，把武大郎和潘金莲也赶了出去。

他们另租了一间房住，武大郎每天上街卖炊饼，潘金莲就在家里看家，描眉画眼，在帘子底下偷瞧人。

这天，她想用叉竿支起窗户，结果叉竿掉落，砸着行人。

这个人"哎哟"一声，想发怒，抬头一看是个美貌妇人，马上回嗔作喜，哈喇子流了三尺长。这个人就是西门庆。

西门庆本来就是当地一霸，一看潘金莲这么好看，费尽心机和她勾搭上，天天偷欢，又嫌武大郎活着碍眼，干脆一碗毒药药死了他，然后西门庆把潘金莲娶进门去，当了第五房小妾。

不久，西门庆又娶了第六房小妾，就是李瓶儿。

李瓶儿原本和她的丈夫住在西门庆家隔壁，她的丈夫是个和西门庆一样的浪荡公子，每天穿街过巷，在烟花之地流连。结果寂寞的李瓶儿又和西门庆勾搭上，恰好她的丈夫吃了官司，李瓶儿趁着他蹲大牢的工夫，把所有的私房钱都交给了西门庆。等她丈夫回来，一看家里空空，气个倒仰，又天天被李瓶儿骂得一佛出世、二佛升天，又在牢里受了折磨，不长时间就死了。于是李瓶儿也归了西门庆。

西门庆成天有娇妻美妾相伴，过的简直是神仙日子。但是他仍旧不知道满足，到处勾搭人，他家里使的伙计的老婆也被他一个两个地勾搭上，又天天往妓院里跑，花银子包着妓女。

就因为他淫心炽旺，最终落得一个精尽人亡的下场。在他死之前，李瓶儿就已经先病死了，死前老是梦见前夫找她索命；在他死之后，他费尽心思搜罗的妾室风流云散：潘金莲想要嫁给武松，结果被武松骗回武家，一刀杀了；别的小妾有的嫁了别人，有的和仆人私奔，一个都没有留在他的身边。他的妻子在上山进香的时候，也差点被坏人玷污，幸亏她成天吃斋念佛，遇到一个和尚收留了她，才能安全脱身。

西门庆死的时候，他的正房妻子正好诞下一个儿子，可是这个和尚却告诉她，这个儿子就是西门庆转世，因为西门庆一生荒淫，所以这个儿子要来散尽他的家财。西门庆的妻子不信，这个老和尚用拂尘一指，躺在床上熟睡的儿子翻过身来，正是西门庆，披枷戴锁，形容凄惨。她大哭一场，放这个儿子跟老和尚去了。

当初偌大的家业，如今落得个冷冷清清、凄凄惨惨的下场，这可真是善恶终有报，天道好轮回。不信举眼看，苍天饶过谁。

公孙子都射死颍考叔

公元前 712 年，郑庄公打算去攻打许国。他做了一面大旗，旗上绣"奉天讨罪"四个大字。这面旗长一丈二尺，宽八尺，旗竿有三丈三尺高，插在一辆兵车上。郑庄公说："谁能拿着这面大旗走的，就派他当先锋，这辆兵车赏给他。"

话音刚落，一个壮士就说："我能！"郑庄公一看，这个人威武雄壮，一看就特别有力气。一问，原来他叫瑕叔盈。

只见瑕叔盈一手拔起旗竿，握在手里，前走、后走，身不摇臂不晃，又把大旗插回车上，连口大气儿也不喘。

将士们见了，大声叫好，郑庄公刚想让他把车拉走，结果，有人来截和了。

只见又有一个大汉，说："光是拿着大旗来回走不算好汉，看我的！"大家一看，原来是颍考叔。

他拔起旗竿，举着它呼地一抢，又哗地往下一劈，抢起来狂风扑面，往下劈时，尘土腾起老高。旗帜被他挥舞得哗哗直响。大家都看傻了，舌头伸出去缩不回来。

郑庄公更高兴了："好，你就是先锋了，战车归你！"

结果话音刚落，又跑出来一个截和的。

一个叫公孙子都的少年将军，出身贵族，瞧不起平民出身的颍考叔，指着他下命令："给我把车放下！"

颍考叔才不听他的，拉着车一溜烟就跑远了，车上旗帜飘扬。大家哈哈大笑。

子都一看颍考叔不给他面子，气得要死。郑庄公为了安抚他和瑕叔盈，另外备了两套车马，一套赏给子都，一套赏给瑕叔盈。

到了七月，郑庄公拜颍考叔为大将，子都和瑕叔盈为副将，率大军攻打许国。

公孙子都心里又不平衡了：凭什么颍考叔能当大将，我只能当副将？他何德何能！

可是，事实摆在眼前，颍考叔这个大将当得非常称职，他身先士卒，斩杀许国大将，吓得许国城池紧闭，不敢应战。

颍考叔开始带着士兵们打攻防战，仍旧是冲在最前面，一直冲上城头。

公孙子都心里嫉妒，脸色铁青，混在放箭的士兵里面，"嗖"的一声，一支冷箭射过去，正中颖考叔的后心。

可怜颖考叔正挥旗呐喊，一下子栽了下来，丢了性命。公孙子都带着人赶紧呐喊着冲上前去，攻破城门，许国的国君扮作老百姓逃了。

颖考叔一死，子都率领大军得胜回朝，把颖考叔的功劳全都算在自己身上，得了头功，被郑庄公赏赐了许多金银绸缎，而且做了大将。

郑庄公为颖考叔的死难过，而且疑惑，问颖考叔是怎么死的，子都说是敌人射死的。

可是，那支箭由后心穿入，不像是正面招呼的敌人放的箭，难道是他的仇人暗害吗？于是，他就给颖考叔上供，而且诅咒那个射死颖考叔的人。

公孙子都本来就心虚，一见国君亲口下了诅咒，更是害怕，白天不能安心工作，晚上不能安寝，闭上眼睛就是颖考叔在质问他，说要他一命还一命。他实在承受不住了，只好去找郑庄公坦白："颖考叔是我射死的！"然后自杀了。

他自杀后，大家都感叹，一个长得这么好看的人，心这么黑，手这么狠。

【原文】

家门和顺，虽饔飧①不继，亦有余欢；
国课②早完，即囊橐③无余，自得至乐。

【注释】

①饔（yōng）飧（sūn）：饔，早饭。飧，晚饭。

②国课：国家的赋税。

③囊橐（tuó）：口袋。

【译文】

家里人和和气气的，那么即使是缺衣少食，心里也觉得快乐有余；尽快缴完赋税，即使口袋所剩无几，心里也能够自得其乐。

【解析】

家庭气氛的好坏与贫富没有什么关系，和家人之间的相处模式有莫大的关系。一家人和和气气的，哪怕没有丰富的物质条件，也会觉得快乐，这就是"家和万事兴"的道理。

既要经营好小家，也要建设好国家，国家安稳了，才有自己的小家的安稳。所以，应尽的义务要承担起来。

【故事链接】

打金枝

宝应元年（公元 762 年），专权的宦官李辅国杀死了张皇后，唐肃宗也受惊吓而死，李俶在肃宗的灵柩前即位，改名李豫，时年 36 岁，他就是唐代宗。

唐代宗是一个特别看重家庭生活的人，他是历史上有名的多情天子，情感生活很是丰富和浪漫。

他无论是对待长辈还是对待手足，或是对待妻子儿女，都特别宽厚、仁义。

上元末年（公元 761 年），宦官李辅国和张皇后合谋，把太上皇唐玄宗迁到了西内，太上皇气恼病重，儿子唐肃宗权力已经被架空，而且自己也身染重病，所以他也无可奈何。

此时，唐代宗还是太子，他冒着太子之位可能不保的风险，昼夜往返于祖父和父亲的两个宫室，在病榻前侍奉他们汤药，衣不解带。

唐代宗即位后，在宝应元年十月，派武士杀掉李辅国，告慰祖父亡灵。

唐代宗自幼丧母，登基后怀念生母，对她的母家封赠甚厚。

国子博士张涉做东宫侍读，给他讲过课，他登基当晚就请老师进宫，事无大小都向他请教，后来又拜老师为右散骑常侍兼任翰林院学士。

历来皇家手足情浅，相残者多，但是唐代宗对他的兄弟们特别有情。他的三弟李倓有才能，但是因为张皇后和李辅国陷害，被肃宗赐死，事后他和四弟李泌谈到李倓时，总是流泪。他一继位，马上下诏追赠李倓为齐王。

他对后妃和子女也非常关爱。他的第一位皇后沈氏在逃避安史之乱的时候不知下落，唐代宗继位后，派人到处寻访，一直没有找到。后来唐代宗又封了独孤氏为贵妃，独孤氏生了韩王李迥和华阳公主。

华阳公主聪明过人，唐代宗格外钟爱。后来华阳公主和独孤贵妃分别于大历九年和大历十年离世，唐代宗悲痛不已，把独孤氏的遗体一直殡于内殿，方便探视。直到大历十三年十月，才安葬在了庄陵。

唐代宗对儿时乳母的养育之恩也铭记不忘，专门下达一道《赠奶婆元氏颍川郡太夫人敕》的敕令："古者缘情立礼，著慈母之制，盖圣人示德，无不报之以礼，

故妳婆元氏，朕在襁褓，受其抚育，推乾就湿，慈爱特深，可谓仁人厚惠茂德者矣，可赠颍川郡太夫人。"

唐代宗有一个故事流传久远，编成戏曲，代代传唱，这就是有名的《打金枝》。

他的女儿升平公主嫁给了大将郭子仪的儿子郭暖，结婚之后，升平公主自持身份，觉得自己金尊玉贵，所以总是端着架子，高高在上。按照礼法，过门的媳妇应当孝敬公婆，朝昏定省，早晚问安，但是升平公主不肯。

这天，郭子仪寿辰，公主也不肯去给公公祝寿。酒席筵前，郭暖的兄嫂见公主不来拜寿，戏言嘲笑郭暖惧内。郭暖既惭愧又生气，回宫后和公主吵了起来，郭暖说："你仗着你爹是皇帝，就耀武扬威吗？我爹他是不稀罕当皇帝，要不然还轮得到你爹？"而且打了公主一巴掌。

公主何曾受过这种委屈，跑进皇宫，找父皇撑腰。

唐代宗正和贵妃下棋，被她气冲冲地拂乱了棋坪，狠狠地告了驸马一状，把郭暖说的话也原样说了。

这可是谋反的大罪！

恰在此时，郭子仪听说儿子打了公主，而且还说了这样大逆不道的话，吓得要死，赶紧绑子上殿，请皇上处置。

代宗深明大义，对郭子仪好一番安慰。

他先教训自己的女儿："年轻人一时火性起，不懂得轻重惹是非。你夫妻一时吵几句，不该将父王的江山提。虽然年幼不明理，也不该任性把君欺。按大礼本该申法纪，又恐怕冷淡了老臣郭子仪。倒不如成全君臣义，儿女的闲言不用提。（白）皇儿，先帝爷挣江山也非容易，保社稷他郭家功劳第一。（白）皇儿，也可算是挣来的"。

然后又安慰郭子仪："上前来将皇兄急忙搀起，听孤王有话对卿提。从今后上殿来你再莫下跪，老皇兄与孤王并肩的齐。论国法皇兄也应该免除大礼，论家规咱本是儿女亲戚"。

然后又让贵妃去劝郭暧："在宫院我领了万岁的旨意，上前去劝一劝驸马爱婿。劝驸马你休发少年的脾气，国母我爱女儿更疼女婿。我女儿不拜寿是她无有理，你不该吃酒带醉怒气冲冲进的宫去招惹是非。公主自幼长宫里，从小与我不分离。娇惯成性不明理，我与你父皇说重了她还不依。我养的女儿不成器，驸马你担待这一回。常言道当面教训子，背地里无人再教妻。你让她来她让你，免了多少闲是非。国母我讲话都为你，愿你们相亲相爱和和气气到白眉。劝把男来再劝女，不肖的蠢才听仔细。假如你父皇寿诞期，驸马不来你依不依？手压胸想情理，你何不将人比你自己？你虽然是个帝王的女，嫁到民间是民妻。从今向后要留意，赔情认错不为低。国母我嘱咐你牢牢谨记，从今后夫妻二人和和美美。数说闺女劝女婿，尘世上家家户户一样的。让他们施个和睦礼，哪有个国母不爱女婿？"

于是公主和驸马言归于好。

唐代宗的重情义，给薄情寡义帝王家涂抹了一抹温暖的亮色。

奢侈无度，后事无继

吴王夫差修造姑苏台，历时三年。姑苏台方圆五里，曲折环绕，耗费了数不清的人力、物力，光是蓄养的宫妓就有一千多人。夫差又另外建造一座春宵宫，他就天天在里面通宵饮宴，说不上来有多么逍遥作乐。他又制作了巨大的酒杯，能盛一千石酒，还修建了一个巨大的水池，池里都能停一只大大的青龙舟，歌舞妓与乐队在上面奏乐，他就跟西施一块儿在水上玩耍嬉戏。他还在宫中修造了一座灵馆馆娃阁，馆里安放着铜床，连门槛都是玉石的，周围的栏杆则是用珠宝玉石来做装饰的。因为他好奢滥淫，所以被不忘国耻的越国国君勾践打败，身死国灭。

茂陵富豪袁广汉，他家的钱多得数不清，光是丫环僮仆就养着八九百个。袁广汉在北邙山下修造一座庄园，豪华的呀，没法说。这座庄园东西长四里，南北宽三里，他命人开渠，把附近的河水引入庄园里。又垒石做成假山，有十多丈高，连绵好几里地，跟真山也不相差什么。园中养着白鹦鹉、紫鸳鸯、牦牛、青兔等珍禽异兽，它们在假山和园林上生活，打造出一派野趣。还运过来沙石，布置成河滩洲屿的样子。又把引进来的河水筑坝升高，形成浪涛拍岸的盛景。洲屿、河滩上还养着许多江鸥、海鹤，它们产卵育雏，已经分不清是假的江海还是真的江海。

园中树木蓊郁苍翠，池塘错落参差，奇花异草遍植。他的房屋馆舍回环重叠，中间用回廊连成一体，你就是走上一天都走不出他的屋子。

后来，袁广汉获罪被杀，整个庄园被没收充官。园中的珍禽怪兽、奇树异草，都被移到了皇家的上苑。

杨贵妃的姐姐虢国夫人，恩宠盛极一时。她的大造府第住宅，房屋宏伟高大，无处可以比拟。她新修造的府第原是韦家的旧宅。韦家的人中午正在屋里躺着休息，忽然看见一位妇人穿着黄罗帔衫，从步辇上走下来。身旁有几十个侍女丫环，谈笑自若，对韦家的几个儿子说："听说这所宅院要卖，售价多少？"韦家人说："这宅院是先人留给我们的老屋，我们舍不得卖。"话没说完，有工人数百，登上东西厢房，掀瓦撤木。韦家全家人和童仆只好拿着琴、书等，把它

们放在路上。最后，虢国夫人只留下十几亩的一小块地方给韦家，他家的宅院，一分钱也没给。虢国夫人新宅的中堂已经建好，召来工匠粉刷墙壁。说好给二百万钱的工钱，完工后，又用金盏盛碧色宝石三斗做赏赐。后来，有一次刮暴风，把一株大树拔起，落在堂上。风止住后，上到堂房顶上看看，基本上没有什么损坏的。把瓦撤下来看看，原来房上覆盖的是精制的木瓦。宅院修造的精致之处，都像这似的。虢国夫人每次进入皇宫，经常骑着一匹紫骢宝马，让小太监为她牵马。紫骢宝马高大健美，小太监端庄秀丽，在当时都是首屈一指。

可惜好景不长，因为唐玄宗过于宠爱杨贵妃，乃至于偏宠杨氏一门，不理政事，重用奸相杨国忠，引发安禄山叛乱。

唐玄宗原本想着御驾亲征，让皇太子李亨监国。虢国夫人与诸杨兄妹相聚而哭，生怕唐玄宗倒台，他们也会倒霉，于是谋划一番，让杨贵妃出面，谏阻了唐玄宗的内禅。

安禄山叛军兵锋直指长安，唐玄宗带着杨贵妃和杨国忠一路西逃，奔蜀而去。路经马嵬坡时，大内禁军大将陈玄礼密启太子诛杀杨国忠父子，随即又逼迫唐玄宗下令，让杨贵妃自缢而死。

虢国夫人当时也逃出了长安，在往西逃亡的时候，听到了杨国忠、杨贵妃相继被杀的消息，带着杨国忠的妻子、儿女继续逃跑。

后来，她这一行人踪迹被县令薛景仙发现了，虢国夫人慌忙逃入竹林，在竹林中杀了自己的儿子裴徽和杨国忠的妻子裴柔，然后自刎。只是自刎没有死成，被薛景仙抓起来关进了大牢，没多久，刎伤出血凝结喉中，虢国夫人窒息而死，葬在陈仓郊外。

一时势焰熏天，罔顾国家大义，身死魂灭，为后世之人耻笑。

【原文】

读书志在圣贤，非徒科第；
为官心存君国，岂计身家。

【译文】

读圣贤书是为了向圣贤学习，而不只为了科举及第；做官要有忠君爱国的心，怎么可以只是计算自己的身家性命？

【解析】

圣贤之道，是要修身、齐家、治国、平天下。读书也好，做官也好，都是为这个目的服务的，而不只是当作升官发财向上爬的工具。

【故事链接】

一蓑烟雨任平生

苏轼活得很热闹，什么事情出格干什么。这个人当爹也不守规矩，和自己的儿子兴致勃勃地取松烟造墨，差点把房子给一把火烧掉。当官也不守规矩，贬官大概是黄州，处于软禁的境地。结果他违反软禁，半夜爬城墙去外边玩；官府规定不许私宰耕牛，为官不尊，他竟然偷吃牛肉。

他还和酒徒娼妓混在一起，饮酒唱和。传说在一次筵席上，一个歌伎走来向他求诗。苏东坡从未闻其芳名，但并不推托，立即吩咐研墨，提笔写下两句：东坡四年黄州住，何事无言及李琪。然后接着饮酒说话，让这两句开头孤零零平淡无奇地晾在那里。李琪求他写完，他拿笔把后两句一挥而就：却似西川杜工部，海棠虽好不吟诗。看看，整首诗一下子有了光泽，像一粒小小的珍珠。

这样的人恋生，连做神仙也不羡慕，你看他的"起舞弄清影，何似在人间"，可是，人间又有什么好呢？"怀弟子由"，兄弟情深，不也一样天隔一方？而且，人间有贬谪、诬陷、系狱、恐慌、焦虑、磨难。

苏轼一生和王安石翻来滚去，打了一个回合又一个回合，王安石最失势也不过是罢相而已，而苏轼倒霉大了，差点为此赔上身家性命。

王安石被宋神宗一日几诏，封为宰相，从此开始推行新政。新政之初，就是给政府部门大换血，把反对新政的官员全部拿下，统统换上自以为得力的助手——这是一个小人揽势的最佳时机，这些人既有点小才气，又成不了大气候，对皎皎绍绍、文声卓著的苏轼怀有阴暗的嫉妒心。你不是高吗？贬你、囚你、发配你。你不是洁吗？诬你、陷你、污秽你。你不是笑吗？惊你、吓你、折磨你。如有可能，除掉你，于是把他的诗拿来，曲解其意，上疏神宗，指责他诗中有反叛之语，犯貌上之罪。神宗一声令下，把苏轼从湖州逮捕系狱，接受乌台御史的审判。这就是历史上有名的"乌台诗案"。他后来写此情状："梦绕云山心似鹿，魂飞汤火命如鸡。"

苏轼后更被贬黄州团练副使，穷困至极，久未尝肉食，居然要捉檐下麻雀烤来吃。后来发明东坡肉："净洗锅，少著水，柴头罨焰烟不起。待它自熟莫催它，火候足时它自美。黄州好猪肉，价贱如泥土。富者不肯吃，贫者不解煮。早晨起来打两碗，饱得自家君莫管。"

苏轼晚年又贬官海南，瘴疠之地，更是九死一生，结果又馋上那里的荔枝："日啖荔枝三百颗，不辞长作岭南人。"吃蚝也吃上了瘾，写信叮嘱别人，可别告诉人家，怕那些京官都谋着外调，跑这里来分他的蚝吃。

所以说他很杰出，一生跌宕，仍旧豪情不改，仰天长笑，这样的人才能写出这样的词："大江东去，浪淘尽，千古风流人物，故垒西边，人道是，三国周郎赤壁。乱石穿空，惊涛拍岸，卷起千堆雪。江山如画，一时多少豪杰……"

可能越是杰出的人，面对灾祸的概率越大，就好比山巅峰尖会格外的风大雨大。支撑他走过一生劫难的，更像是一种文学滋养出来的博大和豁达。

苏轼少时即有儒家用世之志，所谓"士当以天下为己任"，一次他读到《后汉书·范滂传》，问他母亲："他日儿做范滂，母亲能做范滂的母亲吗？"正因如此，他才会为了草民百姓舍命地和变法不当、误国殃民的新党抗争，却又反过头来，又和那些心胸狭隘、把新党好的一面也全面抹杀的旧党抗争，结果两头不落好，丢官去职，一贬再贬，一路贬到了海岛琼崖。

不过，他还在很小的时候就读《庄子》，老庄又主张旷达超然，"游于物之外""无所往而不乐"。《养生主》里又有一个庖丁解牛，"手之所触，肩之所倚，足之所履，膝之所踦"，动作流畅，发出的声响居然还有节奏，刀割起来哗哗的，十九年用一把刀，利刃如新。若一个人能够在患难的间隙游走得度，则精神的利刃不失，始终能够游刃有余。显然，东坡得志而能够行大事，落难而能够豁达大度，磊磊落落过一生，和他在儒家思想和道家修为间取得巧妙的平衡与和谐分不开。儒家思想给他勇猛、坚持、精进，道家思想使他圆润、豁达、明亮。

苏轼去世了，终于没有像他担心的那样死在海南荒烟之地。元符三年（公元1100年），徽宗即位，他遇赦北归，第二年死在了常州。其人一生，饥饿病酒，伤害疲惫，异地漂泊、孤村僵卧，自诞生到死亡，起起伏伏际遇如海浪，可是他的心却始终明亮。真个是一蓑烟雨任平生，一曲歌罢大江东，回首向来萧瑟处，也无风雨也无晴。

现代可以出大作家，却出不了苏东坡了；可以出大哲学家，却出不了苏东坡了；可以出大政治家，却出不了苏东坡了。因为我们都在争着深刻和深沉，人人都一脸的深思和疲惫，那个豁达的、天真的、状如顽童的、满脸胡子的男人，再也不在了，他眼睛里的明净与天真，他心胸里的豁达与大度，我们可以遥想，却不能亲见了，它们都到哪里去了呢?

对照苏轼,我们要学习的也许有很多。都想发财,可是发财不如发心,心若坚强志诚,茅屋可比高厦,黄沙也如金珠;不少人念经拜忏看风水求改运,可是改运又哪如改心,若能像苏轼一样心田豁达,即使活在蛮荒之地,也能生趣无限,乐趣多多。所以,做一个像苏轼那样豁达的人吧,我们就能困而能忍,顺能乐助,疑而善思,任何时候都能为自己的生命找到出路,进而能用世,退而能自处,随遇而安,随喜而作,处处都生欢喜心。

投子大同禅师与嵇山章禅师在室外品茶。大同禅师指着茶杯中倒映的青山绿树、蓝天白云说:"森罗万象,都在里边。"

章禅师将茶水泼在地上,然后问:"森罗万象,在什么地方?"

大同禅师说:"可惜了一杯茶。"

人的境遇一时顺逆,好比一杯香茶,一杯苦茶,茶里倒映着世态人情,倒映着自己的一颗心,你静下心来,便能看得清。若是顺境不懂得珍惜,逆境不懂得欣赏,可不就可惜了这上天安排给你的心看的森罗万象?

苏轼是一个会品茶的人,你,是吗?

千古忠靖老臣心

"丞相祠堂何处寻?锦官城外柏森森。映阶碧草自春色,隔叶黄鹂空好音。三顾频烦天下计,两朝开济老臣心。出师未捷身先死,长使英雄泪满襟。"

一首《蜀相》名诗，咏的是诸葛卧龙。

诸葛亮幼时命苦，三岁丧母，八岁丧父。叔叔诸葛玄受袁术委任为豫章郡太守，带他和弟弟诸葛均一同前往任职，结果东汉朝廷说话不算话，改派了朱皓，诸葛玄无路可走，只好投奔刘表，前往荆州，就此把家安在了南阳郡的邓县（今河南省邓州市），号曰隆中。

刘备三顾茅庐，终于请得他出山。

其时，距离曹操和刘备青梅煮酒已经八年，八年间曹操势焰张天，刘备如丧家之犬，八年后，曹操最得力的谋士郭嘉去世，刘备却得了诸葛卧龙。

诸葛亮过江东是一场好戏。这场戏得由他亲自去唱，因为是他提出的联吴抗曹的方针。旁人唱戏，会唱坏，唱走样。诸葛亮铜心包着铁胆，铁胆包着身躯，就那么去了。

一群人严阵以待，好一场刀光剑影。

他把江东所有反对的人都斩于"唇枪舌剑"之下，还有一个最大的人需要说服，就是孙权。

孙权不想降曹，一旦降曹，别的人加官晋爵，他死路一条。可是，他又怕实力不强，抵抗不住曹操。

正在犹豫之间，诸葛亮给他分析：我们豫州兵力一万，刘琦兵力一万，孙权兵力十万。而曹操虽然号称大军八十万，但是长途奔袭，累得要死，恐怕两三个人都当不了一个人使；而且曹操的军队都是北方人，跑到南方来打仗，一方面水土不服，另一方面不识水性。咱们却不同，以逸待劳，天时、地利、人和占尽。在这种情况下，蜀、吴联合起来把曹操打败，赶回北方，他的力量削弱，而荆州力量有一次长足的增长，东吴也能够保全，三方势均力敌，从此鼎足三分，再也不用担心被曹操吞并，这样难道不好吗？

于是大局定矣。蜀、吴联盟。

事情走到这一步，天下之势被他一步步推动着，正在走向三足鼎立之势。

此后火烧赤壁，曹操败走华容道，天下就此三分。刘备死前托孤，说你的才干十倍优于曹丕，既然他能当天子，那么，若是刘禅的才干足以让你辅佐，你就辅佐；如果刘禅没本事，那你就取而代之。

诸葛亮顿首哭拜，说主公您说哪里话来！亮自当竭忠尽力，辅佐幼主，鞠躬尽瘁，死而后已。

他说到了，也做到了，从此他就是刘禅的相父，名为君臣，实如父子，事无巨细，皆由他一口一手一心调度。从此蜀汉天下，唯他为尊。

可是他却没有一丝一毫的谋权篡位的野心。且看他的《出师表》、老臣心。

公元 226 年 5 月，魏文帝曹丕死，诸葛亮决定出征伐魏。他要去替暗弱的刘禅打天下，可是又实实在在对留守国都的刘禅放心不下，于是像天下每一个父母一样，牵肠挂肚，千叮万嘱，写成了《出师表》这篇千古名文，要教刘禅广开言路，亲贤臣，远小人，赏罚严明。

"臣受命之日，寝不安席，食不甘味"，这十三个字，是诸葛亮这么多年来的生活状态。没有谁是真的神人，只有算无遗策的聪明人，肯动脑筋，会动脑筋。可是大脑整日价高速运转，能睡得着、吃得香才怪。当初日上三竿尚且高卧不起的卧龙，如今日日忙于施云布雨，煎熬寸心。说到底，他是肉身的人，不是成圣的神。这样的生活状态，真的很可怜。

真的是千古忠靖老臣心。

他在《出师表》里说："先帝知臣谨慎"。"谨慎"是他的最大特点。他到江东舌战群儒，是事先做足了功课的，知道东吴有哪些人，这些人都是什么履历，有什么特长，有哪些弱点，若是此人如此之说，我当如何应对；若是彼人如彼之说，我又当如何应对……所以这场仗才打得精彩，打得漂亮，打得东吴马翻人仰。

还有名扬千古的锦囊妙计。刘备招亲，他把招亲不成功如何，成功了又如何；主公记得回家怎样，不肯回家又怎样，都事先考虑周详。

还有一次次的兴兵打仗，打仗前，自家兵员多少，粮草如何，谁适合做前锋，谁适合做策应，去哪里埋伏，去哪里布疑阵，这边哪里有条宽多少丈的河，那边哪里有一个山坡一块密林，种种参虑周详，烂熟于心。

诸葛亮北伐撤兵，司马懿纵马查看蜀军大营，发现营垒里锅灶粮草茅厕，都安排得井井有条，不由叹曰："真奇才也。"

这就是他的谨慎。能谨慎到连锅灶怎么安排、厕所安在哪个方位都考虑周详，真的很谨慎。

可惜，他谨慎，碰上了一个名叫马谡的自认聪明的傻大胆，才有了如今的京戏《失空斩》，它是《失街亭》《空城计》《斩马谡》的合称。

这个故事发生在诸葛亮一出祁山时。

蜀汉建兴六年（公元228年）春天，诸葛亮上《出师表》，然后率主力向祁山方向进攻，吓得三郡同时背叛魏国，投降诸葛亮，姜维就是在此时收归蜀军营帐。

魏明帝命大将张郃应战，诸葛亮则派马谡带兵。马谡自告奋勇守街亭，王平让他在五路总口下寨，他不肯听，非得要在山上屯军，说是要效仿孙子"置之死地而后生"，如果魏兵绝了我军汲水之道，蜀兵一定会拼死力战。

结果因为马谡一意孤行，丢了街亭。幸亏诸葛亮不辜负他"谨慎"的美名，预先埋伏下两拨人马接应，否则魏延和王平都得死在阵前。

司马懿乘胜追击，诸葛亮被逼无奈，使出一个大胆的想法，唱了出"空城计"。京剧里诸葛亮铮铮抚琴，悠然吟诗，城门大开，司马懿带领大军杀到，诸葛亮还热情欢迎司马懿进来坐坐，听他弹弹琴。正所谓："我正在城楼观山景，耳听得城外乱纷纷，旌旗招展空翻影，却原来是司马发来的兵……既到此就该把城进，为什么犹豫不定，进退两难为的是何情？左右琴童人两个，我是又无有埋伏又无有兵。你莫要胡思乱想心不定，你就来来来请上城来听我抚琴"。

他越这么说，司马懿越不敢往里进，挥手退兵。他前脚退兵，后脚诸葛亮抹把冷汗，脚底抹油，快溜！

诸葛亮收拾了危局，回过头来就斩马谡。马谡临终时给诸葛亮写信，说您看待我如同亲生之子，我看待您如同亲生父亲。希望您能够贯彻杀鲧而用禹的大义，使你我的平生之交不亏于此，那么我就是死了，也在九泉之下含笑无恨也。当时十万大军为之流泪。他死之后，诸葛亮亲临致祭，好生抚育他的遗孤。

诸葛亮难。法纪与人情，哪一头重？哪一头轻？严明了法纪，就不能顾念人情。可是严明了法纪，那被杀的人什么也不知道了，这个下令杀人的人，心里多么难过，所以他才会哭。

诸葛亮为严明军纪，自请连降三级。

此后就是二出祁山，三出祁山，四出祁山，五出祁山。

对手司马懿，老奸巨猾，说什么也不肯出战，诸葛亮着急了。他派人送给司马懿一套女人的衣服，说你畏首畏尾，像个娘们，还是穿上这身衣裳，捏着兰花指绣你的花去。你要有血性，咱就约个日期光明正大打一场。

司马懿假笑两声，居然把衣裳收下了。然后开始套使者的话，说你们诸葛公一顿吃多少饭啊？一晚睡几个时辰的觉啊？平时工作忙不忙啊？累不累啊？看起来好像很关心诸葛亮的健康，使者感动了，说："我们大人可累了，天天睡得比狗少，起得比鸡早，罚军棍二十以上的刑罚他都要亲自过问，只吃一点点饭。"

司马懿一听就笑了——诸葛亮快把自己活活累死了。

鞠躬尽瘁，死而后已。

临死前，诸葛亮把一切都传授给了姜维，又安排了自己的身后事，然后，"强支病体，令左右扶上小车，出寨遍观各营；自觉秋风吹面，彻骨生寒，乃长叹曰：'再不能临阵讨贼矣！悠悠苍天，曷此其极！'"

一场只活了五十四岁的人生。

公元 234 年 8 月 28 日，夜，孔明归天。

诸葛亮曾经跟刘禅说："我在老家成都有八百棵桑树，十五顷薄田，足可以供给子孙。臣在外任职，衣食皆由国家供给，无须再置产业，添家财。待臣去世，要让家无余物，外有余财，否则便是辜负陛下恩宠与信任。"

现在他死了，检点平生，果如斯言。

他的遗言是将自己葬在定军山，自己的墓穴仅能容纳棺材，无一陪葬。

"夫君子之行，静以修身，俭以养德。非淡泊无以明志，非宁静无以致远。夫学须静也，才须学也。非学无以广才，非志无以成学。淫慢则不能励精，险躁则不能冶性。年与时驰，意与日去，遂成枯落，多不接世，悲守穷庐，将复何及！"

除了《出师表》，传诵千年，上口成诵外，还有这篇短短的《诫子书》。他四十六岁方得子诸葛瞻，儿子才长到八岁，他却要撒手归天。这封短短的家书，寄托着一个父亲的殷殷厚望。他用他一生行状，为儿子立下了榜样。他要儿子静以修身，就没有浮躁之气；他要儿子俭以养德，就没有奢侈之举、悖德之行。他要儿子淡泊宁静，因他自己就淡泊宁静。他要儿子爱学习，立大志，后世的人都跟随他的教德，学以广才，志以成学。他给儿子也给后世人，树立了一个榜样。

范进中举

范进连年应考，一连考了三十多年都名落孙山。

好不容易五十来岁考取了一个秀才，这样就有资格当教书先生了，但是他还想着考进士，这样以后就能做官了。

但是因为他光顾着考科举，家里穷得连饭都吃不上了。

这天，他考完进士回来，家里连煮早饭的米都没有了，他的母亲和妻子都在挨饿呢。他就抱着家里一只生蛋的母鸡到集上卖了买米煮粥，他的老母亲饿得两只眼睛都看不见东西了。

结果正在集上找买主的时候，喜报来了，原来他真的考中了进士。

一个邻居飞奔到集上，把他拉回家里，家里闹嚷嚷地挤着一群人，都是围着来报喜的人。范进三两步走进屋里来，见报喜的报帖已经高高地张挂起来，范进不看便罢，看了一遍，又念了一遍，自己把两手拍了一下，笑了一声道："噫！好了！我中了！"说着，往后一跤跌倒，牙关咬紧，不醒人事。

等旁人把他救醒，你看吧，他爬起来，又拍着手大笑道："噫！好！我中了！"一边笑着，不由分说就往门外飞跑，把报喜的人和邻居都吓了一跳。走出大门不多路，一脚踹在塘里，挣扎着爬起来，头发都跌散了，两手黄泥，淋淋漓漓一身的水，众人拉也拉不住他，就看他一边拍着手，一边大笑，跑到集上去了。

原来他高兴得疯了。

有人出主意，让他平生最害怕的人打他一巴掌，就能把他打清醒。

他平时最害怕的人是他的老丈人——杀猪卖肉的胡屠户。

胡屠户平时对范进可不客气，动不动就教训他，现在可不敢了。但是范进的母亲一个劲地央求，他只好壮壮胆子，找到了集上。

结果就见范进正在一个庙门口站着，散着头发，满脸污泥，鞋都跑掉了一只，还在拍着手大喊："中了！中了！"

胡屠户凶神一样走到跟前，说道："该死的畜生！你中了什么？"一个嘴巴打过去。

这一下把他打晕了，等救醒过来，范进果然清醒了。这才回家打发给报喜人赏钱，又接受众人道贺，他的老丈人也给他道歉，说不该打他，以后也不用杀猪了，养老就指望他了。

他考中了举人，就有以前巴结不上的贵人坐着轿子来拜访他，还送给他几十两银子的贺礼，还请他搬离他的破房子，住到赠送给他的房子里去，又有人主动投靠他，给他当奴仆。

以后他更是可以去当官，前程似锦。

这也就是他喜出望外，甚至高兴得"变了形"、发了疯的原因吧。

文王拘而演《周易》

传说商朝末期，周族的领袖季历被商王文丁杀害，季历的幼子姬昌继承了王位，他就是周文王。

姬昌是一个贤明的君王，很受他治下的民众的爱戴，这也就引起了商纣王的不满和猜忌。

于是，他听信谗言，把姬昌抓起来，囚禁在今天汤阴的羑（yǒu）里城。

姬昌的大儿子叫伯邑考，是一个很孝顺的人。他听说父亲被纣王幽禁，就想亲自去向商纣王求情。

周族的老臣们都劝他不要去，因为这样肯定会肉包子打狗，一去不回，商纣王一定会把伯邑考也抓起来的。

伯邑考态度很坚决："如果商王把我也抓起来，那就让我的二弟姬发监理朝政，反正我一定会去救我的父亲。"

于是，伯邑考带着金银珠宝去见商纣王了。

姬昌囚在羑里，因为他特别有名望，所以大家都劝纣王不要杀他。纣王又听说姬昌在监狱里还在坚持钻研《易经》，更是觉得这个人的学问深不可测，实在令人妒忌。

于是，纣王就让人把伯邑考杀了，剁成肉馅，包成饺子，送去给姬昌吃。他哈哈地笑着说："姬昌不是研究《易经》吗？不是据说《易经》可以让人未卜先知吗？我这就要看看，他知道不知道他吃的是亲生儿子的肉！"

姬昌通过钻研《易经》，其实早已知道大儿子为了救他被杀，用他的肉包的饺子马上就要送到自己跟前来了。但是为了避祸，他仍旧强忍着眼泪，当饺子送上来后，吃进嘴里，还假装不知，谢纣王恩典。

纣王更是得意非凡，觉得姬昌不过是一个欺世盗名的人，不值一提。

使者走后，姬昌心头悲痛，"哇"的一声把吃下去的饺子吐了出来。没想到饺子落地，却变成了一只白兔，蹦蹦跳跳地跑走了。

这就是"姬昌吐儿"的故事。

周文王姬昌被囚禁在狱中，坚持不辍地钻研《周易》，用了七年的时间，把八卦推演为六十四卦，继承并发展了易学。

伏生和《尚书》

秦朝有一个名叫伏生的人，字子贱，是孔子的弟子辖（xuě）子贱的后裔。公元前221年，秦始皇统一六国，建立秦朝。他成为秦朝一名钻研学问的博士。

秦始皇下令焚书坑儒，这是一场珍贵书籍的浩劫。天下的书籍，除了医药、卜算、种树的书之外，统统付之一炬。

没想到，伏生却做了一件事：他冒着杀头的风险，在自己家的墙壁中凿了一个夹层，把典籍《尚书》保存了下来。

这本书记载了尧、舜、夏、商、周几代历史，有很多先人的思想和见解，十分珍贵。

秦朝末期，社会动荡，伏生流离失所。但是，他始终记着他藏在夹壁里的那本典籍。

汉朝建立后，公元前191年，汉惠帝下令废除从秦朝继承下来的《挟书律》，不再搞焚书坑儒那一套。伏生十分高兴，赶紧回老家打烂墙壁，心疼地发现《尚书》损毁了好几十篇，但是，幸好还剩下了二十九篇。

他藏书的事迹在民间广为流传，到了汉文帝统治时期，汉文帝也听说了他的事迹，下令召见伏生。

此时伏生已经九十岁了，白发苍苍，卧床不起。于是汉文帝就派了太常掌故晁（cháo）错去拜访他，请他把《尚书》破译出来。

伏生已经老得口齿不清，不过，他通过他的女儿羲娥，把《尚书》传授给了晁错。就这样，孤本《尚书》算是保存和流传下来。后人说："汉无伏生，则《尚书》不传；传而无伏生，亦不明其义。"

周公吐哺，天下归心

周公姓姬名旦，是周文王的第四个儿子，周武王的弟弟。他是西周时期的政治家、军事家、思想家、教育家。

周武王建立周朝后，很快就病逝了。他的儿子成王继位，当时只有十三岁，就由成王的叔叔周公来辅佐。

周公勤于政事，正在洗头的时候碰到急事，马上就满把握着头发出去办公了；吃饭的时候，只要有人因为公事求见，他都顾不得把吃下去的饭咽下去，而是赶紧吐出来，跑去接见来人。周公就是这么尽心尽力辅佐侄子成王的。

周公还有两个弟弟，一个叫管叔，一个叫蔡叔。他们不满周公大权在握，就散布谣言，说周公暗藏野心，想自己当王。

这时候，商纣王虽然被消灭了，但是他的儿子武庚还在，并且被周朝封为殷侯。武庚一直对周朝心有不满，于是和管叔、蔡叔串通起来，发动了叛乱。

外有叛乱，内有谣言。这个谣言说得太真了，连周成王都有点信了。

在这种情况下，周公心里很难过。他先和召公长谈了一次，剖白心迹，说明自己对于周朝忠心不二。他感动了召公，召公站在他这一边。三年后，周公平定了武庚的叛乱，挽救了新生的周朝。

等到周成王年满二十岁

的时候，周公就把权力还给了他，自己彻底退休，不久就去世了。

后来，曹操在他所作的诗《短歌行》里这样写："山不厌高，海不厌深。周公吐哺（bǔ），天下归心。"就是在夸赞周公礼待人才，高风亮节。

唐朝大诗人白居易则在诗里感慨："赠君一法决狐疑，不用钻龟与祝蓍（shī）。试玉要烧三日满，辨材须待七年期。周公恐惧流言日，王莽谦恭未篡时。向使当初身便死，一生真伪复谁知？"

周公把官制分为六种，并且按着每一种官位，写成一篇有关职务和有关条文，这本书就是《周礼》。

【原文】

守分安命，顺时听天。为人若此，庶乎近焉。

【译文】

守住做人的本分，安于命运的安排，顺应天时而听从天意。如果做人能够达到这个境界，就离圣贤不远了。

【解析】

其实这段话讲的是"养心"。如果把一颗心养得安分随时，哪怕外界再动荡，内心也是安定的。

【故事链接】

"养心达人"薛宝钗

宝钗是一个薄命人。家道中落，嫁个宝玉，宝玉又半路出家当了和尚，剩自己一人独守空房。不过，如果说随命运沉浮的人如水上鹅毛，让人油然而生身不由己之感，宝钗给人感觉却是哪怕风中一朵花，花瓣片片飘零，花根还在土中。无论走到哪一步，她的生活状态都很沉静、稳定，这得益于她的会养心。

"家道中落"绝对是一件悲摧的事。父亲死了，哥哥不成器，母亲一介女流之辈，自己是一个不出闺门的女孩，根本没有一丝崛起的可能……不过，她一不怨上苍不公，二不怨自己薄命，三不怨哥哥无能，而是采取了一种看上去十分消极却非常有利于养心的举动：随遇而安。用句俗话说，就是到什么地方说什么话，上什么山上唱什么歌，一应吃穿用度能减则减，宝玉有一回去看她，她的屋里吊着半旧的红绸软帘，她穿着"蜜合色棉袄，玫瑰紫二色金银鼠比肩褂，葱黄绫棉裙，一色半新不旧，看去不觉奢华"。后来搬进大观园，住进蘅芜院，贾母一行人前去游玩，她的屋子里"雪洞一般，一色玩器全无，案上只有一个土定瓶中供着数枝菊花，并两部书，茶奁茶杯而已。床上只吊着青纱帐幔，衾褥也十分朴素"。贾母看不过眼，让凤姐给她几件摆设，凤姐说何尝不曾送来，只是都被她退回去了。事实上，她并不缺少这些生活享乐的东西，瘦死的骆驼比马大，她的家庭也不是没有财力让她穿得更好、住得更好，只是她预见到了家族只会越来越败落，所以干脆就从心态上预

先进行调整。

在贾府的众位小姐中，宝钗算是一个八面玲珑的人物，既能讨贾府最高统治者贾母的喜欢，又能被长辈如王夫人等倚重，更能让众口难调的贾府主子、姑娘们佩服，就连那些丫鬟们，提起宝姑娘也个个赞好，喜欢和她一起玩。这些都归因于她会做人。

贾母喜欢她，要特地给她过生日，问她喜吃何物，爱看什么戏文，她就按照老年人的心理，回答喜吃甜烂食物，爱看热闹戏文，果然，贾母更喜欢她了；王夫人的侍女金钏投井自尽，王夫人心里过意不去，要赏金钏装裹的衣裳，可是仓促间没有合适的，她就不嫌忌讳，把自己新做的两套衣裳拿了出来，解了王夫人之难。平日里她在王夫人面前，也是老成持重、心胸豁达的大家小姐模样，所以王夫人在凤姐病了后，干脆派她帮着探春一起当家。而她在帮着当家的过程中，也恪守做人的本分，凡事谨慎小心，绝不作威作福。在众姐妹面前，她也有力出力，绝不藏私，帮着探春一起理家，给探春出谋划策；替惜春谋划怎样作画才能完成贾母给派的任务；给黛玉送燕窝；替湘云出资出力办螃蟹宴，这些行为都使众姐妹敬服，即使小心眼如黛玉也说她是个好人，史湘云甚至说："我但凡有这么个亲姐姐，就是没了父母，也是没妨碍的。"袭人虽然只是一个侍女，因受王夫人待见，私下里给予了高规格的"姨娘"待遇，宝钗就特来向她贺喜。这做人的种种周到、圆满，都说明她是一个极为重视人际关系的人。她很聪明，知道良好和谐的人际关系绝对是养心圣药，只有抹平人际关系中的一个个尖刺，让自己的生存环境变得光滑、平整，才可使人不致于生活在被遗忘、被冷落、被敌视的氛围中，因而怨天怨地，恨恨不平。

不过，她绝不是一个社会化过头的人，平时很注意和外部的世界保持一种距离感。凤姐病了，王夫人又每日早出晚归，给一个薨逝的王妃守灵，家中大小人等皆趁此机会通同作乱，她住的院子通向荣府内院的地方有一道小门，是为她来去方便而开的，她要了钥匙自己拿起来，自己不从这里过，也禁止别的丫鬟、奴仆从这里窜来窜去，所以贾府内院里因为丢了玫瑰露和茯苓膏闹得沸反盈天，她这边就风平浪静，没有沾带上一点；后来，王夫人查抄大观园，第二天宝钗就请辞，要从大观园里搬出去。王夫人特地叫她来解释情由，让她安心住下去，结果她反倒劝了王夫人一顿："今日不但我执意辞去，之外还要劝姨娘如今该减些的就减些，也不为失了大家的体统。据我看，园里这一项费用也竟可以免的，说不得当日的话。姨娘深知我家的，难道我们当日也是这样冷落不成"。这种对于时局的超常的冷静和把握，绝非一般人能够做到的，非得要有一颗涵养得非常聪慧冷静的心不可。

就感情而言，她也确实喜欢宝玉，而不像我们通常理解的要动心机套牢一只"绩优股"那么偏颇。宝玉本来就长得极好，丰神无双，且又极有教养，待女孩温柔多情。她长在深闺，除了自己的哥哥，几乎没有比宝玉更亲近的人了。袭人晋升"准姨娘"的地位，她去贺喜，袭人正给宝玉绣肚兜，绣累了，想出去走走，宝钗就一歪身坐在袭人原来坐的位置，替她代绣，这时旁边就睡着一个沉酣的宝玉。她是一个很讲究礼法的人，若非实在是心中亲近，断不会做出这样的举动。她一边绣，宝玉做梦喊出梦话来："和尚道士的话如何信得？什么是金玉姻缘，我偏说是木石姻缘！"她竟然怔了。这一"怔"，可见心中失望之情，但是过后仍旧该怎样便怎样，迅速地调整了自己的心情。若是任由这种酸涩之情泛滥，她也不能称为"养心达人"了。

有人说她是冷面冷心，的确养心，那便是养得一颗心宠时不惊，辱时亦不惊，顺时不喜，逆时不悲，八风吹不动，宁静、安稳。这样的一颗心有助于她在日后宝玉出家，贾府败落后，她一个人独守孤灯，尽可能安稳地度过寂寞荒寒的岁月。

宝钗的种种养心举动绝对是有学养打底的，她有自己深邃的个人空间，在这个空间里，她读书、写字、作诗、思考。要不然，你以为她那冠绝天下的诗才从哪里来？看她作的那首咏白海棠的诗是多么高格调，"珍重芳姿昼掩门，自携手瓮灌苔盆"，那种淡定深沉的气度，让人敬服；她那"眼前道路无经纬，皮里春秋空黑黄"的《螃蟹咏》，讽刺世人又何其毒也。她为讨贾母高兴，点了一场《鲁智深醉闹五台山》的热闹戏文；宝玉不喜，她就给宝玉推荐里面的一支《寄生草》："漫揾英雄泪，相离处士家。谢慈悲剃度在莲台下。没缘法转眼分离乍。赤条条来

去无牵挂。那里讨烟蓑雨笠卷单行？一任俺芒鞋破钵随缘化！"里面悲凉慷慨的出世意味惹得宝玉都拍膝画圈，连声赞妙；宝玉因为和黛玉闹了脾气，竟然写起诗偈来，她又怕宝玉误入歧途，放着好好的家业继承人不当，当起小和尚，赶紧一顿参禅，把他参醒。就这样，既出尘，又入世，既看得明白，又活得滋润，这样的人，她的心真是养到一定境界。

有人诟病她那首柳絮词："好风凭借力，送我上青云"，说她就是有野心要踹飞黛玉，嫁给宝玉，风风光光，当少奶奶，其实未必如此。当然，如果让她嫁给宝玉，她也千肯万肯就是了，总之，这代表了她的一种人生态度：想办法通过自己的行动能力提升自己的生存境界，扩大自己的生存空间，能争取的时候争取，不能争取的时候顺应。

也就是说，她是在自身遭际的基础上，将养心提升到自觉的高度，这样养心的效果肯定事半功倍，远胜于按部就班、步步老去的"三十而立，四十不惑，五十知天命"。打个比方，就好像别人是在地上生活的，而她，是一边在地上生活，一边在半空中俯瞰。生活中尝尽百味，而在居高临下的俯瞰中，则全方位、多角度、广角化地对生活进行概括总结。

世路种种，你看它如棘丛，它就是荆棘丛；你看它是鲜花阵，它就是鲜花阵。重要的是你养出来的是怎样的一颗心。宝钗绝对够格称得上是红楼女儿中一个杰出的"养心达人"。

现代人活得很累，穷的想变富，低的想爬高，踞在高处的不想下，变身富人的害怕穷，凡此种种，不一而足。说到底，我们缺少一种养心的自觉和能力。其实养一颗好"心"，就能换一种"命运"。所以，即使不能脱离红尘，我们也可以借鉴宝钗的做法，在万丈红尘中当一个"养心达人"。

颜回拾金

孔子收下颜回这个学生的时候，颜回才十来岁，矮矮瘦瘦，衣着破破烂烂。孔子发现颜回既是这些学生里最穷的一个，也是最用功的一个。

颜回的父母每天劳作不休，中午都不回家吃饭，他的母亲就在早晨给他煮一锅菜汤。等他中午回了家，不管凉热，喝一肚子菜汤。他正是长身体的时候，有时候菜汤喝不饱，他就喝一瓢凉水，然后乐滋滋地跑回去继续上学。

孔子知道了，就夸他贤良："一箪食，一瓢饮，在陋巷，人不堪其忧，回也不改其乐，贤哉回也！"

因为颜回穷，有一阵子，学堂里总是丢东西，所以有人就说肯定是他偷的。可是孔子想，颜回也不像是会偷东西的人啊，所以他就想了一个办法：用粗麻布包了一锭金子，麻布里还有一根竹简，上面刻了几个字："天赐颜回一锭金"。然后把它丢在颜回回家的必经之路上。

孔子藏起来，看着颜回一点点走近了、走近了。果然，他发现了这个布包，并且捡起来好奇地看了看，又打开看竹简检视金子。紧接着，他把这个布包塞到了怀里。

孔子心一沉：这孩子果然有贪念，学堂里的东西说不定真是他偷的。

但是，让他没想到的是，颜回走了两步，站住了，想了想，掏出布

307

包，拿出竹简，用刀笔刻上了几个字，照常把金子和竹简包好，放在路上，走了。

孔子很好奇，等他走远了，过去捡起布包打开，竹简的背面多了一行字："外财不富命穷人"。从此，孔子再也不怀疑颜回的品行了，而且总是对他大加褒扬，而颜回也不辜负老师的期望。

这一天，师生聊天，孔子对颜回说："颜回，你过来！你家庭贫困，处境卑贱，为什么不去做官呢？"

颜回回答："我不愿意做官。我有城外的五十亩地，足够供给稠粥；城内的十亩土地，足够穿丝麻；弹琴足以自娱自乐，跟先生所学的道理足以自己感到快乐。我不愿意做官。"

孔子说："好啊，你的愿望很好！我听说'知足的人，不以利禄自累；审视自得的人，损失而不忧惧；进行内心修养的人，没有官位而不惭愧。'我诵读这些话已经很久了，现在在颜回身上才看到它，这是我的心得啊！"

梓庆鬼斧神工

春秋时，有一个木匠叫梓庆，他的技艺十分高超。这天，他做了一把木头锯子，从来没有人能够把锯子做得这么漂亮，见过它的人都叹为观止。

大家都不相信这是梓庆做的，觉得是鬼神做出来的。

鲁国国君听说后，也跑来欣赏。一见之下，他也不相信人能做出这样奇妙的东西，于是就问梓庆："你是不是会法术？这把锯子是不是用法术做成的？"

梓庆说："大王，我不过是一个普通人，怎么会法术呢？"

鲁国国君不相信，说你现在给我说说吧，你是怎么做出来的？

梓庆回答："做这把锯子之前，我先养神静气，斋戒三天，这样才能够内心平静。在这三天里，我要让自己摒弃掉对荣华富贵的渴求；然后再斋戒五天，来使自己去掉杂念，忘掉技巧；接着再斋戒七天，这时我已经忘记了自己的存在，已经能做到'不以物喜'。我的眼中已没有朝廷和家庭的概念，外界再没有任何东西能够影响到我的技艺了。"

斋戒过后，我会去森林中寻找制作锯子的原料。我特别仔细地观察，来选择与锯子外形最匹配的树木。这时我已经对锯子的样子胸有成竹。只要

选好木料，锯子也差不多完成了，只需要加工就可以了。

其实，我做任何木器，都要经过这样一个过程。我想这大概就是制作出来的木器好像鬼斧神工制作的原因吧。我是以一颗纯真的心，加上木料的自然天性，制作出精巧的木器来的"。

鲁国国君听完后，恍然大悟。

这个故事来源于《庄子》，它告诉我们，做事要努力认真，才能达到很高的成就。如果达不到很高的成就的话，也不要怨天尤人，要从自身找原因。

参考文献

[1] 攀华杰 . 朱子治家格言 [M]. 桂林 : 广西师范大学出版社，2016.

[2] 蔡礼旭 . 朱子治家格言 [M]. 北京 : 世界知识出版社，2015.

[3] 朱用纯 . 朱子家训 [M]. 北京 : 北京少年儿童出版社，2010.

[4] 周树风 . 朱子家训 : 二十四孝 [M]. 乌鲁木齐 : 新疆青少年出版社，
   2016.

[5] 程燕青 . 颜氏家训 : 朱子家训 [M]. 武汉 : 长江文艺出版社，2019.

[6] 刘墨菊，陈兵 . 朱子家训解析 [M]. 北京 : 金盾出版社，2013.